乘风抵达世界

献给

世界各地的

巫医

移动云朵的人

[哥伦比亚] 英格里德·罗哈斯·孔特雷拉斯　著　张竝　译

中信出版集团 | 北京

图书在版编目（CIP）数据

移动云朵的人 /（哥伦）英格里德·罗哈斯·孔特雷拉斯著；张竝译 . -- 北京：中信出版社，2023.10
书名原文：The Man Who Could Move Clouds
ISBN 978-7-5217-5585-5

Ⅰ . ①移… Ⅱ . ①英… ②张… Ⅲ . ①回忆录－哥伦比亚－现代 Ⅳ . ① I775.55

中国国家版本馆 CIP 数据核字 (2023) 第 064255 号

移动云朵的人
著者： 　[哥伦比亚] 英格里德·罗哈斯·孔特雷拉斯
译者： 　张竝
出版发行：中信出版集团股份有限公司
　　　　（北京市朝阳区东三环北路 27 号嘉铭中心　邮编　100020）
承印者：　嘉业印刷（天津）有限公司

开本：787mm×1092mm　1/32　　印张：11.5　　字数：200 千字
版次：2023 年 10 月第 1 版　　印次：2023 年 10 月第 1 次印刷
京权图字：01-2023-1225　　书号：ISBN 978-7-5217-5585-5
定价：59.00 元

序言

这是一部关于鬼魂的回忆录，

有关对往昔的遗忘、幻觉，对历史之魂的追忆，

可以让人们从文化层面理解哥伦比亚内在的真相。

本回忆录里的故事均为亲历者的切身体验，

而我正是聆听者。

为了保护所有人物的身份，除却极少数人，其他人均用化名。

唯有一章，为了达到更好的叙述效果，对时间顺序稍做改动。

目录

I

掘墓

我识一人，

普通农夫，

育有五子，

内有为人父者，

内有为人父者。

——

沃尔特·惠特曼

我们根本不想征服太空，

我们想无止境地扩张地球。

我们不想要其他的世界，

我们要的是一面镜子。

——

斯坦尼斯瓦夫·莱姆

1
秘密

☙

　　他们说让我暂时性失忆的那场事故，其实就是我继承的遗产。既无片瓦，亦无寸土，更无只字，唯余数周的遗忘。

　　我妈也有过暂时性失忆，只是她当年八岁，而我二十三岁。她掉入了一口枯井，而我则骑着单车撞上了敞开的车门。她在哥伦比亚奥卡尼亚地表之下三十英尺的黑暗之中差点流血而亡，而我则安然无恙，起身离去，于芝加哥冬日一个阳光明媚的午后，四处徜徉。她有八个月之久不知自己是谁，而我则有八个星期不记得自己是谁。

　　他们说遗忘症犹如一扇门，让我们拥有了本该拥有的天赋，只是我妈的父亲，也就是我外公，忘了传承给我们。

　　外公是个巫医。他的天赋就是教导我们如何同死人说话、预知未来、治病救人、呼云唤日。我们是棕色人种，梅斯蒂索人①。欧洲男人抵达大陆，强暴土著女人，那就是我们的起源：既非土著，亦

---

① 梅斯蒂索人（mestizo）是指父母为不同种族，尤指父母分别为白人和印第安人的孩子。

非西班牙人，而是一道伤口。我们把这种天赋叫作*秘密*。在桑坦德山区，秘密由父传子，子又传子，子再传子。但外公说，*他的*儿子没一个有种，能成为真正的巫医，唯有我妈可以承受这种天赋。她意志坚定，天不怕地不怕，在外公眼里我妈比男人还男人，他喜欢把我妈叫作*山里的兽*。但我妈是个女人，这种事情是万万要不得的。据说一个女人要是掌握了秘密，倒霉事就会接踵而至。

可是，那年我妈才八岁，刚掉入过井里，还在养伤。等她记忆一恢复，事情也就这么成了。她虽意识不清，却重掌了见鬼魂听阴声的能力。

家里人说我妈能掌握秘密是命——既然外公教不了她，那秘密就直接找上门来了。

四十多年后，我出了事故，丢失了记忆，家里人都很兴奋。姨妈们边喝酒边唠嗑，喜气洋洋："又来啦！蛇咬尾巴啦！"

然后，他们就眼巴巴地瞅着，看这秘密究竟会如何在我身上显现出来。

这是一个发生在西班牙语语境下的故事，我妈和姨妈们都用 vos 称呼彼此，vos 即古称"汝"，但她们用 tú 来称呼我，tú 意为"你"，休闲随意，温柔亲切。她们用的是奥卡尼亚的讲话方式，我的先辈就来自那里，那儿的语言听起来就像殖民时期的化石。用西语来讲的话，我们的故事先徐后疾，讲的时候还会一直咯咯地笑。

我们娘俩犹如彼此的传声筒，想想都觉得可怕，所以我们一般不会去讨论发生在自己身上的遗忘症。但这事就像挠痒痒,不挠不行,可一挠就破,一挠就烫。而越是这样,就越想去反复试探。

姨妈们要我说说,活着却没有记忆究竟是什么滋味。我设法告诉她们这种生活极具超现实感,像是在看电影。姨妈们冲我翻白眼(不过她们彼此之间也是如此),好像我就是一档糟糕的电视节目,她们边看边评论,毫无顾虑。"这小妮子不知道在说啥,是不?"她们真正想知道的是我做了什么样的梦。

对我们娘俩来说,遗忘症发作的时候,只要醒着,全是困扰,而我们的梦却已触礁搁浅。我妈的梦有先后顺序,她在梦里是个鬼魂。我在梦里没有身子,当我这么大声地告诉姨妈们的时候,这才意识到:我也认为自己是个鬼魂。

西语里针对亡者行走有个词,叫作 desandar,行走之不能,越走越无力,直至行走本身不复可行。认为鬼魂有特殊的行走方式,是我们从入侵大陆的定居者身上传承而来的观念,而我们内在固有的则是"间隙感"这个概念,认为我们恰好处于真实和非真实之间,而真实和非真实又时常合而为一,彼此相同。因此,对我们而言,生者也会以鬼魂的步态行走。

我父母都是桑坦德的土著人,当地的土著人都会梦见次日即将猎获的野兽。晨曦初现,他们便会动身前往,寻觅梦中所见。

梦,于我们而言实属重要。

我们娘俩的遗忘症相隔四十三年,我们都梦见了驱逐。

　　我妈是村里的鬼。她困居于村内，村民所讲的语言，她虽不懂，却能理解。村民们膜拜她的尸体——她的尸身未曾腐烂，芬芳馥郁，堪称奇迹。

　　我时常出没于海平线，海浪有时会从那儿退却，抛弃陆地，暴露海床。有时，陆地出现小故障，海洋会倏然而回，仿佛从不曾离去。于是，海浪战栗不已，咳吐出熔岩和烟雾，海岛诞生。

　　外公治病时，会让梦引领自己，去往药草的所在之处。等从睡梦中醒来，他便会徒步寻觅，直到景色与梦境相符，而后在那个地方采集草药。我妈困于梦中之村，她是村里的鬼，时常操持与生者的沟通，一旦恢复记忆，回到了梦醒的生活之中，她便懂得如何与亡者交流。我在梦中观察陆地的诞生，醒时，我会用心研究我正在成为的这个自我如何创造了自身。

　　既然我的生命呼应了我妈的生命，而我妈的生命又呼应了外公的生命，那我便不禁犹疑，我们所有人是否都在踏着同样的鬼魂的步态，重复并毁灭着彼此的生命？

　　姨妈们打断了我的思绪。她们问了一个问题，但我没在听。她们又问我，失忆之后的梦本质上是否算预言。我回答之前思索良久，她们惊恐而又期待地盯着我。她们知道掌握秘密是一种祝福，但也是一种负担。她们见识过，对权力的痴迷常常伴随着秘密，醉心于权力会颠覆生命，会导致酗酒、抑郁和自残。但无论如何，她们的眼中都似乎充溢着期许，我从她们的凝视中读出了渴望，渴望我是这秘密的最后一个接受者。我很享受那白驹过隙般短暂的一刻，如果我对那些有求于我、想听取我建议的人说"没错，我就是像我妈那样的人"，又会怎么样呢？最后，我还是摇了摇头："我没法像我妈那样看见鬼魂，我听不见亡者，未来原本就藏得好好的，我也看不见未来。"

　　姨妈们慢悠悠地点了点头。她们垂下了目光："好吧。"她们拍了拍我的手，我让她们失望了。我本有机会接纳秘密，可我不知为何把它挥霍掉了。

　　她们一直在等待的答案，此刻她们得到了回答，于是将目光转回到我妈身上，想要听一个不同的故事，一个充斥着死亡、鬼魂和复仇的故事，但她们却时而看看我，时而看看我妈，说："不管怎么样，正常更好。还是要过日子的。你会发现自己忘得有多快，比巫师放屁还要快呢！"

———

　　我在波哥大长大，那时我妈在家里的阁楼上开了个算命铺，每天从早到晚，都在接待客人，聊他们的命运。客人男男女女，什么年龄段和阶层的都有。但那些求她治病、给出指导和建议的客人，一听她说自己是巫医的时候，都会面露轻蔑之色，这不免令她惊讶。当领导的，凡是听说了我妈是干什么的，就会给我爸降职，不准他参加社交聚会。自称朋友的那些人发现就我妈一个人在时，还会性骚扰她。那些来我们家的客人，等我妈给他们看完病后，就会满嘴脏话，拒绝付款。我妈缺钱，所以当那些不待见她的人让她叫自己神婆，说这样的职业，即便是白皮肤、蓝眼睛的哥伦比亚人也能干的时候，她也就随他们去了。她说自己几近于白种人向来都是身为梅斯蒂索人的特权，即便代价是对另一半自我的憎恨。我妈对自己的身份感到自豪，她只会在出于自身安全考虑的时候，才称自己神婆。最终我妈把这最后一层标签也撕掉了，只说自己是一个能看透秘密的人。

我妈说我姐出生的时候，她失去了见鬼的天赋，而我出生的时候，她又丢掉了听鬼声的天赋。尽管她神力减弱，却仍能预见未来，甚至还保留了分身这一诡异而又无足轻重的才能。

我的整个青少年时期，每月两次，我妈的老相好、密友、兄弟姐妹都会打来电话，说她去他们那儿拜访。我妈待在波哥大的家里时，她的鬼影会在哥伦比亚全境满地跑：去麦德林敲门，在卡塔赫纳的走道里走动，在库库塔扔一绺一绺的黑头发，还会瞬间消失得无影无踪。我妈每次都会很来劲。她说那不是*鬼影*，那是她的*分身*。我妈时常都会打听自己的分身："她穿什么呀，选的什么发型呀，眼睛盯着哪儿看呀？"

一挂电话，我妈的眼神就阴沉起来，透露着一股狠劲。她会说："我告诉你，要是有人真扮了我的分身，我会宰了那个人。"

无论什么时候，我妈的老朋友和老相好，他们见我就像见了鬼。

我没法翻篇，那就像是时光机器。

只要我在场，我妈的老相好就会悄然陷入我不熟悉的往昔时光中。礼节性地闲聊几句之后，他们似乎就会忘了我是谁。他们拉出椅子让我坐，握着我的手，凝视着我的眼睛，好似与我心有灵犀。我妈的老朋友则会八卦一些我从没见过的熟人，还期待我来上几句俏皮话，可我没这能耐。

吃饭喝酒的时候，他们都会看看我妈，再看看我，露出一副匪夷所思的神情。一个我妈儿时的朋友对我们说："不是什么苹果和苹果树的区别，你俩简直像一个模子里刻出来的。"我妈翻了白眼，摇头，嗤之以鼻，三个动作一气呵成，然后说："这话别跟我说。"我笑了起来，抿了口酒。

有时，我妈会来加州看我。遇上我又是玩音乐，又是跳舞，涂口红、喝酒、品茶，我妈就会朝我扔书，扔靠枕，扔杂志，凡是趁手的都拿来扔。"离我远点，你这分身！"

没错，我们娘俩都是浓眉，杏仁色皮肤，乱蓬蓬的黑发，但我觉得眼神不一样。我妈的眼神坚硬、强势，我的眼神柔和、开放，似在探寻。还有痣，我们娘俩身上的痣长得一模一样。

一颗长在大腿内侧，是小小的黑点，另一颗几乎看不见，就裹在拱形阴户的阴毛底下。这些标志究竟意味着什么呢？我妈曾把这些痣称为星座，相同的星图证明我们同属于天空中的某个地方。

我们还共享了另一颗痣。这颗痣是环形的，直径和铅笔头上的橡皮擦差不多大，深棕色，只是她的痣落于左肩，而我的则落于右肩。我们娘俩会背靠背站定，展示这一小颗痣的对称性，展示它们是如何以相同的高度落下，烙入我们的肩头，大小是如何彼此对应，颜色又是如何忠实互现。

可是，由于它在我身上落错了肩头，我总会情不自禁地觉得自己是个糟糕的复制品，好似我被制造的那一刻，机器出了一个小故障。

1998 年，游击队和毒品暴力将我和家人驱离了哥伦比亚，那年我十四岁。我们姐妹完全无法适应这一切。有时候我会想：如果没有这些东西将我们驱离了自己的土地，如果 2007 年我是在波哥大我妈的家里，而不是在独自移居的芝加哥失去记忆，那我也许就会如姨妈们所想的那样接纳秘密。或许，我会像我妈那样见鬼听声，还会同时出现在两个地方。某天，我妈也许会在波哥大家中的楼梯平台上与我擦肩而过，拾级而上之后，又会诧异地与我再次相遇，而我则直挺挺地站在阁楼的诊疗室中央，幻化成一柱空气。

可我们还是逃离了。我们必须重塑自己的生活。当时我们并不知道寻求安全是要付出代价的。我们并不知道这个代价犹如一道深渊，而我们将一次又一次地站在这道深渊前，哀悼失去的一切。

发生事故后，我在马路上强撑着起了身，之后我便焕然一新，失去了记忆，这让我有一种挥之不去的卸下重担的感觉。

遗忘一切，忘得彻彻底底，那是一种自由。遗忘便是丰盈。时间越来越长，成了无限，一道从未见过的阳光戴着金色的冠冕。我忘了自己。我跪在地上，顺着这道光穿过房间。我凝视着光与暗的相接之处，为其重新命名：*边界，恩典*。万物如新。我的日常劳作便是命名。我充盈着快乐，以前和将来都无从再次体会这种感受。

记忆一片又一片地回来了，我却悲从中来。如果遗忘轻若鸿毛，那反之便是：每一条踏过的小径，每一句说出的话，每一个发现的知识，每一份亲历的情感，所有这一切，都会重若千钧地回到我身上。生命的窄化乃重力所致。记忆是负担。每一次记忆碎片的返回，我都无比哀叹。

过了八周，我终于再度习得关于我是谁的种种细节，迷失在这奇妙之中。我记起了外公和我妈的故事，还记起了一个小小的时刻：我妈握着我的手，放在一碗水的上方，教我如何为水赐福。在这一刻的记忆里，我并没有聆听，而是任由自己沉迷其间，感叹我们的手竟如双生子一般相似，虽然我的手指比她的手指多长出了一根头发丝的宽度。

记忆中，我每天都在为水赐福。处于失忆状态的我逢人便说，那就是我的传承。

数周后，犹如影片播放时声效的迟滞，我这才记起我应该隐匿自己是谁这件事，我妈始终都是这么要求我的。

我对我妈最初的记忆，就是她板着脸，俯视着我，要我发誓不会告诉别人她是巫医，她的父亲、她的祖父、她的曾祖父是巫医。

可是，置身于我们家私密的圈子里，我们都可以自由地为水赐福，剪切鲜花，梦见亡者，将祖辈传承给外公的东西牢牢地搂在怀中，而对外界，我们始终隐匿。她说那是为了保护我："藏起来总比被人误解来得强！为什么要给敌人递刀子？"我妈认为我们都会成为弃儿，被人说成满脑子迷信、头脑简单、没有教养，那些自认为高人一等的人就会对我们实施暴力。她亲身经历过这一切。

在这记忆深处，我发现我对我妈要求隐匿的看法所作的阐释令我羞愧。我的理解是，我们身份上的错难以向外人道。可当记忆回返，虽然我还记得那羞愧的形状和重量，可羞愧的刺痛感却已消失。我丧失了隐匿的冲动，我就是个棕色人种的女人，生我的也是个棕色人种的女人，她的父亲穷困潦倒，却说自己拥有移动云朵的伟力。

当欧洲人端着枪、牵着狗，夺取了这片如今被称为桑坦德的土地时，带来了疾病和战争，有些部落便落荒而逃。巴里人的土地曾扩展至桑坦德，后退至如今的委内瑞拉，乌瓦人则越逃越高，躲入山区，躲入云雾森林，在那儿躲避了两百年之久。

下面是曾生活于奥卡尼亚地区的部族名称，西班牙人向国王报告说他们均已灭绝：塞塔玛，布哈雷马，卡拉西卡，勃罗塔雷，比乌希塔雷，希纳内，玛玛内，卡尔奇玛，提乌拉马，库库利亚马，阿斯库里亚马，布尔加马，喀拉喀喀，艾克拉玛，恰玛，比萨雷玛，布库拉玛，阿纳拉玛，卡尔克马，图斯库里亚玛，塞切拉玛，蓝谷夏马，骚塔玛，奥卡马，卡拉泰斯，谢尔戈马，布罗马，奥拉西喀，布内洛马，比塞拉，埃尔科萨，阿伊塔拉。

可他们并未灭绝。

西班牙人捕获这些部落的男人和男孩，将他们分开，遣往遥远的金矿，这些部落居民便和其他语言不同的土著人一起干活。西班牙王室下令，子民凡征服任何土地，便可成为那土地的王和主人。西班牙人肆无忌惮地分割土地和财宝，其中也包括土著人，好像人就是可随意分配的物。

据说，土著人是自由的，但他们都得免费劳作，以换取"保护"和上教义课的权利。1629 年，奥卡尼亚有 576 名土著人被困在各个领地内。几个世纪之后，也只是名称改了改。西班牙人将从土著家庭那儿偷来的土地又租给了土著，说只要有作物产出，便会购买，但价格低廉，而租金总是超过土著家庭的承受能力。土著人陷入了永久的债务循环之中，若是不愿还债，就会被关入大牢。同时，方济各会僧侣为土著儿童开设寄宿学校，这样一来，西班牙人环顾四周，就会说奥卡尼亚的土著人已经没了。纵观早期的几个世纪，西班牙人强奸土著女人不会有任何后果，村里全都是梅斯蒂索人。母亲的债，就由孩子继承了下来，而且他们很少会得到父亲的承认。若是他们不愿放弃土著传统——西班牙宗教裁判所认定这种传统是恶魔崇拜和行巫术——而且不愿接纳基督教会，掌握审讯权的村官便会百般折磨这些新出世的拥有一半西班牙血统的孩子。

我去过卡塔赫纳宗教裁判所，见识过那里的古老器具。全国各地的"异端"都会被送到这儿来，绑在火刑柱上焚烧。铁链，尖桩，镣铐，锋利的大铁钳会放在炭火上炙烤，放在女人的胸脯上，死死钳住乳房，想到此情此景，我的乳房也在隐隐作痛。

面对此等暴力，哥伦比亚全境的梅斯蒂索人要么选择消失，要么选择和一代白似一代的人结婚（所谓的*改善人种*，如今还时常能听到这样的说法），抑或爱上所爱之人，在周身编织隐秘的蛛网，以求存活。隐入黑暗成了一种生活方式。

外公和他的祖辈都出生于山区，可谓大隐隐于市的一脉谱系。长久以来的遭遇让他们习惯了隐藏自己。他们所记得的知识和传统在暗室中，通过窃窃私语传给了遴选出来的孩子。火刑虽早已不再，那些孩子却仍如往昔一般存留着怕被看见、被发现、被焚烧的恐惧。数百年来，巫医谨守着这方沉默。他们还添加了自己的故事，自己创作祷词和歌曲，再糅合一点西班牙的智慧，将这新的世界纳入神圣的现代等级制之中，从而创造出第三样东西——既不属于土著，亦不属于西班牙，而是第三种文化。

我知道，在哥伦比亚的其他地方和整个大陆，女人都能获取知识，成为巫医，不会被说成灾祸的源头。但在哥伦比亚的这个区域，女人不得拥有权力，这法究竟是土著传承，还是西班牙的传承，我无从知晓。

我第一次告诉我妈，想把这一切全都写出来的时候，她勃然大怒。她冲我吼叫，生怕我会揭示秘密，引发他人对我的评判，毁掉我的生活。我让我妈放心，说我会向她汇报，只写她让我写的东西。我求她理解：我必须将发生在我、她、我们、我们所有人身上的事情写出来，无论结果如何。她挂了电话。我就一直给她打。过了一会儿，我爸接起电话，问我到底做了什么事，因为我妈让他告诉我，她再也不会和我说话了。

　　我们娘俩以前也吵过架，但这次不一样。通常情况下，我们都有点咋咋呼呼，我妈大吼："你不是我女儿！"我吼回去："行，让这灯、让这炉子当我的妈更好！"我们半在吵架，半在构思骂人的话，我们知道这些骂人的话以后都能一笑了之。她这人喜怒无常，是个暴脾气。我呢，执拗，心气高。我们深爱彼此、信任彼此，都很清楚我们可以展现自己的怒火，却不会改变我们之间的爱。

　　这次她在电话里甚至都没冲我吼，这就意味着我是真的让她心烦意乱了，我这辈子第一次害怕她会说到做到。

　　也有治疗遗忘的方法，其中一种是把一面镜子放在枕头底下。我妈说她再也不和我说话之后，我就是这么做的。我取出了我妈的小手镜，她习惯把镜子塞在床边，而我则把镜子放在枕头底下。大部分时间，我都把这面镜子藏在那儿。我不知道自己是否真的相信镜子拥有力量，但我相信镜子能映射母亲的行为及其思考，能映射枕头和头枕在上面的重量，她自己就曾努力回想过这些情况。

　　这是一小块陈旧的圆形玻璃，四周镶了银边，背面的黑色珐琅隐隐现出一朵朵玫瑰。镜柄的镶银工艺也很不错，使金属显出柔韧纤薄的外观，仿佛绣了花边。我恢复记忆已有五年之久，身体由于重力的作用而变得沉甸甸的，本来对不再遗忘备感悲伤的情绪，已被无尽的求知欲和好奇心所取代，只渴望更多的回忆、更多的重量。我想埋葬于层层的回忆之中，回忆太沉重，使我无法动弹。我渴望母亲的记忆、外公的记忆、祖辈的记忆。我进入了梦乡。

那天晚上，我梦见了外公。他一袭白色亚麻衣衫，仍旧是去世时的年纪，六十三岁。我生怕他会对我说，他不想别人去讲述他的的故事，就像我妈那样。可他反而握起我的手，我俩瞬间就被传送回哥伦比亚的布卡拉曼加，来到母亲生活过的第二栋房子里，我们跑向一间又一间屋子，外公就在那儿笑。他语速飞快，我听不清，双手也跟着颤抖不停，刹那间我们又来到了后花园，他指着山坡下一条波光粼粼的河流，我清晰地听见他说："就是这儿。"

看来我放在枕头底下的镜子起作用了，我把这个梦说给了我爸听，知道他会再转述给我妈。就在那周，我妈打来电话。她没道歉，只是说我们必须一起回一趟哥伦比亚，这将有助于我写这本书。

而后，电话那头一片沉寂。

我妈等待着，看我是否会让她道歉。我没那么做，只是听着她的呼吸声，问她是什么意思。

除了我的梦，还有其他人的梦。我妈和姨妈佩尔拉、纳伊亚在互不知晓的情况下，都梦见了外公想要掘出自己的遗骸。这是一场共享的梦，共享的梦就是真理，因为和你独自体验的梦不同，共享的梦经过了同行评议，确立了有效性。

　　那场梦之后，我们在电话里变得比往常要平和、安静。我和姨妈们一道剖析梦境，比较细节，分析每个场景。我们所知道的是，在所有的梦境当中，外公都是一袭白袍。尽管我们并不清楚衣服所指为何（其中一个梦境里，他的衣服破破烂烂，另一个梦里则是纯洁无瑕，第三个梦里衣服更像是由光织成，而非真实布料），但我们都确信一个明白无误的信息：女儿们做的这些梦里，外公都要求将他的尸骨挖掘出来。

　　我们开始准备挖掘外公的遗骸。

　　话一出口，我们就觉得势在必行。本来只是想象这究竟意味着什么，现在则是计划怎么将外公挖出来。

　　"我们要告诉墓地吗？"

　　"这得花多少钱？"

　　"我们拿尸体怎么办？"

　　没有答案。我妈对我们说："没关系，跟着梦的指引走，就这样。"

　　接下来几天，我们厘清了日程，和相好们道别，借钱，买飞机票，预订酒店。我们娘俩将在哥伦比亚至少待三个月。我们的集体任务就是挖掘外公的遗骸，而我的个人任务是回忆。我不对任何人说，只是自己思索，*我的求知欲特别强烈*。

　　我妈向来喜欢在最后一刻给大家指示：我们必须秘密挖掘外公。

　　直到发现他在躲避什么人或什么东西。

2
移动云朵的人

外公是个巫医，但我确定他会乐意让我使用一个礼貌的词：*顺势疗法师*。他的名片上就是这么写的：

拉法埃尔·孔特雷拉斯·阿尔丰索

顺势疗法师

治疗各类疾病：

糖尿病、肥胖症、鼻窦炎、癌症

巫术由科学中心批准

文字左侧印了一张外公的黑白相片。他头发蓬乱，神情狡黠，嘴角一侧略略皱着，还穿了西装，打了领带。

我总是在读到最后一行时笑场。我知道这背后的故事，但还是会说："妈，哪门子科学中心啊？"

我们娘俩都没忍住。"好吧，科学中心就是科学中心！"

故事是这样的，并不存在所谓的科学中心。外公把它印在名片上，是为了让心存狐疑的客人相信他的才能。但也不仅仅是这样：外公是个文盲。

　　外公的才能虽少，却都很厉害。他知道怎么签自己的名字，善使锤子，能算数，还懂得如何编故事。

　　那些戏本、书本或祷文，只要听上一遍，他就能信手拈来。外公一遍遍锻造这个技能，以期能当上巫医。他零零星星地听来必要的祷词和植物知识，如果无法立刻准确无误地复述一遍，就没人会将下一个秘密说给他听。

　　他记忆力惊人。不仅是各种秘密，还有他爱听的故事，这些都是他通过让自己的孩子（除了我妈，其他孩子童年时期都认为他们的父亲是识字的）大声念给他而记下来的。

　　他喜欢引用莎士比亚："世界是个舞台，各色男女皆为戏子……"

　　我妈说我们仨，她、外公和我，在这一点上很像，全都沉迷于同样的东西：入迷的听众，巧妙的情节，不动声色地牵着听众的鼻子走。

　　他们说外公的长兄路易斯魔力最强。

　　但只有外公能移动云彩。

　　姨妈和舅舅们全都亲眼见过，却都记不太清。

　　我妈说他向四个方向致敬，轻念祷词，祷词从他的牙缝里慢慢挤出。佩尔拉姨妈完全不记得外公向四个方向致敬这回事，但她确实记得他举手向天的那个动作，手掌朝上，指挥着云彩移动。外公时常为求雨的农民移动云层，也会为我妈这么做，因为我妈是他最喜爱的女儿。

但事情并不总是如此。

我妈刚出生的时候，外公差点杀了她。

外公和外婆是 1946 年在奥卡尼亚相遇的，那是一座窝在东山山区里的小城。手工砌成的灰泥房点缀在山间，地下若埋着宝藏，地面就会闪闪发光。扫帚都是倒着放的，以阻挡巫婆。入夜，街上阒无一人，时常会听见西班牙人及其胯下马儿的幽灵沿着殖民时期的石子路踢踏前行。就在村外，海拔更高处，有几座隐秘的洞穴，里面安放着本地最早一批居民奥罗托内斯人的遗骨。他们的尸身裹着白色棉花，数世纪以来未曾有人扰动过。我们都知道，奥罗托内斯人修的路都是从一处重要的宗教中心呈螺旋状发散开来的。即便如今，奥卡尼亚仍然是生死两界混居之地，当地人与鬼魂有着长达一辈子的情谊。

1946 年，外公第一次见到外婆，外婆那年二十二岁，外公二十四岁。她在十字架国王山自家屋前的山坡上劳作，十字架国王山是奥卡尼亚的一座山。这座山和富饶的山谷完全没法比，山归山，山谷归山谷，所以有时候，奥卡尼亚人会用十字架国王山来指代整座山，有时候又用来指代山区里的贫困居民区。外婆肩头扛着扁担，扁担上挂着两个满满当当的水桶，压得她直不起腰，走到路弯的陡坡处时，外公来到她面前，介绍了自己。她没有放下水桶，就这么看着外公。外公摘下帽子，深鞠一躬。

外公被她身上纤薄却扎实的肌肉，以及眼神中的桀骜不驯深深吸引。在外婆炽热的目光凝视之下，外公告诉她说自己是一个很特别的人，她总有一天会为他生儿育女，说完便戴上帽子，转身离开了。外婆原本讨厌他，可此时却望着天空，勾勒着他朦胧的身影——已经有人在想念他了。于是她头脑发热，把他叫了回来，说了自己的名字，让他在何时、去何地找她。

外公去她家见了她，但并非正儿八经地见面。他透过院子外墙的墙缝和她谈情说爱。一天，外婆的母亲，也就是太姥姥，抱着一堆衣服来后院积满雨水的大赤陶罐里洗，发现外婆正对着土墙说悄悄话："你吻得我现在还在发抖。"

院子另一边的外公早已逃之夭夭。太姥姥想让外婆成婚，但不能是和外公那样游手好闲的混子，这样的人只会伤外婆的心。

私底下，外公和外婆仍在约会。外婆去取水，他们就在井边相会。他会给她背诵记住的诗歌，每背一首，外婆就允许外公吻一下。婚礼那天，外公从外婆家院子里摘了一朵花，在她家后门边递给了她。他们私奔去了教堂，许下誓愿。教堂长椅空无一人，高高的白烛似葬礼般燃烧。

大暴力期间，外婆每隔一年生一个孩子。大暴力就是始于1948年的内战，整整持续了十年，夺走了三十万人的生命。

战争并不稀奇。政治家和史学家总想做出区分，给一场又一场冲突重新命名，其实人们觉得一场接一场的战争之间并无不同，可即便如此，也只是将持续不断的暴力状态模糊地称为"局势"。无论官方人士称之为什么，战争时期，还是和平时期，"局势"总会留下尸体、失踪人口和焦黑的农田。这就是他们继承下来的世界，其父辈和祖父辈所记得的世界。奥卡尼亚附近不时会出现大屠杀，田地焚毁，河流染红，天空染黑，人们都躲了起来。一旦暴力转移到其他地方，幸存者们便会现身。有一种缅怀死者的方式是为生而鼓舞。伴随着歌声和手摇电唱机，幸存者们踏着鼓点狂喝滥饮，舞之蹈之，将烈酒酹于地面以纪念死者。

和战时的许多人一样，外公也有一颗流浪的心。若想活下去，就得识时务。大暴力时期，当全副武装的士兵问你是自由党人还是保守党人时，你得知道如何回答。有时候，外公会说："自由党人。"有时候，又会说："保守党人。"

风琴手、诗人、耍蛇人游历四境，或步行、或骑驴，前往马格达莱纳河，乘汽船前往巴兰基亚港，乘蒸汽机车前往海岸边高耸的悬崖，或乘火车深入南方，最后靠砍刀开路，进入亚马孙丛林——游荡者寻找的就是一线生机。也有女人在游荡，但距离短，她们带着口信，也就是所谓的巫邮，不过这和巫婆没关系，只是指那些好似神行太保一般、不屈不挠、记忆力惊人的女人而已。女人们历经一镇又一镇，在广场上收拾停当，传递信件。情书谁都能听，生意往来、身体状况的变化、分类广告和普通新闻也都是如此。女人们说到最后一则信息时，会宣布自己接下来会去哪儿，从而搜集下一轮信件，以换取食物、遮风挡雨之所或是报酬。

　　和这些女人一样，外公也是靠提供服务来挣钱的，但他的服务是治病和占卜。所有人都会聚到村里的广场上，有巫医、乐队，也有叫卖口信的女人、耍蛇人，后者从篮子里舀出长蛇，一边拨弄扭动的大蛇，一边讲述古老的传奇故事。小贩们用服务换服务，村民们也用自家的物品换取所需之物。因此，历经一镇又一镇的外公跑一趟就得四到六个月。

　　外公女朋友不少。她们遍布于哥伦比亚地图蜿蜒曲折的小径上，点缀着他一年一度前往海岸地区和亚马孙丛林的旅程，他会拜访那儿的巫医和当地部落，收集动植物，用知识和货品以物易物。

　　外婆想用怀孕来改变外公流浪的心。外婆怀孕十次，外公照样出远门十次。

　　每次外公不管不顾地离开，外婆就会躲到柠檬树旁的茅厕里，锁上木门。她会歇斯底里地狂笑，笑完又开始哭，直到哭声暂歇，直到笑声又起。

　　她膝下数量越来越多的孩子全都跪在茅厕外听。他们想和外婆一起笑。"有啥好笑的，妈妈？"他们从没想过外婆是因哀而狂。

　　外婆从茅厕里出来后，就把孩子们全都聚拢到厨房。厨房里没任何东西可吃，她就柔声柔气地指导我妈去偷邻居家的奶牛，弄牛奶喝，还让孩子安赫尔潜入邻居家地里挖菜，做晚饭吃。

　　我妈觉得外婆之所以恨外公，不是因为外公不忠，而是因为他不愿待在家里。每次他弃外婆而去，外婆都会对他死了心，发誓再也不让他回来，可一听到他的声音，又总会心软，怒火和哀伤就会烟消云散。因爱而痴的外婆会原谅他的一切，只要他回来就开心。

外公长途跋涉回家，穿得亮白亮白的。他脱下帽子，那是一顶礼帽，是用巴拿马草编织的帽子。他还唱歌给外婆听："我的黑女人不见了，我在海边伤心欲绝。我美丽的黑女人，她到底会在哪儿？"外公穿的是上好的亚麻西装，从没见过他不戴帽子。太阳落山，村民都来到广场上。他们绕着广场散步，互相打着招呼。若是巫邮、耍蛇人、乐手、小贩碰巧在镇上，村民们就会把他们围得水泄不通。每天，外公和家人都会穿上最好的衣服，跋涉三十分钟，从十字架国王山下到山谷里去，村广场就在那里。

到了广场，外公就会侧过帽子，朝镇上的女人微微弯一下腰，使使眼色，笑一笑。女人们脸上一红，就咯咯笑："哎呀，那个拉法埃尔，都结了婚，还不定性。"外婆假装没看见。外公戴回帽子，朝她伸出胳膊，他们便绕着广场转上个两到三圈。

十字架国王山时常会举办聚会，外公踏着巴耶纳托和贡比亚音乐的节拍起舞的时候，手上攥着的就是这顶帽子。

外婆活了半辈子，她出生的那个最糟心的地方十字架国王山就被称为绞索山。殖民时期，山顶常被选作不经审判、杀害异端的地点，故得此名。据说整座山都在闹鬼。有时候，空中会飘散着很难闻的气味，一闻就知是烧焯的肉焦味。山里人常会被看不见的手掀翻，无缘无故地绊倒。他们听见过各种各样的私语声。外婆十一岁

外公和外婆的彩绘肖像画因时光荏苒而褪色。
库库塔，2012 年

的时候，教会在山上竖起了一座高达七英尺的基督青铜像，在异端遭处刑的那个地方，基督却敞开了双臂，于是这地方就改了名。在十字架国王山上，只要有微弱的光亮和两三个人唱歌，就可以开始一场聚会。有时候，邻居们会花钱雇乐师，狂欢的声音便引来了其他人，很快人头攒动，呼喊声和音乐声此起彼伏。外公在跳舞的女人背后挥动着自己的帽子，还把帽子举得老高，像是在捕捉一只无影无形的蝴蝶。姨妈和舅舅们后来有一天把这顶帽子一把火烧了，因为他们相信帽子遭到了诅咒。

大暴力时期结束前两年，也就是 1956 年，我妈出生了，那一年，外公从一年一度的旅程中返回，才得知添了一个孩子。他离开的时候完全不知外婆已怀孕，但八个月后，有精灵透露外婆即将分娩，而这个新生儿将会*终结每一个人*。

外公火速往回赶。当他划着独木舟加上骑驴，抄近路穿越安第斯山的时候，仍坚信这孩子是个恶鬼，只有他才能拯救*每一个人*。到奥卡尼亚时，他已喝得醉醺醺的。跋涉回十字架国王山上的家后，他抄起砍刀，撵着外婆追。

外婆几天前刚生完孩子。她一边尖叫，一边跑过屋子周围的树丛，穿过土路，朝她娘家跑去。她一手抱着孩子，一手捂着裆部，生怕子宫从新鲜的切口处掉出来，孩子就是从这里烙入她体内的。外婆跌跌撞撞地跑进太姥姥家的屋门，插上门闩，把孩子塞入她的手中。"快藏起来，妈！拉法埃尔要杀我们！"

　　太姥姥让外婆藏到井边，扶着外婆从内院泥坯墙上的窗子爬出去，就是外公曾和外婆谈情说爱的那堵墙角有裂缝的土墙。太姥姥返身走入室内，把常年披在肩头的披肩扯下来，将外婆刚生的孩子裹得严严实实。这条披肩本来属于她的妈妈，更早之前属于她的太姥姥所有。太姥姥轻声祈祷，把孩子藏到了床底下。软软的襁褓滑过地板，她听见轻轻的砰的一声，襁褓抵住墙面，停了下来。孩子既没哼哼唧唧，也没哭闹，太姥姥知道自己的祈祷起作用了。外公推倒前门的时候，她心平气和，外公又是咆哮，又是推倒家具，冲入卧室，撕扯床单，趴在床底下往孩子襁褓的方向瞅，而她心如止水。外公一无所获，便气咻咻地冲出太姥姥家，手里仍然握着那把大砍刀。太姥姥等了一会儿，抱出孩子，孩子毫发无伤。她打开院门，让外婆回来。过了一会儿，外婆从树底下走了出来。在屋内坐定之后，太姥姥便对她说，她丈夫被人下蛊了。

　　"我和你说过那男人花心。他肯定跟一个巫婆缠上了，看看那女人都让他干了什么。这孩子以后肯定能把他拴在你身边。"

　　过了很久，外公又回来了，一脸的困惑。他说他失去了时间观念，不知道自己身在何处，裤子上为什么都是烂泥。

　　那些年，我一直在就这件事问我妈，她从没承认自己有过被背叛的感觉。和家里的其他人一样，她也相信即便父亲想要杀了她，也是因为中了邪。

　　我妈七岁那年，一有机会，就会提醒外公他差点干成的那件事。

她想要什么东西，外公要是不给，她就喜欢拿这件事取笑外公："哎呀，肯定是这回事喽，一开始你就想把我杀了，现在又这样。"

我妈想要一只幼狮。她认为外公出远门，很容易就能弄到。外公回家，最让她高兴的就是这件事。外公曾经给她带回过一只拴着绳的猞猁、一只会骂娘的鹦鹉、两只装在木箱里的猴子、几只夹在腋下的犰狳、几条长长的蜥蜴、一条蜷缩在大号编织篮内的蟒蛇。

蟒蛇没人喜欢。外婆不想让蛇进屋，但外公说这蛇只要吃饱喝足就不会伤人；而且，他才是一家之主，要是没人想要，那蟒蛇就是他的宠物。于是，蟒蛇就这样待了下来。

这条十二英尺长的蟒蛇皮肤粗粝又油滑，身上缀着浅棕色的圆圈。它在屋子里四处游走，将灰尘扫来扫去，留下抽象的图案。每隔七天，外公就会给蛇喂一只鸡或一只毛茸茸的白兔。吃完之后，蛇就变得动作迟缓，昏昏欲睡。我妈还能看见那一小坨食物沿着蛇身缓缓移动。

蛇大白天也睡觉，这时候，外公的客户，那些害相思病的，想要终止妊娠的女人，想要怀胎的女人，饱受癫痫、性病、发热之苦的人，中了邪的人，在客厅里排成一圈，一直排到了门外，就这么静静地等待着轮到自己。炎热的午后，我妈的兄弟姐妹都坐在蟒蛇又长又软的身子上，远离长相邪恶的蛇脑袋和硬邦邦的蜷起来的蛇尾巴。他们打量着外公的病人来了又去，去了又来，就这么打发着时间。他们喜欢偷听那些人遭了哪些罪，观察他们离开时的神情。有时，等到离开的病人走远，外公就会蹲下来，向孩子们悄声汇报：

"那男人没治了；那女人三天就会恢复；可怜的男孩，离死不远了。"

等待新病人从外公的诊疗室里出来的那段时间，姨妈和舅舅们都在打牌，主要打战争牌。他们把牌往地上甩，琢磨着皇后和国王在谁手上，彼此拌嘴、欢呼、秘密结盟，趁没人注意的时候偷偷换牌，直到地面移动，纸牌滑落。他们低头一瞅，发现蟒蛇（他们坐在蛇身长条形的大块肌肉上，喜欢说那是他们的椅子）在动，把他们扫了开去。他们惊声尖叫，颤颤巍巍地跑开了。蟒蛇还活着、还在动的感觉始终萦绕在他们周身，害得他们晚上都睡不着觉。姨妈和舅舅们全都醒着，喘着粗气，总感觉那条扭来扭去的蛇已经钻入了他们屋门紧锁的房间内。他们臆想着那蛇正贴着床单，生怕自己小命不保。但第二天，他们却又坐到了蛇身上。

蛇胃口奇大。后来外公只剩下一只鸡，又懒得整天去给蛇寻猎食物，便决定将蟒蛇放生。同外公带回家的其他所有动物的命运一样，这条蟒蛇也被放生到了屋后的山林里。

外公这人做事冒冒失失，但外婆觉得他能改。

"他又要离开了。"我妈每次都会这么提醒外婆。

"不会，他会留下来的。"外婆说。

外婆怀孕就没消停过，将外公的一部分困在自己体内，这逐渐成了她的精神支柱和责任，但外公该离开还是离开，并指责外婆占有欲太强。一旦上路，无拘无束，外公便活得自由自在。可一旦觉得孤独，想念外婆给家人和这个家营造的安全又舒适的环境时，他就会回家。他从没考虑过他给外婆造成的苦痛，每次想拿什么东西就拿，还很暴力。在寻求自己生命的快乐时，他时常盗窃别人的快乐，尤其是外婆的快乐，而他却认为外婆受的苦全是自找的。

外婆想过离他而去，却又对离婚女人遭受的白眼心有余悸。有一个离异的女人住在马路那头，独居于茅棚内，没人和她说话。男人说她是破鞋，因为她已非处女；由于已无贞洁可保，有时还会遭到强奸。有时，她会来到外公外婆家门口，想让外公帮她掐灭体内的那个生命。外婆要外公免费给她看病，他照做了。因为做了这事，他就会拍拍自己的背，意思是自己和村里的其他男人不同，但他既任性又残忍地无视自己随心所欲所造成的代价，他的生活又何尝不是建立在这个基础之上呢？

"弄把枪吧。"外婆诉苦的时候，我妈就会这么求她，"谁敢伤害你，你就打他。"外婆没这勇气。"别人会怎么说？他们会把我关进监狱。那谁来照顾你？"我妈痛恨她母亲的丈夫，却又深爱自己的父亲。她就这样生活在复杂涌动的情感之中。

"妈这人傻。"外公回来时，我妈对外公说，"她不知道怎么让别人尊重她。我要是她，就会把所有的衣服烧掉，把你赶走很长一段时间。"

"你何止这样，我的小山兽。"外公说，"出生的时候，你怎么不是个男人呢？送到我这儿的男人个个都像小女人。可你，我就想带你去打猎，教你东西。"

我妈知道他说的*教*就是*教秘密*的*教*，于是就恳求父亲为她打破规则。她比外公认识的任何男人，无论老少，都要聪明、狂野，她不仅想要知晓秘密，还拥有掌握魔法的天资。有时，她在梦境里可以预知外公何时回家，她还发现自己知晓他人的过往，虽然那些事别人从未透露过，但她看那些人就像在读一本书。她无法理解，生而为女人，为什么就得被排除在自己所属的这个血脉之外。外公摇了摇头："这个知识不能给女人讲。谁知道会发生什么灾难？不行，最好就到我这儿结束吧，我可以自己来面对后果。"

　　外公或许是想成为最后一代，但他经营起自己的生意来却是异乎寻常地投入。他治好了一名心灰意冷的牙医，牙医对自己胸口的郁积烟消云散备感欢欣，还给外公提了些专业建议，外公听得很仔细。

　　"你知道怎样改善自己的生意吗？"牙医问。*氛围*。

　　牙医把自己办公室的装潢描述给了外公听：挂框的牙齿示意图，豪华的皮椅，专业工具都展示在清澈透明的罐子里或消毒后陈列在钢制台架上。我妈现在不记得牙医长什么样了，只记得他是个高个子，是白人。外公只有一张桌子，上面放了一堆药草，两把相对放置的椅子，一扇敞开的窗户，射入了一方平行四边形的光线。他把酊剂之类的液体盛放在普通的玻璃水杯里，没什么噱头。他拥有看破天机的能力，其他什么都不需要。

　　牙医问外公："如果你拉起黑色窗帘，在角落搭起祭台，点上蜡烛，放上串珠，会怎样？你懂的，还有什么东西能让你的病人感受到'那种氛围'？"

牙医告诉外公，有了恰如其分的氛围，他就能理所当然地提高费用。外公有一大家子人得养，他琢磨着牙医的话。

"你觉得那能行吗？"

牙医点点头："我可以给你弄个头骨过来。"

头骨来自医学院，属于某个将自己的身体捐给科学的无名氏，现在却无意间被捐给了魔法。依照牙医的建议，外公在小桌上铺了块黑布，将头骨放在匆忙搭起的祭台中央。

"谁的头骨？"舅舅和姨妈们都想知道。

外公没有回答。

"爸，你觉不觉得还是不要用这个头骨更好？"我妈问。

外公让她过来，悄悄对她说："女儿啊，我不是真用，只是放在那儿做样子的，把它当成我办公室一角的植物就行。"

牙医时不时地光临，提出其他有助于烘托氛围的装潢建议："巫毒娃娃怎么样？"

我妈站在外公办公室外偷听。外公对她讲过这头骨的真实出处，但让她发誓保密。如今，每当牙医过来，她都会偷听他们的谈话。

"我办公室的氛围就是让人感受到我是一个能力很强、知识渊博的医生。"牙医说，"你难道不觉得，如果你在这个角落挂一串蒜瓣，再在凳子边上散放几个巫毒娃娃，大家进了你的办公室，心里就会说，哇，这人是不是很有能耐？"

成串的蒜瓣与治疗和医学毫无关系，但外公确实挂了几串风干的药草。他让我妈进办公室再出去，让她说说他把药草从一堵墙移往另一堵墙，哪个感觉更好。我妈没当他的面笑过，但她对我说，自己一个人的时候还是笑了。尽管显得花哨，而且华而不实，但外公的那些新玩意儿确实让人愿意掏更多的钱出来。外公做预测不需任何东西，但为客户和氛围着想，他会时不时地走到头骨那儿，向它问问题："稍等！这头骨属于一个法力相当强大的巫医，它会很快给出答案。"

牙医再次来拜访的时候，给外公看了自己的名片："堂拉法埃尔，看，这张小纸片上有我的名字、职业、办公室地址、专长。我见了某个人，把卡片递给他。接下来的事我都知道，新病人会找上门，那人再把我的名片给别人，我就会多出两名病人。"

这个发明给外公留下了深刻印象。他们花了一整个下午，外公说，牙医写。我妈听他们翻来覆去打磨外公的名片，甚至还虚构了科学中心，在他们看来，这一妙招可以事先给胆敢不信外公能力的怀疑论者当头棒喝。外公在牙医印名片的地方印了自己的名片，还拿了个折扣价。

2012 年，我去墨西哥城父母家的公寓看我妈，然后去了哥伦比亚，着手把外公从地下挖出来，我觉得他的陪葬物应该都幸存不下来。1984 年，是我出生的那年，但也是外公的孩子开始出一连串事故、发生倒霉事、突然生活失调退化的一年。半数家人都很清楚这就是生活的真相；另一半家人则想起了外公发出的警告——如果我妈知道了秘密，灾难就会降临。在他们的想象中，巫医祖先愤怒不堪，终因我妈不正当获取知识而采取了报复手段。我觉得这能想得通，将损失，不可思议的损失，或者感受到的威胁，解释成外力会更容易。因此，外公1985年6月去世之后，指责我妈的半数家属认为外公的私人物品和我妈都会带来霉运，唯一避免厄运降临的办法就是和这两人斩断来往，于是属于外公的东西全都被烧了。

到了我妈公寓的门口，我就站在行李箱边上，摆弄着机场标签。我不知道该怎么办。自从恢复记忆以来，已过去五年，可我仍有无根的感觉。我经常低头惊恐地看着自己的双手，就好像那是别人的手，时常，当我衡量自己的观点，顿觉舷窗太小，所见有限，盲点处，舷窗边沿早已磨损，便会有种受困之感。我经常会想起自己的两重性：我失去记忆的时候是一个人，恢复记忆以后又是一个人。我在两种感觉之间摇摆不定。我的精神因此而备受折磨。不仅是因为"飞行"：力竭之感我始终挥之不去。我让目光落到我妈的伊西斯女神像三英尺宽的泛着蓝点的金色翼翅上，伊西斯女神是亡灵的保护神，神像就安放在进门处的案几上。我面对着我妈，她那墨黑的头发、洞见一切的深棕色眼眸。

我妈将双手合在我的手上，似乎能读懂我体内的焦虑。她对我说完"旧圆已经闭合，新圆正在开始"后，便将我领入房内。

跟在我妈身后走，便陷入了身为她女儿的那种熟悉的舒适感之中。我喜欢她这种掌控的方式。我看着我们双手相握，又看了看客厅的沙发，我看见父亲把他日益增多的盗版影碟摊开在沙发上，有的影片刚刚在美国上映。

进入我妈的卧室后，她要我坐她床上。我笑了笑，感谢不用自己做决定。我们共有的失忆体验始终都在我的脑海中，我想问我妈，她对失去记忆是怎么想的，她对记忆的缺失有何感受。但我没勇气、也没精力在看着她的同时去思考这些问题。我只能让头脑放空，试着将自己交给呈现于面前的这个世界：我妈跪在柜子前，打开柜门。

无论我妈所居何地，这柜子都是她保守秘密的地方，能被带到这儿来实属荣幸，就像受邀进入神庙一窥究竟。隐藏于衣服间的有护身符、水晶、石子，也许还有许多我不知道的东西。我妈的右臂没入了挂在那儿的丝绸和羊毛衣物当中。她没找到想找的东西，于是就抽出一个抽屉，把它放在地板上。抽屉里都是围巾和小盒子。她在围巾里翻找，直到露出了一方红色的手帕，它被折得四四方方的。她俯身到我身边，把手帕放到我的膝头。我不明白她要向我展示什么，我屏住了呼吸，她用手指拨了拨僵硬的手帕，似乎这手帕已有许多年没被触摸过了。

她展开四四方方的布料，告诉我："这是你外公的手帕。"

红色亚麻布的中央安放着外公的名片，已然泛黄。

我倒吸一口凉气，侧过脑袋从各个角度看，就像在博物馆内面对不得触碰的遗物一般。上面有字，我没辨认出来，我的目光落到了左侧外公的黑白小相片上。他的眼睛犹如一抹黑墨水。我心想，他在 20 世纪 70 年代照相的时候，是否知道我会在 2012 年低头凝视他的脸，我想知道答案。

我妈拿起名片，看了一秒，就将它递给了我。

"你把这个给我了？"我很感激，但也诚惶诚恐，"他要是缠着我不放怎么办？"

我妈笑了起来："他不会缠着你，你是我女儿。但他会经常去见你。"

我冲着她笑了笑，把名片凑到鼻子底下，希望捕捉到外公的气息，但我只嗅到母亲的气息。她甜甜的玫瑰味儿，有股隐隐的锯齿感，就像里面搅入了酸奶。

3
回归

外公和外婆一辈子都在绕着东山的山尖儿行走。他们来回穿越安第斯山，在构成锐角三角形（我从地图上看出来的）的三座小城间往返：奥卡尼亚是最北端的那个尖儿，布卡拉曼加在南边，略偏东，库库塔在东边。就我所知，奥卡尼亚是我们血脉的源头，布卡拉曼加是外公去世之地，库库塔是外婆度过最后岁月的地方。这是我们家的"百慕大三角"。

佩尔拉姨妈住在库库塔，库库塔的公寓里存放着我们所有的东西。我爸妈和我们姐妹几个以前常去那儿度假。1993年，我爸签了按揭贷款，那一年，麦德林屋顶上的狙击手射杀了巴勃罗·埃斯科瓦尔，而我那时刚过九岁。我爸还想着在那儿退休养老。每个月，我们都得想办法支付账款。我们总是负债累累，有时候还违约。绑架很普遍，游击队用绑架的手段来筹集资金，和政府打仗。凡有游击队打仗的地方，总有现金需求需要满足，他们绑架有钱人、中产阶级和穷人，1994年起，他们又盯上了我们。我们知道被放回来的人都是付了赎金的，有些人被关了十年，还有些人再也没回来。

1998 年，我们逃离了哥伦比亚。尽管我们在别处努力创造了稳定的生活，但将库库塔的公寓出手却仍于心不忍，毕竟那是属于我们的一小块土地，我们属于那里。在接下来的艰难岁月里，我们在南美各国迁徙，寻求安全之所，却始终留着这房子。我最后一次踏足那套公寓是 2002 年，就在我独自前往美国之前不久。我父母 2003 年最后一次去了公寓，把房间收拾了一番，想着有朝一日能回来，我爸还在阳台上挂了吊床，把脚搁在吊床上。

不久之前，某个特殊的时刻，某个真实的地方，我们娘俩又回去了。当时已是午夜，我在黑暗中嗅到了灰尘的气息。我们摸索着寻找灯的开关。时间太久了，开关在哪儿我们都已经不记得了。我妈的手掌在前门后探寻，我则搜寻着进门处的墙壁，我们俩都没找到。我妈进入厨房找手电筒，她说十一年前她把手电放在了台面上。我对此嗤之以鼻。等她返回的时间里，我的眼睛已渐渐适应了黑暗。我从没想到自己要过十年才会回到库库塔，而且还得跑一趟，去挖出外公的骸骨。

月光透过屋后的玻璃滑动门洒进来，借着这淡蓝色的光，我开始辨认出熟悉的轮廓：阳台边的沙发，还有这儿，我右边的餐桌，迷你吧台的柜子就隐在后面。我前面的一扇门通往厨房，左侧，月光不及之处，是客厅，先是通往我的卧房，然后是我姐组的，再后是我父母的。

这是一片四季燥热的土地，热气在我的背上犁出了一条条汗水。

一束黄色的光摇曳着越墙而过。我妈在她说的那个地方找到了手电筒，不可思议的是，电池还有电。她拿着电筒照向四壁，找到了电灯开关，在我们都没找过的地方：厨房的墙上。

明亮的光束溢满房间，公寓里的每一样东西倏然间都披上了一层色彩。我眨了几下眼睛，清晰地看见了物件此时的样貌：公寓里的每一样东西都裹上了白色的布料。

餐桌罩着薄纱似的布料，布料拧了几下在桌腿处绑住了。餐椅都收在桌底下，也都套着同样的布料，透过纤维，能辨认出每一把受困椅子的背。还有些小物件也被透明的塑料膜包裹着。我从餐桌中央拿起一件闪着光亮的裹着塑料膜的物件，拿在手里把玩，握在手心，大小正合适。透过几层薄塑料，我能看见方形容器的玻璃边缘，里面的大米和盐粒压得很紧实。那是我们的撒盐罐。

窗边长方形的东西是沙发，沙发角落里肥嘟嘟的圆盘模样的东西是靠枕。墙上挂着的白色方形物件是画作，每个角落的树形物件都是落地灯。我们眼睛看见的每一样小物品，如客厅茶几上的雕塑、迷你吧台内挂着的葡萄酒杯、进门桌上的小摆设，都被不厌其烦地单独包裹在了白色布料和塑料膜内，再放回到合适的位置上。我觉得自己就像在白茫茫的珊瑚礁上方潜浮着。

"是谁包的？"我问。

"你爸。"我妈说着，从厨房里出来，挥着一卷海绿色的棍形塑料膜。她用闪烁的银色刀尖往里戳，刺入了那卷塑料膜，把塑料扔到地板上，提着刀，往没开灯的大厅走去。

她这么一说，我就记起来了。那时候，我在芝加哥上大学，在那遥远的过去，电话总是会延迟，且有回声，我妈在电话里讲述了他们如何设法保护这些物品的事情。他们当时还在四处迁徙，我爸公司去哪里，他们就去哪里。有时候，他们在南非，有时候又在中东。他们在每个国家待上一年，最多两年。我爸的公司提供住宿，他们会用余钱继续支付库库塔的公寓。我从芝加哥打电话回去的时候，他们正住在委内瑞拉。乌戈·查韦斯被政变赶下台后又重掌政权。全国爆发抗议浪潮，他们便再次想办法搬家。我用预付费电话卡给他们打电话，先得拨一串莫名其妙的号码，才能接通。我们的声音延迟了六到八秒。由于延迟，我们就像是在各自独白。我们轮流汇报最新情况、新闻、流言，努力想为接下来的话找到一种平缓的节奏。话音刚落，就能听见彼此的声音拖曳于后，逐渐变得空洞、遥远，似鬼魅一般。过了几秒之后，仿佛无中生有一般，又会出现回复。在这种奇特的听觉体验中，我妈描述自己如何协助我爸把布料铺在地上，将物品放在布料上卷起来，拉拽、剪切、缝纫，直至物品的每一处凹陷和曲线都能被布料严丝合缝地包裹住。

我爸总会因焦虑而产生强迫性的行为：擦拭、清洗、消毒，将物件从小到大摆好。2003 年，当他得知自己无法待在委内瑞拉，无法在哥伦比亚找到工作的时候，便梦想着有朝一日回库库塔退休养老。他对公寓的态度就像看护者对考古遗址的态度。他从机场的某个人手里买来几大卷翠绿色的保鲜膜，从一个裁缝那里买来几卷长长的薄纱似的白布。他订购了几大捆气泡膜，囤了各式各样的剪刀和透明胶带，还有一台电池驱动的小缝纫机，操作起来就像开枪，要按扳机。我爸一丝不苟，坚持要让公寓一尘不染，成为安睡的王国。

"没灰！"我说着，眨了眨眼。

从一间卧室传来撕塑料膜的声音，继而传来我妈短促的笑声。"你觉得是鬼魂来打扫的？我雇了个清洁队！"

我思忖着：每样物品的轮廓已被层层塑料膜或布料包得圆圆钝钝的，那我又是如何回忆起这么多细节的？毕竟，我只记得模糊的剪影。我朝着没开灯的走道走去找我妈。她卧室的门框上有一层光晕。屋内，亮堂堂的天花板下方，我妈已捅开了床垫和一捆床单，一大堆塑料膜堆在角落里。她躺在一张床单上，脱得只剩下内衣，已经睡着了。

白天，我们娘俩就在公寓里晃悠，想起什么，就记录下来。我走到几个白色的矩形物件跟前，那些都是画。每张画布上的色彩从薄纱上无数个小细孔透出来。悬挂在进门案几上方的那幅画几乎是纯黄的色调，客厅沙发上方的画则是蓝色调。我们都已不记得画上的细节。迷你吧更是了不得，我爸究竟花了多少时间将每只玻璃酒杯和酒瓶的曲线、每根塑料摇酒棒包成了"木乃伊"？我的注意力被吸引到了唯一一样没被包裹起来的物件上：2000年买的一只贺岁小号角，金纸做的，挂着银花银穗。我拿起小号角，发现上面落了厚厚一层平滑的灰尘。我打了个喷嚏，我妈的清洁队漏了这个地方。我走入曾经的卧房，坐在保鲜膜包着的床垫上，手指沿着光亮的保鲜膜划过，有种闹鬼的感觉。

入夜，在佩尔拉姨妈家，我们把塑料桌椅拖到房子和室内天井之间的门边，打开推拉门，用餐区旋转的风扇正好吹来一阵凉风。我们得制订挖掘的计划，但姨父胡安乔也在，他不在我们的信任圈内，这圈子里只有我妈、佩尔拉姨妈、表哥法比安，还有我。我妈认为姨妈纳伊亚（她的另一个姐妹，也做了这个梦）不可信，但那时候我们并不知道是为什么。

在佩尔拉姨妈家的后院里，我妈说："我告诉过你们我在杂货店排队排了一小时吗？"然后她就将事情原委都说了出来。姨妈笑了，说起了把鱼柳煮过头的事："她这么一说，倒提醒我了……"这就是个游戏。我们都会讲些无聊透顶的经历，这么做就是想让胡安乔去睡觉。我分享了在机场找地方打盹儿的经历（结果没找到），而法比安则讲了自己怎么修马桶，他讲之前还列举了拿下水箱盖后都能看到哪些部件。我不声不响地咬了自己的手。我没法朝法比安的方向看，因为一看，他就会笑出声，而我也会把酒喷出来。

法比安是姨妈最小的孩子，我妈有两个孩子，我是小的那一个，所以法比安和我有一根特殊的纽带。我们从小玩到大。只有我妈和姨妈板着脸。胡安乔叹了口气，说累了。我们看着他站起身，等待他的脚步声越走越远。听不到他的声音后，我们便强忍笑意，开始谋划。姨妈要我们凑近点儿。

姨妈们分享了有关外公的梦之后没多久，一个有意向的买家从

公寓内。
库库塔，2012 年

布卡拉曼加给佩尔拉姨妈打来电话。姨妈和胡安乔在库库塔开了家砖厂，经营得并不好，所以姨妈就想趁此机会做别的生意。但一回到布卡拉曼加，她就很担心外公，于是取消了会面，去看了他的墓地。

"你肯定想不到我发现了什么。"佩尔拉姨妈说。我们瞅着她，等她说下去。

"那儿有根蜡烛已经烧到了根部，草丛里散着几张小纸片。"

"墓地里？"我问得很蠢。

佩尔拉已经扫了好几回墓，总是会发现草丛里的纸片。大家似乎都能明白其中的意思，但我慢了一拍，后来我才意识到那些都是祷文，也就是说，大家都认为外公的墓地是个神迹。

哥伦比亚各地都有神墓，这些墓地并不属于某个特定的人群。有时候，有孩子，有外公那样的巫医，因同情女性困境而被杀害的女人，也有科学界的人士，我觉得他们要是得知自己死后的命运，定会羞愧难当。

波哥大中央公墓里有几座神墓，其中最受人尊敬的当数莎乐美的墓。她是个性工作者，常在墓地门口售卖许愿烛，日食期间被葬于此处。有故事是这么讲的：有个她认识的男人过得穷困潦倒，即便兜里没几个子儿，但还是会给她买花，祭拜她，祈求她的帮助。他在走出大门的时候，碰巧看到地上有一张纸币，他捡了纸币，就去买了彩票，结果中奖了。

有人身上出了奇迹，墓地信仰就会蓬勃发展。莎乐美极受欢迎，以至于公墓管理方决定将她迁往城外。于是莎乐美的拥趸就对着相邻的墓地祷告，那是一座属于莫拉雷斯家族的陵墓，没人知道莫拉雷斯是谁。直到如今，人们还是会对着那座陵墓念炼狱圣灵祈祷文，在墙上热情洋溢地题献：

求圣灵助我得到稳定的工作，我承诺向专为你们所有人举行的教堂仪式支付费用。

炼狱圣灵，我祈求让 L.G.B. 离开在锡帕基拉工作的伊冯娜，让他们永世分离，阿门。

亲爱的上帝，我衷心求您让我的例假快来。

愿我爹无论在哪里都能过得安好。

我知道肯定存在一个由外公赐予的奇迹，就像莎乐美朋友的那个故事，使人们对他趋之若鹜，请求他身后的襄助。我很想知道他会为谁赐福，又是如何赐福的。

在佩尔拉姨妈家的后院里，我妈说蜡烛燃至根部表明有人在坚持不懈地发出请求，而且有可能是邪恶的请求。

"你读了小纸片吗？"

姨妈摇了摇头："写得太可怕了，没法大声说出口，所以我把它们一把火烧了。"

姨妈说掘墓价格昂贵，我们就算平摊也凑不够。返回自己的公寓后，凡是看着值钱的玩意儿，我都把它们弄干净，拍个照，放到网上，希望有人能买。我想要筹集资金的念头很迫切，我妈的上嘴唇因焦虑而紧绷着。每天晚上一看，还缺很多比索。每天晚上，我都会去姨妈家的后院，玩几轮互换角色的游戏。

法比安和我很少参与，我们喝葡萄酒，听音乐，看蝙蝠上下翻飞，而我妈和佩尔拉的故事，说着说着就不着调了，越拖越长，越说越离谱。佩尔拉说她出门和一个银行家见面，结果银行家一直没来，有种贝克特戏剧的感觉。我妈说她觉得汽车应该是怎么工作的（她当然不明白），我就用手当眼罩遮住眼睛。胡安乔休息得越来越早，终于有一天晚上，他再也不加入我们的行列了。

我们毫无顾忌地问对方："呃，要是挖开了，我们拿尸体怎么办？"

自从分享梦境之后，我们就一直讨论这个问题。把自己挖出来，外公想得到什么？我们后来都觉得他这么做是想摆脱人们的祷告，他对表演奇迹感到了厌倦。佩尔拉姨妈说我们应该把尸体埋到一个隐秘的地方。法比安说我们应该来个火葬。我说我们应该把骨灰撒到大海里，这样就再也找不着了。我妈没透露自己的倾向。

每次有人提出这个问题，接下来的就是一片沉默。我在黑暗中看不太清，但我心里清楚，花园尽头的番石榴树下，一只小小的猫头鹰在睡觉。植物从每一处角落和缝隙里蹿出来，佩尔拉姨妈在枝叶间给鸟儿留了几杯水，还留了几盘烂果子，让蜂鸟、啄木鸟、加维兰鸟和冠蓝鸦享用。但在夜晚的这个时刻，只有蝙蝠在进食。

　　一天晚上，我妈终于给出了答案。她说处理尸体的关键是要让它出现在故事里。就在蝙蝠俯冲之际，她说了一个我们听了无数遍的故事，法比安和我小时候都会求着她讲，我们自己也会说，但我们不说，因为我们最喜欢听我妈讲。只有她还记得外公以前是怎么讲这个故事的，一讲就是一个小时，我们就像是在听外公讲述，虽然法比安和我都已不记得他的嗓音。他死的时候，我才一岁，法比安四岁。

　　我妈开始讲了起来，那是在一个遥远的地方，在丛林里，外公碰巧来到了一片林间空地，一个潟湖精灵现了身。它幻化成一个漂亮女人，正在裸身沐浴，洗头发。水面没过了她的臀部。庞大的橡胶树从堤岸上拔地而起。外公看见她，就在小径上停下了脚步。他很清楚她是谁。那并不是他见过的最美丽的女人，却是一个超自然的野兽。潟湖精灵不会站立于地，而是悬浮于水中。如果她引诱你入水，你就会发现脚下并无立足之地，旋涡会将你吞噬，你就会淹死。外公很清楚这一点，于是就站在湖岸边，等着潟湖精灵开口。

　　"快来，"她说着，伸出幽灵般的手，"水很舒服。"

　　外公脱下帽子说："你好。"他站在湖岸上，拽着驴子，往边上走了一步，"是个洗澡的好天气。"说完，他便走开了。

　　外公很清楚精灵只是个恶鬼，想要拿他饱腹。他匆忙跑入丛林和鸟儿的聒噪声中，脖子上青筋直跳。外公心里清楚，荒野的森林里危险的不是野兽，而是闹鬼的地方会有其他东西进入，鬼魂会突破我们所在的平面，将我们拖入他们的居所。

"外公差点儿在森林里丢掉自己的身体。"我妈用这句话给故事收尾。

听了我妈的这个故事，再加上一直在喝酒，我觉得暖暖的。我明白故事中死亡画上的这一笔好似一幅地图，让人得以知晓他的尸体会发生什么样的事。

"这是不是意味着我们要把他交给大海？"

法比安冲着我笑，但闭着眼睛，脖子搁在椅背的棱角上。他冲我竖起了大拇指。

"不，"我妈说，语调有些生气，就好像我故意没在仔细听似的，"我们把他交给森林，但要以骨灰的形式交出去。"

"骨灰！"法比安这时睁开了眼睛，得意扬扬，"所以我们要给他火葬！我不一直在这样说嘛。"他晃动着膝盖，"看到没？我说得没错！"

我冲他叹息了一声，存心显得有些恼怒。

"那就是火化喽。"佩尔拉说，"我总是在想，有一天我要埋在爸爸身边。"

"我们必须抛弃以前的想法。"我妈说。

我们都安静了下来。在接下来的几秒钟内，我设法照我妈说的去做。我想抛开自己的所知，设法描画出森林哪儿会变稀疏，现在会在哪儿销蚀，过去又会从哪儿进入。

那晚，我闭上眼睛，我所知道的一个古老的故事，一个女人在潟湖中央的故事便进入了我的脑海。

　　故事发生在巴卡塔王国（如今的波哥大）。穆伊斯卡部落酋长发现了妻子和情人的奸情，便将她情人的性器做成食物，让她吃下去。于是，她就带着新生儿跳入瓜塔维塔潟湖自尽了。她死后，穆伊斯卡部落居民说她就漂浮在水中央，宣讲预言。部落的酋长们便用金粉涂满身体，将最好的黄金祭品和塑像堆放到筏子上，献给她。随从们划着筏子，载着酋长，行至潟湖中央，四周，森林密布，雾霭重重，黄金被抛入水中，酋长一跃而下，将黄金献给女人和她的饥渴，甚至还从自己的身体里掏取。

　　西班牙人抵达之后，带来了死亡、贪婪和毁灭，他们听说高山上有一个地方，黄金供品被抛入了水中。白人以为丛林深处盛产黄金，而当地人习惯将之丢弃。他们便来到巴卡塔，寻找黄金之城，结果却找到了瓜塔维塔。穆伊斯卡部落知道潟湖精灵已将那些惹怒她的人吞噬殆尽。若有人想要触及她的底线，强行夺取她的财宝，皆有去无回。最好带着奉献的符咒接近水边，而不是带着夺取的企图而来。凡欲抽干湖水者，都会被鬼缠身，而想要祭献自身饥渴者则不会。

　　瓜塔维塔就坐落在一个因盐蚀而产生的灰岩坑上，与地面相通。潟湖早已吞没了黄金，现代也做了抽干湖水的尝试，却因大规模的伤亡事故只能作罢。如今，这是一片受保护的土地。

　　欧洲人来了之后，有人会想潟湖女是否应为引诱白人来到大陆，给她的人民带来毁灭而受指责。

不过，这儿或许会有一个地方，时间会变得稀薄，现在已然销蚀，过去正在涌入。

哥伦比亚的大部分水体均诞生于潟湖。

在英语中，"潟湖"（lagoon）的意思是海岸边清浅的咸水水体，由沙岸同海洋隔开，而湖则是内陆水体。但在哥伦比亚的古老语言中，只有一个词指称水，数世纪之后，我们仍然会主观地使用这些词，如 laguna、lago。我们在思考水体的时候，似乎想要确定那是雌性还是雄性，闹鬼的还是俗世的。西班牙说潟湖比湖浅，仅十五米深，甚至更浅，这是欧洲人强行灌输给这片疆域的概念。我们的水体十米深，称为湖；二十米深，称为潟湖。我们所有的土著语言均以奇布查语为基础，而在奇布查语中，指称水的词是 sie。后缀和前缀用来描述词意，如热的水，待加热的水，用来稀释发酵饮料的水，将人吞噬的水，让一双手消失的水。

作为奥卡尼亚的梅斯蒂索人，在我们的故事里，饥渴的女人都生活在地壳之下。这些女人从火中诞生，长有鳞片。她们在炙热的地下蒸汽中摇曳生姿，却毫发无伤。她们仅住在毗邻潟湖的地方，如若有人因饥渴难耐碰巧经过此地，她们便会破水而出。男人生活于恐惧之中。他们知道自己无法控制肉欲的饥渴，所以不想让这样的鬼怪现身。

太姥姥，也就是我妈的外祖母悄悄地告诉她：女人也知道这些故事。

　　一代又一代，女人或独自，或三两成群，徒步跋涉前往遥远的潟湖，那儿没人能认出她们。一旦到了潟湖，她们就会藏起衣服，也就是说，藏起了使之为人的东西。太姥姥也这么干过。女人对水说话，对水中的精灵说话，请求庇护。男人认为潟湖是个陷阱，用男人难以掌控的欲望来引他们上钩，女人却视之为避风港。

　　女性先祖蹚入水中，荡起环形的涟漪，想象着自己即将羽化成仙。她们身上长出鳞片，口中呼出蒸汽。若是有男人走近，她们便似浴火重生、急欲饕餮一般，和男人打招呼，邀其加入。

　　美貌、柔软、智慧、光彩，这一切到了陆地上，对她们而言就是危险之源，而没入潟湖，就成了权力的预兆。唯有桀骜不驯、令人望而生畏的精灵才能施展如此魔法，向空气放毒，不容抗拒地诱使男人过来，胆大包天地踏入水中。

　　太姥姥说大多数时候，女人进入潟湖，根本就没有男人从森林里经过。女性先祖互相泼水嬉戏，讲讲故事，举行神圣的浮水仪式，将一杯又一杯水倒在彼此的秀发上。

　　女性先祖警告说，曾经有一个女人没有把衣服藏好，这个警告一直传到了我妈那儿，又传到了我这儿。

　　有个男人碰巧看到她烫得皮肤发白，又瞥见她的衣服藏在一块石头后面，便把她拖到林子里，打她，强行上了她，男人坚信这么做就是给女人上了一课，让她知道自己在世界中的地位。但故事要讲的是，忘却权力有多危险。

我打开灯的时候，我妈正要进入梦乡，我把她摇醒，问她太姥姥是怎么说的，问她认为外公遇到的那个站于水中的女人，是女人还是鬼。

"是鬼。"她说，她的发际线上簇拥着几缕细发，眼睛闭着。

"是女人。"我说。

我妈不喜欢我和她唱反调。她翻了个身："外公预言的能力很强。他应该看得出她的真实身份。"

"他是个男人，妈。"我不依不饶，"她肯定光彩夺目，骗过了他；她肯定拥有无上的力量，让人看了怦然心动。"

我妈在我的挑战之下，很不自在。她背对着我，但我仍能分辨出她脸颊的形貌，脸颊只要往上一提，我就知道她在笑。

4
井

奥卡尼亚的山区里,芝加哥的马路上,相隔四十三年,发生了两起事故。

1964 年,奥卡尼亚,还是那口井,外婆躲避外公时曾躲在井后,让外公的砍刀无从下手。井沿的石头已被拆走,就剩下一个洞连通地面,我妈的表兄们曾让她往洞里看:"快来,索哈依拉,我们去洞口那儿看看。"我妈知道已经没了井水,外婆说过,建筑工人往山里钻洞,使地下水改道,引入水管,这样一来,整个街区家家户户都会有水。我妈就盼着家里有水,想拧开水龙头,看水溅出来,所以对地面上的洞没什么兴趣。

"可你没见过那么黑的黑,"她的表兄们反驳道,"往里看,你会惊掉下巴,很有意思。"

我妈想了想。她和妹妹佩尔拉住一间卧室,她知道,只要是出现新月的那天晚上,就会是最黑的黑,此时,屋内窗帘和床垫的剪影令人无言而沉静。也许,她也想见识见识什么是绝对的黑吧。他们三个,就是表兄们和我妈,登上了灰扑扑的山坡,来到悬崖上。井沿的石头散落在草丛里。井的当中就是一个洞。我妈站在那儿,可以从黑之深感受到洞之深。

表兄们跳上了井沿。他们长长的黑发悬浮于黑暗之上。他们大喊"喂，喂"，声往下坠落，拖长了声调，渐至扭曲，他们便咯咯地笑。没人讲过洞作为洞，究竟止于何处。我妈不敢靠近，但一个表兄向她伸出手："过来，索哈依拉，我们一起看。"

我妈很喜欢这个表兄。每天下午，他们都会一起玩檀迦拉和捉迷藏，偷邻居树上的水果，在十字架国王山闹鬼的山顶上打盹儿。我妈握住了表兄的手，一起向空无走去。我妈瞅着自己的脚指头触碰到了黑乎乎的井缘，看着微光漫射在井壁的一排排石头上，以前井水就是被这些石头支撑着。她凑了过去，想看个究竟，但她知道肯定没错：她从未见过似这般犬牙交错的黑，那黑旋转着，嗥叫着，冲向无底的洞内。她呼吸着，周身笼着潮湿、陈腐的空气。一股上升的气流灌满了她的耳朵，随后便是永恒的寂静。

就在两眼一黑之前，我妈记得的最后一件事，是一只手放在了她窄小的后背上，轻轻推了她一下。

我在芝加哥找到了一条漂亮妖媚的丝裙，我妈给我打来国际电话，警告我这条裙子被下了咒，但我根本不当回事。那天清早，我给她的邮箱发去一张裙子的照片，随便说了一句："我发给你看看我生命中的新欢。"这是一条 Vera Wang[1]黑裙，电商打折时，我一冲

---

[1] 王薇薇，服装品牌名称。——编者注

动就买了下来，只看了一眼，我就迷上了它。我想被这条裙子裹住，因为它可以遮住我的脚趾，因为裙裾可以在我身后留下漆黑的印记。我对着电话那头翻了翻白眼，很恼火，她竟然不承认裙子有多美，况且我已经把裙子拿到裁缝那里做了改动，根本退不了了。

"这是新裙子，怎么会被下了咒？"

"你听我说，英格里德·卡罗利娜，那条裙子会让你守寡。"

我叹了口气："一条裙子而已，还能弄死我丈夫？我连婚都没结呢。"

"你就听着！我告诉你，千万远离那条裙子！"

"我听着呢。"我说。但我不是指"我会听你的"。

当女裁缝给我来电，说可以去取裙子的时候，我便跨上单车，想赶在裁缝店关门之前，尽快骑过去。我根本就没骑到那儿。路上，一扇车门在我面前打开，我撞了上去，撞得很猛，在空中翻了个跟头，脑袋撞在了路面上。即将撞上之际，我脑海中最后一刻想的还是我妈，她真是想入非非，还真以为一条黑裙子有这么大能耐摧毁我。

外公在砍一棵树的时候，一阵想要找到我妈的紧迫感攫住了他。他能听见她幽灵般细弱的声音在呼喊他："爸爸。爸爸。"他扔下砍刀，任由刀戳在草地上，飞奔回家，问另外六个孩子是否看到过她。没人知道她在哪儿。外公冲到外面，跑向土路。十字架国王山的房子都建在高出路面两英尺的水泥地基上，就算山里洪水泛滥，房子也会安然无恙。外婆的家人彼此相邻，舅舅和表兄弟也住在附近。外公往路上看去。我妈有可能下山，去陌生人家里吃早餐了。我妈向来就像只流浪猫。外婆让我妈去卖菠萝，她就会给面前经过的人讲故事，过了一会儿，要是觉得没问题，她就会告诉那些人她最喜欢吃鱼，希望他们能请她吃。

外公跳下土路，去了太姥姥家。他发现我妈的两个表兄都坐在门边，对着马路，晃着脚，凝视着空气，很安静。他来到他们身边："你们见过索哈依拉吗？"

他们对视了一眼："索哈依拉？"这名字他们好像是头一次听说似的。

"我没见过索哈依拉。你呢？"

"没，我没见过索哈依拉，你也没见过？"

"没有，今天没，今天没。"

外公一家家找我妈。太姥姥没见过我妈，我妈的舅舅豪尔赫和外婆的表弟蒙乔也没有。外公扑通跪了下来，紧紧抱着脑袋。见他如此心烦意乱，蒙乔就告诉他："我记得看见她和她两个表兄在一起，上了那座悬崖。"蒙乔指了指水井的那个方向。外公点了点头，沿着蜿蜒的土路跑去，跑入了森林。他跃过倒伏的树干，绕过低垂的树枝，来到建筑工人炸开山壁、挖掘通往井底的通道的那个地方。工人的头灯还在，外公抓起一个，打开灯，进入隧道，手撑着冰冷的墙面。

外公蹑手蹑脚地穿过隧道，一有细微的响动，就停下脚步，一动不动。他想动作快点，但又怕踩到蛇。最后，井底终于到了眼前。他看见地上有一小堆东西。他越靠越近，头灯射出的灯光也随之一颤一颤。外公本以为会看见粗糙的皮毛，革质的耳朵，野猪睡觉时露出的尖锐獠牙。不是，是个小姑娘，地上都是她的血。外公摸过去，他抓住小姑娘的肩膀，她便顺势落入了他的手中，是我妈，身上汩汩淌着暗红色的鲜血。外公颤着手，摸了摸她的脉搏，还在跳动，又摸了脖子，看是否断了。他把她脱臼的肩膀接回原位，用力抬起她，让她的脖子搁在自己的臂弯里，匆匆把她抱了出来，抱上山，再抱回家。

我耳中又响起了脑袋撞击马路发出的咔嚓声。我可以想象出一坨坨粉色的脑浆呈流体状侧漏出来。我用手碰了碰脑袋，按了按，似乎这样就能阻止脑子撞击颅骨。等我睁开眼，就见一个戴眼镜的男人把我拽了起来。我看见了单车，被撞变形了，还看见了他敞开的车门，也变了形。我推测我应该就是这么倒在地上的。

男人问我怎么样。他的手碰到了我的腰间，放在那儿没挪开。我把他的手拨开了。"我没事，现在就可以骑走。"我扶起单车，跨上车座，脚踩在踏板上，但车轮没动。男人笑了笑，眉毛都拱到了额头上。他双膝夹住前轮，将撞歪的车把拽回原位，交到了我手中。我并不清楚变形的轮胎会阻碍我的行动，但我看清了那男人眉开眼笑的模样。我骑了起来，既没往前看，也没往后看，更没注意到他让我稍等，坐下来，等一会儿。

　　我妈摔变形的脸流着血，濡湿了折叠床上的枕头，外公的客人通常都会斜倚着那枕头。外婆在门口就尖叫起来，求外公带我妈去看*真的*医生。外公将茶几上盛满油和软膏的罐子翻倒过来，找清理伤口的东西。他叫几个儿子把外婆带走，因为外婆一直在尖叫，让他静不下心来思考。三个儿子连拖带拽地把外婆带往后屋，把她锁在了里面。外公这时候才意识到得先给我妈止血，才能清理伤口。外公用老办法，也就是唾沫加询问来止血。外公知道医生会怎么做，他们会把皮肤缝合起来，一排排打上结，好似拉链。不让外婆的尖叫声干扰自己思考之后，他便着手将我妈身上的肉重新安回骨头上。皮肤没法叠搭在一起，但又得相触。之后，他便清洗伤口，用纱布裹住她的脸，用床单遮住窗户。外婆瓮声瓮气的咒骂声源源不断地从上锁的后屋里翻卷而出。外公去山上采集材料：用新长的甘蔗和植物纤维搭建静脉注射系统，用他自制的药剂注射至我妈体内。他还在家里制作草药，给她喂药，坐在折叠床边，为她祈祷。他在梦中穿过漆黑的廊道寻找她，想告诉她可以安全地返回自己的体内，但哪儿都找不到她。我妈还在昏迷，外公不知如何才能让她回来。

　　到了十字路口，我从单车上跨了下来，昏昏沉沉地盯着路牌看，麦迪逊路，霍尔斯特德路。我不仅认不得这些路名，还突然发现：我竟然不知道自己来自哪里、去往何方、在哪座城市、叫什么名字，甚至不知道今年是哪一年。

　　不知何故，困在某处让我觉得挺有趣。不对，是很欢乐。我是不是笑出了声？我差点儿就想拦住路人问今年是哪一年，要是他们没被吓跑，兴许可以再问问这是哪座城市。但我还是忍住了，笑了起来，心想，*这是生活模仿，生活模仿……*我不知道那句话接下来是怎么说的。我晕头晕脑地琢磨着这句话，认出那个在我面前打开车门的男人，他从我身边走过，穿着外套，戴着帽子，吹着口哨，正在遛一条白色的小贵宾犬。突然，一句话跃入了我的脑海，词语有时就是这么任性，就这么跳进了头脑中：*所有优秀的科幻小说都是这么开始的。*

"这个故事……"就在嘴边，但我就是无法集中精神，因为我很兴奋。我被空气挤压进了纯粹的意识之中，闭上眼睛，随着气流浮动。我在街角欣喜若狂，周围传来车流的噪声，人群的喧闹。我站在原地，涌起了一股欣快之感。

我睁开眼睛，过去了多长时间？一切都没变：人们在等红灯，然后穿过马路。汽车来来去去，虚度光阴。*我就是这样，我觉得这样……*现在不用做任何事，只要等待这投身于过去的波浪涌来。*投身于什么？*我闭上眼睛。*我就是这样，我觉得这样……*

在昏迷的梦中，我妈是个鬼魂。她盘旋于自己八岁的尸体上方。尸体就陈放在公墓的空地上。无论如何，杀死她的必定是体内之物，如疾病或中毒，因为据她所知，她的身子盖在丧服的白色薄纱之下，并未做任何标记。她从未听说过名字的那些镇民抱着鲜花和供品围在尸体周围，祈祷发生奇迹。我妈见他们撕扯着头发，趴在地上抽泣的模样，觉得好好玩。她觉得他们之所以哭泣，并不是因为有多爱她，而是因为历经数日，她的皮肤并未腐烂，她那棕色的头发散着花香味，这让他们的心头升起了恐惧。

日子一天天过去，尸体并未散发出通常的那种尸臭味，祭司便前来为尸体驱魔，认为是魔鬼造成了这样的偏差。祭司离开后，镇民们在尸体周围点起了蜡烛。之后，他们便将尸体埋在一棵紧邻溪流的大树旁。然后，就开始提出要求。

这是怎么做到的？她也不清楚。人们的要求束缚着她。除非顺从，否则她便无法摆脱。镇民们将他们的请求绑缚在树的枝干上，一张张纸片犹如鞋带一般颤抖摇曳。我妈经常会去跑腿。有人要吃的，她就引诱奶牛进入他们的花园。有人求保护，她就趁他们睡着时帮他们站岗。因此，她备感疲累。唯一一件没完成的差事来自一个女人，也就是她妈，她妈日复一日地请求她起死回生。

我只知道我自己的身体告诉我的事：以前，有一个地方，我产生了一些不明的分量，压在了自己的肩头，又压着我的胸膛，如今，有一个令人头晕目眩、无边无际的地方，我已将负担卸下。"现在，你就是一块白板。"我告诉自己，却又不记得什么是白板。理解力在我身上如一团迷雾。这是一种诞生于世的状态，焕然一新，未被经历和时间触碰过。包带勒着我的肩头，我就思考起了这只包。这是一只白色的旧包，包身上印了些小星星。我很清楚这里面包含了一些我旧日生活的线索，于是就卸下包，走向垃圾桶。我记得存在海洋这种东西：好似无垠的湛蓝，我突然想去寻找这东西。我决定把包扔了，去港口，混上船，出海，那儿没人问你问题，我要继续像块白板那样生活。

我将包举至垃圾桶上方。这时，我和一个透过玻璃店面看过来的女人四目相对。电光石火之间，我理解了我刚向她投去的目光，含糊，傲慢，那也是我投向自己的目光。我注视着黑色橱窗上自己的映象，震惊不已，我的双眼充满了困扰和怀疑，睁得大大的，将我的每一寸感受分毫不差地反馈给了我。人们在我身边走过，透过我的身体看去，仿佛我根本就不存在，仿佛奇迹尚未在我们所有人的眼前展开。因为是第一次看见自己，这感觉很神奇。我缓缓挪到橱窗前，打量着自己的脸，浓眉，棕肤，大鼻子。*那脸上烙刻的是什么样的传承呢？南美，中东，加勒比？* 我不知道。我用手指抚摸着自己的眉毛，摩挲着自己的脸颊，抚弄着自己的头发。*天哪，我那眉毛实在太浓密了。*

我开始恐慌。这证明要继续成为白板有多困难。我再也不能盯着镜子看了。但看自己是会上瘾的。我只瞥了一眼，接着就看了起来，再接着就凝视起了自己的虹膜。虹膜是棕色的，光从那里射入，呈现焦糖般的金色。我云遮雾罩般的经历就在我观察着的这具身体里。这是个奇异的堡垒。我琢磨着映象，映象琢磨着我。我耐心，宁静，心想究竟是什么样的钥匙、什么样的密码可以开这把锁。然后，转过街角，我便感到恐惧，觉得窒息。空气像是泥土，卡在我的喉咙里。很快，我的思绪就会混乱不堪，变得疯狂。从眼角的余光中可以看见，人们都在穿过马路，避开我。那是我，在尖叫。那是我，双膝跪下，喘不过气。那是我，破旧不堪，指甲嵌入路面的缝隙，紧抱着一小片世界。

每天，外婆都会坐在我妈的小床前。每周，她都会剪我妈疯长的手指甲和脚指甲，剪去落于胸前的打结的头发。外公清洗着我妈的伤口，把起褶的裂开的皮肤再次平整地放在她的脸上。他用捣烂的花瓣、种子、树液和酊剂涂抹我妈的皮肤，伤口愈合后，便不会留疤。

等到我妈终于睁开眼睛的时候，屋内幽暗的光亮倏然让她恐惧，而她床边的那些陌生人却比她更恐惧。她发现那些小男孩、小女孩、怀孕的女人都不是镇上的人，他们显然也在看她，眼神中透出惊恐和厌恶，我妈对他们的眼中所见感到害怕。她的双手飘向自己的脸颊，她的指尖碰到了柔软的纱布，她的整张脸都被包了起来。小男孩们将我妈的手压到床上，恳求她别去摸，怀孕的女人挺着鼓凸的肚子，将我妈所属的小小空间挤得满满当当。我妈乱蹬着脚，号啕大哭。她尖叫着要看镜子，想要知道他们是谁，他们想干什么，他们为什么要把她抓起来。她尖叫着，直到昏厥过去。

我叫了多久？ 我不清楚，但我的嗓音沙哑了。一个男人走了过来，是个老头，赤着脚，拄着拐杖。我发现他走路挺有节奏——杖，脚，脚。他来到我身边停下。我发现他弯腰的时候很吃力。他的手

斑斑点点，满是皱褶，指节粗大，在口袋里四处游走，向我递来一张二十美元的纸币。我没接，于是老头拿起从我包里掉出来的一本日记本。他将纸币放在地上，把日记本压在上面，当作镇纸。然后，他将关节粗大的长长的手指聚拢至胸前，鞠了三次躬，仿佛我是个女神。*什么女神呢?* 他起身，一瘸一拐地往后退了几步，但仍然面对着我，就像时间本身在往后一步步退却。他转身，穿过马路，消失了。

我妈很清楚存在两种现实。她倾向于当鬼跑腿的那个现实，可以穿墙而过，任何屋子随便她走，别人还看不见。她不喜欢困于废弃黑屋内的那个现实，那儿还有个怀孕的女人老是要我妈叫她"妈妈"。女人的孩子轮流给我妈讲故事，向她证明她是个有血有肉的人。

"我不叫索哈依拉！"我妈喊道，"我没有兄弟姐妹！我是鬼！"

我妈闭上眼睛，来到村民生活的那个地方，让自己成了他们的鬼。她训练自己用意念移动物体，先用水杯试，用意念将杯子推离桌面。她让自己的意念成了针尖大小的东西，可以用来攫住固体。她就这样获取了足够的力量，从柜子底下取回丢了很长时间的挂坠，交还给提出这项请求的镇民。

我妈睁开眼时，一个烦人的孩子坐在她床边，正在诵读无聊的东西："我叫安赫尔。你很喜欢我教你空手道。我们一起在山里奔跑。我们追青蛙。我们爬树，偷看邻居。我们用泥土做馅饼，还假装把它吃了。"其他时候，都是怀孕的女人在罗列谎言："你的名字叫索哈依拉。我是你母亲。你八月出生。你是七个孩子里的老五。看，我现在又怀上第八个了。"

我妈这辈子都在想方设法成为鬼魂，但她并没获得真正的自由。她成了镇民们的奴隶，受困于他们无休无止的请求。在另外一个世界，她又被怀孕的女人囚禁于黑屋子里。两处，她都渴望自由。她学会了如何显现在镇民们面前，也学会了如何让他们听见自己。她对他们说："你们必须接受我已死的事实，必须让我走。"

我妈睁开眼，那个声称是她父亲的男人就坐在她床边，正在吞云吐雾，吐出的烟雾沿着她的身体上下飘浮。烟是白色的，很刺鼻，这使她的感官变得敏锐。她恳求这个男人："求求你，给我拿面镜子过来，在我面前举五秒钟，一秒、半秒也行。我要看一看。"但那男人继续吞云吐雾，像是压根没听见。

我脸颊贴在人行道上，恐惧之后，便是恍惚，我发现有些事情我知道，有些我并不知道。我知道一个女人和一个男人生出了我，但我不清楚他们是谁。

波光粼粼的大海袭来，覆盖了街道，轻轻拍打着我的脸庞。然后，海水退去，露出了一道深渊。我发现自己躺着，不是躺在城市的人行道上，而是放干了水的海床上，海床仍然湿润，到处都是残砖碎瓦。前方，目力所及之处，海洋的地壳上露出了一道裂缝，裂缝内闪耀着翻滚的岩浆。另一个起源。

我坐起身，在街上逡巡。海水已然退去。人们从边上经过，双腿和鞋子只剩一道残影。我身后就是黑乎乎的窗子。我在抵御着引力。如果转身，我就会和自己的映象面对面，随之而来的就是极力想知道我是谁。想要去看的欲望令我筋疲力尽，而相对的冲动也是如此，那就是：千万不要看镜子，找到大海，再也不要离开。

我坐了下来，在这十字路口，灼烧着。

我决定，如果无法两者都选，那我就都不选。我会返回自己的生活，让白板成为秘密。我把包拉到自己身边，寻寻觅觅，终于找到了一部电话。不知何故，我竟然还记得怎么打电话。我拨了最后联系过的一个人——保罗·S。他是谁，我不知道，但电话响了，他的名字出现在屏幕上。然后我就开了口："嗨，保罗，你好吗？"在我自己的耳朵听来，我还挺镇静的，但我的嗓音应该还是有所暴露。

"英格里德？怎么啦？你在哪儿？你还好吗？你在哪儿？"

听到我的名字，我潸然泪下，千头万绪缓缓涌上心头。我托着脑袋，哭了起来，告诉保罗我出了事故，不记得自己从哪儿来了。为了让我冷静下来，保罗给我列出了我生活中的种种细节，我有个姐姐，我姐姐是他的未婚妻，我在芝加哥，我应该给耶利米，也就是我的男朋友打个电话；我得去看医生。我记下了保罗说的那些事。"这我知道，"我听见自己在说，"我觉得是肾上腺素的原因。它让我的脑袋思考不过来。"我没想到我还认识"肾上腺素"这个词，而且我能这么快就编造出一个谎言，让人质疑我的头脑是否清醒，可事实上，我为自己的头脑如此专注而备感痴迷。我不无困扰地了解到，我这人精通语言，因此是一个操控人心的高手。

　　第八个孩子出世了。我妈能听见远处房间里孩子的咿咿呀呀声。我妈的伤口已经愈合了，不再需要缠绷带，但她仍然不被允许走动，即便在屋里走也不行。每天，她都坐在床上看着窗子越来越暗，床边的椅子一个接一个地坐上人：那些烦人的小屁孩，见她睡着了，就会守着她。年纪大的男孩抹了发胶，手像女孩子般柔嫩，一天，他把托盘放在床边的桌子上，转过身给我妈倒茶（他们逼着她喝，虽然像她那样的鬼魂根本不用喝茶，但她也懒得去解释）的时候，我妈把被子一掀，就跑出了房间。我妈说不清楚接下来发生了什么。她应该是冲进了客厅，又猛地止住了脚步，但她记得挂在墙上的锃亮的卵形物品竟然有了生命，这让她震惊不已。她记得自己生命中那灼热的短暂瞬间开始分崩离析，从战栗的银质亮面上看见了自己的皮肤，蓝黑色，有些肿胀，她的一只眼睛长在额头上，另一只融化在了她的脸颊上。

　　"我是个魔鬼！我是个魔鬼！"她躲到了床底下，决心让自己睡着，看看自己可以给镇民们展示何种奇迹，她得想尽办法满足他们的需求，无论付出什么代价。

　　我躺在急诊病房内。医生照了照我的眼睛，给我的大脑拍了 X 光片。他特意不用"遗忘症"这个词，但他问的每一件事都在围着这个词打转："你记忆方面没任何问题吧？有什么奇怪的地方？"我也就配合着回答："没有，一切正常。"医生眯起了眼睛。得让他签名释放我，我笑了笑，瞥了一眼他放在纸上的钢笔，然后直视他的眼睛。

据说是我男友的那个男人陪我回了公寓，我独居于此。我跟随他人的节拍器标记时间，我按照别人对我的期望行事。我不在乎要走多远，只要我继续成为一块白板就行。我喜爱白板奇异的震颤，不想让别人对它进行修理。每时每刻，我都在翱翔。我不在乎自己迷失在往昔之中，因为我已经完全找到了自己。第一天晚上，当男友脱光了躺在床上时，我明白自己也得这么做。我脱下衣服，上了床。他的胸膛抵着我的后背。我热泪盈眶。躺在熨贴的床单上，我降落至内心的底部。我觉得麻木。我是短促的啸叫声。他的胳膊搭在我的腹部上。然后，他的身体就松弛了下来。

"你不想做爱？"我问。

"不想，我想搂着你。"

男友得每小时叫醒我一次，确保我的脑袋没出故障。他会问我一些简单的问题，比如："一加一等于几？"急诊病房的医生就是这么做的，问完后在表格上的方框里打钩。入夜，置身床上，我觉得自己就像是电视上参加游戏的竞争者。我得自己琢磨答案，但答案很难始终浮于水面。*一加一等于二，他叫耶利米，我叫英格里德，城市是芝加哥，今年是 2007 年。不对，是 2008 年。不对，2007 年。*我很容易打瞌睡，甚至都没注意到自己已经睡了过去。

我的肩膀晃动着，听见男友的嗓音："你叫什么名字？"我的公寓里黑黢黢的，或者说我们是在我的公寓里吗？如果我答对了，就能继续睡。"英格里德。"我说。有地方不对劲，但我不记得哪儿不对劲。睡眠是白茫茫的绒毛，它渴望着我。我得醒着，我和空无的棉花糖战斗，但很快就被它吞噬了。

男友又在摇晃我："你是哪儿的人？"没人告诉我这个问题也会测试。"别烦我。"我呼着气。"我也困，快告诉我你是哪儿的人。"他还在坚持。这一次，我不知道该如何假装知道自己不知道的东西。然后，我就记起了是什么在困扰着我。这是一个价值百万的问题：*我身边躺着的人是谁？*我觉得很不安全。"我是哥伦比亚人。"我回答的时候，身子抖了抖。我注意到记忆可以通过联想回返，于是就指责自己进行这样的观察。我的目的是保持自己是一块白板，我得把女朋友的角色扮演好。我背对着男友，偎依着他，他的身体奇异而熟悉。我闭上了眼睛。

在我的梦里，有不同的色彩，如落日时分变幻的天空，闪着灿烂的油光。我注视着火山向着海洋喷发。如往常一样，大海退却至街上。我没有身躯。我是个鬼魂，在荒弃的海床上徜徉。我跪在一条扭动的鱼儿边上，跪在海床的缝隙上。我将耳朵凑至缝隙处，没理会热气已让我的一侧脸颊烫出了水疱。我很想知道始于此处的究竟是什么声音。男友再次摇晃我的时候，我觉得好像只过了一秒钟。

"告诉我你叫什么名字。"

我妈听见了镜子撞碎的声响。她想象自己的眼睛脱离眼窝，映衬着自己蓝黑色的皮肤，飘浮着，随着每一片碎裂的镜片飞溅开来。两个小姑娘来到她的床边。她们说是她的表姐妹。大一点的眼睛盯着地面。小一点的问："你还记不记得自己掉进了井里？"

我妈什么都记不得："我掉进去的时候，你们和我在一起吗？"

"没。"一个女孩说。

"在。"另一个说。

表姐妹离开后，外婆握着我妈的手，领她来到厨房："这是我们烧饭做菜的地方。"她指了指土坯灶台。下面在烧木柴，火苗从台面上的空洞里蹿了出来，舐舐着罐子的下缘四周，罐里的土豆咕嘟咕嘟响。自称是她妈的那个女人仍然不明白我妈是奇美拉①，不需要补充营养。我妈看着泥土墙，四周悬浮着的东西在蓝色的墙面上映着一个个方块，亮闪闪的，干干净净。镜子。外婆指着土豆、一篮子鸡蛋、角落里的玉米堆说："我们就吃这个。"但我妈只看见墙上亮色的方块，空空的空间不知何故，仍然萦绕着映象。

我就着闪光，认识了自己：手指的虚影，双腿的移动。我是阳光，我是空气。我公寓里的镜子显示了身体的边界。我们忘了镜子可以变得暴力，反射出我们自身的牢笼。那是一张脸，一堆头发，嘀嗒响的钟，指出我还有一个身体令我焦虑。我用床单裹住镜子。成为鬼魂着实奇妙。

---

① 希腊神话中狮首、羊身、蛇尾的吐火女妖。——编者注

我公寓里的三只小猫在我身后喵喵叫，它们总会围着我转，拍我的脚后跟。客厅里有一个厚重的竹制书架，橙黄色的老式家具，许多植物，让我有种在丛林里穿行的感觉。厨房摆满了炊具，搁架上堆满了瓶瓶罐罐。*猫咪们吃什么呢？* 我得把这事想明白。厨房应该是放猫粮的地方。

我待在床上。如此空无真的挺有意思。我是一片没有历史的土地，正在见证着自己。时间缓缓展开。深深的寂静轻轻地穿过我的身体。我的身体告诉我，这是一起罕见而神圣的事件。我聆听着寂静，起先，那像是我自身的忐忑及时发现的一个产物，但它并非来自我所知的那个自我，而是从我体内异质的部分轻叩而出，幽暗的水拍打着自身，形成的生命。

阳光灼热的橙色射入了窗内，我心想，头脑是否层层叠叠，可以让我一层层地剥开？头脑是否存在中心？中心是否就是幽暗的水？如何能让幽暗的水说话？

我躺在床上，记下了一连串问题，满怀自信地使用正确的词语、正确的句法将它们写出来，好让最后一道帘幕落下，把我带到造我的原材料处，带我来到开端。

笔记本在手，我试着写道：*既然一切都已被剥夺，那你又是谁？* 但幽暗的水静悄悄的，*既然一切均已错置，那你又是谁？* 但它仍然相当坚固，高高在上，离我很遥远。我写着一个又一个问题的时候，猫儿变幻成了剪影。无论我问什么，我总是遇见异乎寻常的沉默，它那广袤的黑让我噤声。太阳已下沉，我觉得也许头脑的语言并不是难以理解的沉默，而是无言的丰盛。我侧耳细听，就像对待一种我并不流利的语言那样，这时，就在这时，我被从一座座无以名状的高原上一扫而过。

电话铃声响起时，天色已暗。屏幕上显示是我妈。我接起电话，自称是我母亲的那个女人恳求我不要穿黑裙，她说话的时候，有三件事情让我惊讶：一、我能听懂西班牙语；二、她的嗓音我很熟悉；三、尽管我不记得我母亲和我男友，但我仍能巨细靡遗地勾画出那条黑裙。

长裙领口下开，高腰，长裙摆。几道黑丝褶盖住胸部，丝绸在肩部卷曲。正是因为这条裙子，我母亲预言会引发一系列事件，让我守寡。我现在记起了当时我就是要去取这条裙子，才出了车祸。"求你了，"她说，"别这么固执。"

我固执吗？ 我心想，*丧失记忆不就像在守寡吗？* 说了"你好"之后，我应该什么都还没说吧？我不知道我们娘俩是什么样的融洽关系，但我还是不愿变通："肯定没事的。我会留下这条裙子。"我发现我一点儿都没打算告诉母亲自己出了车祸，得了遗忘症。除了我想让自己继续保持白板一块之外，在对待母亲这方面，我发现自己心胸很狭隘，我就是不想让她享受自以为正确的那种满足感。

不管怎样，她说得确实没错。我着急忙慌地赶去取裙子这件事促成了车祸。可她的预言并不准：我没失去丈夫，只失去了旧日的自己；我守寡，又重生了。那不是她口中的坏事，实际上是我遇到的最好不过的事。我虽失去，却丰盈无比。我好奇地发现我对母亲怀有一种明确的情感反射，我能认出这女人的嗓音，可她又是一个谜。"只不过是一条裙子而已，"最后我对她这么说，"不要再用迷信那套东西说什么什么不好。"说完，我就挂了电话。

我还站不稳，所以就爬着去厨房，寻找能将我引向裙子的线索。三只小猫从我的脚边跳开了。我在矮柜里找到了猫干粮，就把粗磨猫粮径直倒在了地上。猫咪们向这堆猫粮发起进攻，攻势凶猛。我要是能煮咖啡，就能想出裙子在哪里。我扶着台面站起身，面前就是速溶咖啡机。机器银闪闪的，旋钮很厚实。我尝试给那些奇异的象形文字进行解密，比如*波浪杯*、*蘑菇云*、*小杯*。我喝了一杯水，就睡着了。

梦里，我盘旋于上，并无形体。云从身边飘过，大海在蒸腾。海浪狂啸，橙色岩浆击破表面，岩浆渗出，没过海浪，空中弥漫着蒸汽，固化成一层又一层黑土。陆地就是这么诞生的。最初的创造需要暴力，一场短暂的大灾难。

外公类似于医生。有时，他的病人来让他治疗疖子、皮疹、咳嗽。有时，病症并不明显。我妈发现，有的人身后跟着一层层阴影、灰皮肤的人、露着獠牙的野兽。无论是病人还是外公，都不会去提这些东西的存在。有一次，我妈犯了个错，用手指着一把椅子，告诉外公："最好先治他，他肚子流血了。"外公瞠目结舌地瞅着她。坐在流血的男人身边的女人看看我妈，又看看外公，再看看我妈。

"那儿没人。"女人低声说。"你没看见吗？"我妈问，"他穿了牛仔裤、格子衬衫。"那女人扑通朝我妈跪下了："那是我儿子！那是我儿子！他肚子被枪打中了！他死的时候就穿了这身衣服！他有消息要给我吗？"我妈看着那男人。鲜血从他肚子里汩汩涌出，他翻着白眼。*他要死了*。外公把一只手放在女人的肩头，抬起另一只手的手掌，示意女人起身："我们会看看能为他做些什么。"外公领着女人来到前屋，也就是他的诊疗室，我妈则生根一般坐在空椅子前，流血的男人已经消失了，她身躯里都是那些沉甸甸的知识，只有她有能力看见。

崭新的清晨，我有一堆事要做：吃东西，给喵喵叫的猫咪喂食，想法子去拿裙子。

男友打我的手机："我得加班。你还好吗？"

我说："还好。你好吗？"没有记忆，我唯一的交流策略就是表现得像面镜子。他说他挺好，然后我们俩就计划次日见面。

我在客厅的白色钱包里发现了一张裙子的发票，上面印有星星的图案，*服装专家，始于 1982 年*，发票上还印了地址。看发票的时候，记忆开始闯入，似波浪一般涌来。我放下发票，等待着。女裁缝的脸冒着泡，开始成形。确切地说，是她的头发。银色的短发，卷卷的，很漂亮。我看见了她的试衣间：一个小小的空间，四周围着印有一朵朵玫瑰的黑色丝绒帘，帘子挺厚重，金色的拉绳长长的。我记起了踏上中央米色平台时有种陈设颇为雅致的感觉，灯光很柔和，一走到灯光底下，两侧便出现了三个我身着内衣的形象。我记得：无论我转身有多快，当我看向一边时，总能捕捉到映象在看着我。这是我小时候就在玩的游戏，可怎么会这样呢？我记得听见隔壁试衣间的一个女人说她要穿那件衣服参加鸡尾酒会，还仔细说了要做什么样的改动。

在医院的时候，我还在一个围起帘子的空间里待过。帘子是蓝色的（也许是白色的），薄薄的。透过帘墙，传来声响。我身后，有人在悄声说话，像是德语，声音挺远，还传来了笑声，更远处，有人正在尖叫。

我不想让记忆回潮。我感受到的这些细节已经让我的肩头发沉。我正在渐渐变得更有血有肉。我的眼中充满挫败感，而后一种无言而凄厉的恐惧挤入了我的肺部。这种被攫住的感觉，没有我摔倒在马路中间时的那种感受强烈。我开始梳理情绪，但凄厉的恐惧已被例行的无所事事所淹没。好似忘却一个名字或一张脸，恐怖之物的纹理和形状也消失不见了。*焦虑开始发作，这是一个不由自主的想法。都是这么说的。*

一天当中，焦虑来来去去，我怕自己没法去拿裙子，但又不想让自己有其他选择。我这人做事快，效率高。我在台面上那张未付讫的账单上找到了地址。那时我还记得自己的名字，每天重复背诵不下五十遍，但这名字似乎并不属于我，就像地址、公寓、母亲，他们所属的生活，在我的记忆中并不存在。我拨了手机里保存的标注了"出租车"的电话号码，大声念着地址。我将"服装专家"发票上的地址递给司机，让他看看要去哪儿，然后就在后座上随车摇来晃去，双手压着太阳穴。我进店前让司机等我，然后把裙子紧紧抱在怀里，就这么一路回了家。我到家时已经挺晚了。我将裙子挂到带衬垫的衣架上。"很漂亮，对不对？"我用指尖抚摸着上好的丝绸，"我妈产生了错觉。这条裙子完全没有超自然的东西。"我抬起裙摆，将它拍松，松手任其落下。我脱下衣服，穿上裙子，跪下来，将长裙贴身捋平。裙子投下一个完美的黑圈，我就像置身于孔洞的中央。我在公寓里昂首阔步地踱来踱去，给植物浇水，还轻快地走向窗边。我任由裙摆拖在地上，虽然我很清楚地上脏，猫咪们也会撕扯它。

　　显然，我妈回来的时候没了记忆，但能看见和听见亡者。外公要我妈坐在他诊疗室的门边，这样就能对他说她看见了什么。有时候，我妈不会把看见的异象说出口。有时，她会指着死者，描绘给生者听。眼睛挂在沾满泥土的线上，血从割开的脖子里流出，血管透过皮肤闪着黑光。有的鬼很漂亮。一个穿太阳裙的女人在笑。一个男孩在两堵墙之间跳绳。一个爷爷脱下帽子在鞠躬。很快，外公的客人也会像来看外公那样时常来见我妈。治疗期间，外公会让我妈把脸没入冰水中，还把碾碎的植物涂抹在她的皮肤上。他不太和她多说话，只说她消了肿，皮肤愈合后没留瘢痕，很快就会和落井之前一样漂亮。

　　外公救下了一面镜子，那是一面刮脸用的小圆镜，正好可以窝在他的手心里。我妈睡觉前，他会把镜子放在她的枕头底下，只是说："这镜子有助于你记忆。"一到清晨，他就会把镜子取走。

第一天晚上，他把镜子放在枕头底下的时候，我妈还取出来看他的话是否应验。也许确实消肿了。她注意到别人不再像以前那样厌恶地瞅着她。她举起镜子，闭上眼睛，心里怕怕的，然后一点一点地睁开眼睛。就着苍白的月光，她打量着自己脸庞的轮廓：瘦削的颧骨，厚厚的眉毛，眼中透着漆黑的乌檀色。只有一处还有疤痕，下颏尖尖处的边缘还在愈合。她侧过脑袋，欣赏着自己的鼻子，喘着气。一边鼻孔比另一边略大。她心想，以前是否也是这样呢？外公修理她脸庞的时候是否弄错了？她很快就原谅了外公，伸直胳膊举着镜子。她很漂亮，还会再次漂亮。

我妈将镜子悄悄放回枕头底下。外公一直在保护她，不让她没做好准备就看。照镜子是一种留存时间的行为。外公的镜子向她表明她的脸承载着历史。她能看见如何承载自己生命的标记，而她对此并不太懂。她也可以把眼光向前看。透过镜中的映象，她还看见了另一张脸，那是许多年以后的脸，如果她愿意，可以细细品读前方等待着的究竟会是何种快乐和悲剧。但她不想这么做。这些事情她不想去理会。那晚，她的脑袋一枕到枕头上，手一塞到枕头底下捏着镜子，就睡着了，就开始有了记忆。她梦见了导致她掉入井中的那些时刻。她记得有手推了她一下。

梦中，我从硬邦邦的干土堆上爬了下来，以前这儿都在水底下。

岩石表面煤黑色的棱纹很重要。它们揭示了运动的历史。水是近期才消退的。我看到海床上都是喘着粗气的鱼儿。到处都散发着不祥的静谧。

命名乃是我拥有的一种力量。

每一种暗黑的空气，我都称之为*夜*。

每一具躯体，都是一种*筋疲力尽*。

我打开冰箱，落在我脚上的黄色三角形的光可以用什么词语来命名呢？*清算*。我大腿上仍显乌青色的瘀痕可称作*祭坛*，每一扇拉起窗帘的窗子都可称之为*死囚*。

我几乎不用什么力，就让自己的生命之轮活动了起来。从我的通信中可以看出，我受雇于一个记者，做点翻译的工作。我打开文件，不确定是否能完成这样的任务。那是一封囚犯的手写信件。我从开始翻译第一个字起，就发现自己自动拥有从一种语言倾入另一种语言的本事。这就好比走路，我可以无意识地行走，置身于不同的语言之间，将另一人的声音注入并非写给我的信中，平静，熟稔，仿佛幽灵般的存在。

我忙活了两个小时，开始爱上语言之间打开的那种静谧。翻译存在迟滞，那是一个乌有之地，我的头脑召唤出一门语言所包含的意蕴，又在第二门语言寻觅到对等的意蕴，于是门就打开了。语言之间存在一种不需词语的领地，在那儿，每一样事物仍未命名，几近永恒。意蕴就是一切。语言被折叠，也就被抹去了。这是无言的丰盈。

我耗费三个小时将囚犯的词语翻译过来，再将我的作品发给记者。我在网上的搜索栏内输入"恋爱时人们会做什么"，然后给男友发去信息，说我想看电影。"我正在写作，别给我发信息。"写作是我应该做的又一件事。我的电脑上开着一个页面，是小说草稿。故事发生在波哥大和洛杉矶，讲的是两个女孩和绑架。我不记得自己写过这小说。我滚动页面，随意删除段落。我在网上搜索栏内输入"好玩的西班牙语笑话"，还给母亲发了一条过去，然后又告诉她我在忙。

我尽快完成了自己的职责之后，便凝视着自己的头脑。

因为我没有过去和担忧，所以没有思绪浮现出来。我从安静逐渐走向喧嚣。我什么都不占有，却又觉得像是占有一切。几小时过去了，我感受着血液如何在我的体内流动，让时间更迭。

那些我所记得的事情，其实我并不确定是否确有其事。有些记忆含有小故障，其中一次，我在酒吧里对只会讲西语的人说英语；另一次，我还小，在波哥大我家街区附近走来走去惹麻烦，可我知道身上穿的那条裙子却是我成年后在芝加哥买的。

起先，我读了日记，想要来一番事实核查，但找不到答案。我觉得，日记应是赤裸裸的叙述，可我的日子却又模模糊糊。其中一页写道：*我怀揣着空荡荡的心上床，一连睡了三天。我觉得空气辜负了我。*其他地方都是空白。

另一页写着：*攥紧毯子，指甲深陷。*

还有一些句子很奇怪：*从行驶车辆的后座看去。对天空形象的*

记忆。宠物死亡的方式。其他页面写的都是无意间听来的谈话。

　　我知道未发生变质的记忆只有车祸发生后在马路上的最初时刻，当时我完全遗忘一切，此后数星期亦是如此。置身街头彻底遗忘的时刻乃是我所拥有的最为鲜活的记忆。我屏息凝神地注视着正在形成的世界。我会一而再，再而三地思考每一个时刻，心里很清楚它们也会很快变质。

　　就在那个男人导致此次事故，且将我从地上扶起来之时，我那名为腰椎的腰背部在他的触及之下，立刻就感受到了一股热气。他眼中的傲慢教会了我何为权力。他的指肚搅扰了我的衬衫布料，让我知道何为狂野，知道了一个事实，即还存在这样一种对狂野之物的索求。

　　遗忘就像生活在世界边缘。宏伟、难以置信的孤独。你无法拥抱世界的尽头。

　　我尽可能长久地回想着，在我知晓自己是一具躯体之前，体内那种难以想象的自由感。好长时间，一旦闭上眼睛，我仍能品味到那是一种什么感觉。但慢慢地，那感觉变得迟钝，如今在我的回忆中只成了一个概念。

　　人们所说的蠢话都是真实的。无知即福分。

　　我对记忆回潮无能为力。渐渐地，我睡了过去，勉强醒来，便带来了新的记忆。我记得在酒吧里自己脑袋一仰，哈哈大笑。记得有一次，我深夜步行回公寓，靴子在雪地里深一脚浅一脚的，雪泥渗入鞋子，脚趾冻僵。寒风吹散了我的头发，似高速游艇一般猛扇我的脸庞。一天早上，我醒来时，想起了《白鲸》的情节，以及海洋的五个区域。

我不记得情感。我不记得对母亲或男友的爱。我就像个精神崩溃的科学家，在笔记本里写道：*也许记忆累积起来之后，情感才会来临。*

一天，我醒来的时候，脑海中烙刻着一个印象：我妈在玩塔罗牌。塔罗牌在她的面前摊开，略呈弧形，她的手指在塔罗牌上方腾空敲击，看要翻哪几张牌。我托着脑袋，随后记忆便如潮水般涌来：

外公可移云。

我妈可同时分身两地。

我妈掉入过井里，失去了记忆。

我陷入了深深的困惑之中。

我母亲也失去了记忆。

我身上的每一块肌肉都停止了运转。我窒息，正在大口大口地喘着粗气，可氧气似乎根本找不到我的肺。我蜷缩着身子，形如圆球。事件更名为*日益增长的恐怖交响曲*。我进入了神游状态，之后便优雅地离开了自己的躯体。我在上方注视着自己：一个人类样本正遭受着陌生苦痛的折磨。我对这恐怖深感敬畏。

八个星期，如此这般的折磨，之后，我便回忆起了一切。

"你有两条生命线。"我八岁的时候，一个老太太告诉我。那是周日的晚上，我们在波哥大的玻利瓦尔广场上闲逛。我妈，希梅纳，还有我。我妈松开我的手，给我姐拍照，我姐当时在追鸽子，把鸽子追得飞了起来，就在这时候，一个老太太抓起我的手，看着我的手掌，喊了这么一句。我不记得她的长相，只记得她说："你今后可以选择两种生活。一种更刺激，但你年纪轻轻就会死；另一种——"我妈把我拉了过去，带着我们飞似的穿过了广场，经过喝咖啡的老爷子和给鸟儿撒面包屑的孩子。那女人就在后面追，要我们付钱，但我妈回头大吼道："没人让你看！别来烦我家姑娘。"

那女人的话让我一直无法释怀，我会质疑自己做的每一个决定，琢磨着究竟是什么才会让我过上一种早逝的生活。如今，我觉得这预言已不再像紧箍咒，但那到底是长寿，还是短命呢？

我将公寓里盖住镜子的布料掀开，坐了下来。我也记得这事：我身上背负着创伤。不去了解是不可能的。我迫使自己去了解所有有待发现的事物。

即便我妈承认她是个鬼魂，也是个赖床的女孩子，这是两种不同的存在，但她的理解是此二者皆为真。外公教导她选择一个现实，但没告诉她选哪个。太姥姥建议她选实体性的生活，因为如果我妈总是相信自己是个鬼魂，还有哪所学校会接受她，哪个恋人会和她接吻，她能过上什么样的生活？

我妈告诉太姥姥，如果她准备生活在她的世界里，那条件就是正义。不管是哪个表兄把她推入井中，她都希望那个人为她所受的伤害、遗忘，以及这次回归付出代价。

对质的时候，表兄们有自己的一套说法。将我妈推入井中的那只手并不属于他俩，那手是自己凭空出现的。那手小巧、纤细、透明，指甲泛着蓝。

大人们不知道该怎么办。姨妈逼着表兄坐在我妈的床头，请求宽恕。他们的道歉并非真心实意。我妈对正义也就没了兴趣。她喜欢表兄编的故事，还有那只鬼手，就让他们再给她讲讲。

表兄说，有块衣服边儿，手腕上绑了根皮筋，还有块蓬松的薄纱呼啦啦地飘动，薄纱上方是湛蓝湛蓝的指关节。

这时候，外公开始给我妈算命。他用扑克牌算，但有时却凝视着水面。水面使外公映现出了两张脸，又轻易被他嗓音带出的风给打碎。

外公告诉我妈，说他掌握的秘密，比他更厉害的那些力量不允许他教给她，但他现在觉得是那些力量选择了她。

外公在他的诊疗室里私底下预言了我妈的前路，他的那番话，除了我妈，谁都没听过：他采取的步骤，他讲述的那些话，他如何将自己的意念指向某处，想要掀开帷帘，揭示她面前的岔路。我妈记得那正是她一直求之若渴的知识。她心想，父亲是否会因为他所给出的那些理由而将秘密揭示给她，又或者是诱饵，诱惑她选择生者的世界。不问的话，我妈无法确定，可她又不想去问。不过，她确实在看、在学。但使她愿意留下的，并非外公所透露的未来，也非外公所揭示的秘密，而是外公语气中对她轻柔的膜拜。

　　我和事故之前并非同一人。我母亲出事前后也是判若两人。我们是两个因出离和回返而产生变化的女人。从这方面来讲，唯有我们才会理解彼此：我们都知道醒来时分崩离析，一小时一小时地见证自我的创造究竟是何种感觉。

　　曾经，我们空洞，纯净，辽阔——唯有新人才会如此柔韧、开敞。

　　然后，我们为其中一人陷入缓慢的尸僵状态而感到悲痛。我们对思考浮现于既定的车辙上，对思绪始终奔驰于固有的轨道上，总是捕获于相同的地方感到悲哀。我们对令人遗憾的个性特征再三出现感到悔恨，如我妈的暴脾气，我对自我的专注，我妈的虚荣，我的自负。

　　我们的头脑恢复的时候，并非一切都在原位。关键片段已错置，重要时刻被记错，从而得出不同的结论，基础性的思考已永远遗失。

　　我恢复过来的记忆完全失去了次序。我先记起家庭故事，其次记起离开哥伦比亚时的情形，等到过去很久，我已学会全心投入我们自身的时候，我这才记起我妈始终都在要求我保持沉默。

　　当时，我正在告诉一位伊朗朋友一种用盐的特定方法，那是我们遵守的一种仪式，而这时，我妈那张令人生畏的脸瞬间闪现在我的眼前，话说一半，我就停了下来。于是，我借故离开，把自己反锁在洗手间里。我打开水龙头，凝视着流水，回想起，也可以说是再次经历了，或者说当时第一次经历了我妈紧急浮现于我眼前的情形，她说我们这些人是靠着秘密才幸存下来的，所以仍需这秘密来保全自身。曾经，我以为这样的行为意味着我们只能处于阴影之中，让别人接受我们比过自己的生活更重要。

我品尝着灼热、纯粹的愤怒，忠诚于我妈隐藏的欲望令我怒火中烧。我凝视着我体内空荡荡的空间，那儿一直都是羞耻之所。羞耻曾是我建造自己的奠基性情感。如今，那基石已不再合适了。

将知识视为秘密和活在秘密当中是有区别的。我可以奉行前者，却不愿践行后者。我不应将用盐的事告诉朋友，但我没做错任何事情。我妈的羞耻感或焦虑感，无论我是无意识吸收的，还是刻意吸纳的，反正都已不在。

等到我妈头脑恢复之际，她的脆弱感也就烟消云散。她不再认为自己是个孩子，更何况还是个需要他人照顾的孩子。美食、爱情、庇护，只要她伸手去要，都能从任何一个人那儿得到。她忘了自己应该牵系于一个世界。她并不在乎自己是死是活。她宁愿选择花的陪伴。她赶走她的母亲，徜徉于森林斑驳的光影下，安坐于蚁丘边和昆虫交谈。她吃的是花瓣、树叶、植物的茎秆。她日益消瘦，就睡在橡胶树的树枝之间。她开始同时现身两地。

于是，因我们的自我错误组配而空出的那些地方，我们残留的遗忘便如黄蜂的蛹一般活着。

一切均有代价。

余波时常会有。

我经历了分离。白天，我忘了自己是谁。我自身的情感变得陌生，仿佛那些情感并不属于我，发生内爆，之后，便是躯体的无边界。入夜，遗忘复萌。我重复经历相同的场景，无意间便陷入了循环。

我妈的青少年时期也经历了分离。"别和我说话，别碰我，你不知道我是谁。"

第一年十八次，第二年十二次，如今则是偶尔从床上坐起，不知自己究竟是谁。尽管我不记得将我惊醒的那个梦，但我知道随后的清醒时刻仍会维持这种状态。我觉得自己是个鬼魂，但低头看去，我又看见自己拥有躯体。我不记得自己的名字、在哪座城市、今年是哪一年。我是疾驰着的恐惧。

这场景始终以其中一种方式（共有两种方式）进行。

一种，我的床是空的。寂静在我周身堆积。我紧攥着床单，一动不动，觉得自己正在濒临死亡。我必须存活一秒，再存活下一秒。我记得数字。这技术可护卫我航行于时间之中。我开始数到一百。每数一个数都是在设法超越我的沮丧。我数到五十六。数字五十六让我想起了我妈，这是怎么回事？我不清楚，但我看见了我妈的脸，那一刻我记起来了：1956是我妈出生的年份。

另一种，寂静在我周身堆积，我逐渐意识到一个形象，他就酣睡在侧，而那形象的边上就是我突然意识到的我自己的那具躯体。

梦使他的脸变得僵硬。我是个女人。他是个男人。我坐起身，挪了开去，内心备感绝望，因为我赤身裸体，他也赤身裸体，而他是我的兄弟。

我捂住了自己的脸。

我心儿痛，肝儿颤。

我想弄明白是否有精液。

我绞尽脑汁想要记起是否用了避孕套，吃了药，用了卫生棉。

有时会有精液。有时没有精液。

一想起母亲会怎么想，我就觉得难堪。

然后我意识到又没法想起她了。

此时，思绪如流水一般汩汩流泻：

以前我也这么干过。

我意识到，就连姿势也是其他夜晚的复刻。

两个场景就在此处交会。

当我数到五十六，记起我母亲的脸时，当我意识到耶利米不可能是我兄弟，我在真实生活中并没有兄弟时，当我自己的姿势让我有种剧院的感觉——对事故的回忆、认不出我自己的公寓——时，多年来，就在这一系列交叉叠置的影像当中，我夜复一夜、夜复一夜、夜复一夜地看见自己坐于床上，*记得自己*夜复一夜、夜复一夜、夜复一夜地坐于床上。

每一次，意识到我在表演同样的场景都会将我再次压垮。我是个演员，演的是一出我在梦中给自己写的戏，只是梦的内容我并不记得。我快速过了一遍台词、舞台指导、表演情绪，直到台下某个不见其形、不闻其声的人喊了一声"卡"。

他们说我妈出事之后头一年仍余波不断，她会回到相信自己就是鬼魂的状态之中，那余波将她劈成了两半，截然不同的双身。我妈分离之时，她的家人便会隐退，留她自己心血来潮。"她又疯了？谁知道会持续多久，最好还是别碍着她。"

我妈的分离难以预测。家人打算去河边野炊的时候，外公觉得最好还是让我妈留在家里。如果她在熟悉的地方与现实脱钩会更安全一些。在家的话，他知道去哪儿找她——在十字架国王山的森林里，坐在树边上，睡在草地上，和植物说话。

没人想和我妈一起待在家里，那种事情可不行。他们所在的村子随时都有可能被战火或灾难洗劫一空，所以孩童学会背负重担就至关重要，否则他们难以存活。故而，外公没有带我妈走，而是让我妈多留意他的那些病人，确保他不在时病人的安全。

外公的病人挤满了屋子。外公在后院，四张供病人过夜睡的行军床中间又临时砌了几堵墙。第一张行军床上躺着的是个女人，会时不时陷入狂喜，和莫须有的人交谈。第二张床上睡的是个老爷子，最近开始咯血。他隔壁是个女人，不能让她碰刀，否则她就会拿刀捅人（外公的指示：*别让她靠近刀就行*）。占据最后那张床的是个安静的男人，没法撒尿。

即便外公是让我妈负责，但他还是请了这个男人盯着我妈。我妈就很恼火。她要么掌权，要么就没权。

等到家人外出野炊，我妈就往和妹妹佩尔拉共用的床垫上一扑，充满恨意地睡着了。在她门外的那个没法撒尿的男人就拽了把椅子过来，打开收音机，舒舒服服地一坐，看起了《布里斯托历书》，这种农民用的历书在新泽西印刷，整个南美都有发行，那也是房间里唯一的文学作品。那本小书他翻到一半，我妈卧室的门就砰的一下甩开了，我妈冲了出来。"小姑娘！等等！"他想要站起来截住她，可他还生着病，动作迟缓，身体也很虚弱。我妈消失在了门口的阳光底下。那男人担心巫医怪自己没看住他女儿，便一瘸一拐地在她身后追。怎么追得上？我妈早就没影了。那男人关上前门，觉得自己很快就得经受巫医的怒骂。他跛着脚坐了回去，打开了历书，差不多看完的时候，我妈卧室的门再次吱吱嘎嘎地打开了。我妈又露脸了，但这次她看上去像是刚睡醒，睁着天真无邪的大眼睛，头发乱糟糟的，还打着哈欠。男人使劲站起身，结果摔到了地上。我妈冲到他身边。男人抬起双手，似是要抵挡强风。他翻转手腕，抵住前臂，颤颤巍巍地构成了一个十字架形："我要斥责你，撒旦！"

"你怎么啦？"我妈在那儿咯咯笑，"见鬼了？"

见她在取笑自己，男人站了起来，走进了我妈的卧室。"你是怎么偷摸回来的？"他摸着裸露的墙面，稍稍抬起床垫，在铁条窗前踱来踱去。他走到床垫上的一堆衣服前停下不动了，我妈一直就睡在那堆衣服上面。他嘟囔了几声，弯下腰。我妈一直看着他："又怎么啦？"

"你冲出屋子的时候，我就见你穿了这衣服！"

"冲出去？我一直在这个房间里。"

男人揉了揉脸，耸了耸肩。他向我妈伸出颤抖的手，我妈扶着他站直，让他坐回到椅子上。他坐在那儿，说她刚才经历了分身，她出现在他面前的时候就穿着床上的衣服。"等你父亲回来，我们得告诉他。这种事，你家很常见吧？"他看向厨房，"你妈留晚饭了吗？"

外公不喜多谈魔法事件，所以听男人讲我妈分身的时候无动于衷。他对男人看住我妈一事表示感谢，搂住他的背问："你知道怎么去鱼的内脏吧？"他们转身朝后院走去，两人坐在后院的凳子上，把鱼剖开，内脏扔给狗吃，但走远之前，外公回头，冲我妈眨了眨眼。外公自己也能分身，但我妈说他分身的时候都是有意的。

我妈开始分身之后，外公便教她如何为病人调制药剂。他指着那些瓶瓶罐罐，教她哪些药草适合治哪些病，让她一步步学着捣烂药草，给药草祈福，如何调制药膏、酊剂和酒。等到无法静心之时，他就会抵御不住去山里漫游的冲动，把生意交给她操持，说他随时都会回来拜访病人。

我妈就在外公不在的时候照料病人。上学前和放学后她都会看看病人。有时候，病人会问她这个问题："堂拉法埃尔在哪儿？我觉得他会给我带药。昨晚他带着我的药来了。"

我妈知道外公还没回来，就强忍笑意。有个问题她想问，却又没法问：病人是否触碰过外公，如果碰了，他是否显得真实？摸上去是温暖还是冰冷？我妈觉得鬼魂的体温是一个重要的细节，可以让她了解冥间的本质。她和病人聊天气、鸡和其他病人。等过了足够长的时间，她就会进一步询问：

"我父亲来看你的时候，是把药装在玻璃杯里给你的吗？你捧住玻璃杯了吗？"

"他给了我一个玻璃杯，我就从杯子里喝药，可我不知道杯子去哪儿了。你干吗问这个？"

外公游历回来，都会一如往常，给我妈带动物回来。她坐在他脚跟前，和猴子玩。他给她讲自己游历的见闻。他们从来没讨论过对方的分身。

夜间失忆症消失之后，我觉得自己的一半仍留在躯壳内，另一半却不知所终。我想起了母亲和她的分身，设法弄明白自身所处的困境。我妈的分身是一种我们都曾与之共存的恼人存在，但我妈从未对自己有分身一事表达过担忧。

我在波哥大成长的时候，每次只要我妈变得易怒、兴奋、疲惫，外婆就会从251英里外的库库塔给我们打来电话，说她见到了我妈。我妈出现在外公外婆亲手搭建的房子里，抚摸家具，拐过墙角，拖着脚往过道里走去。

很长一段时间，我都以为我妈显灵只不过是家里人爱讲的故事而已。后来，十三岁那年，我亲眼见到了我妈的分身。当时我在波哥大我们家的房子里，下楼去底楼，发现她就坐在餐桌前，可我记得很清楚——她应该在楼上，发着烧躺在床上。

"妈？"我喊了一声，站在自认为安全的距离外。我在楼梯上蹲下来，透过白色的木栏杆偷偷看去。我喊的时候，那鬼魂没有抬头，而是继续凝视着圆形的玻璃桌，我妈的塔罗牌（我觉得应该说是塔罗牌的分身）呈星形，就摊开在桌上。鬼魂就像和她一个模子里刻出来似的，就连她耳环上挂着的护身符也一模一样（右耳是金字塔，左耳是斯芬克斯）。分身从塔罗牌里抽出一张牌，翻过来，放在已翻转过来的其他牌边上，还在一张纸上记录着。我跑开了。

我妈在卧室里，脑门冒着汗。我把她摇醒："我刚看到你了，妈，你的分身！你就坐在餐桌边。"

我妈脸色苍白，油光发亮，她转过身，呻吟着："哎，快让我睡觉。我有时候是会这样。你没见我生病了吗？"

外婆很痛苦，她认为我妈不受控制地出离自己的躯体是一种死亡即将来临的征兆。外婆对我妈说："宝贝，快别胡说了，要是哪一天你被锁在自己的身体外怎么办？"

和外婆谈过之后，我妈就和我抱怨起来："我妈老是胡思乱想。"她咂着舌头，朝空中挥着手，像是要赶走恼人的蚊子："这么多年了，什么事都没发生，都很正常。"

我记得，外婆过世后，见我妈分身见得最多的就是我爸了。我爸时常会独自外出干活，经常会见我妈在他临时居住的屋子周围走来走去，干些没什么技术含量的家务活，所以我爸经常会被吓一跳。

半夜我爸躺在沙发上休息，或大清早喝咖啡准备干活的时候，也会看见我妈走过，用扫帚扫地，给阳台上的植物浇水。她会坐在客厅里，把脚搁在桌上。她现身的最初那一刻，我爸会忘了我妈并没有和他一起出门。他会认为那就是*真正的*她。但分身拿着扫帚在扫冰冷的瓷砖地面时不会发出唰唰声。水壶喷出的水在淋到泥土时也不会发出啪嗒啪嗒的声音。有时候，分身干起活儿来磨磨蹭蹭，擦镜子，把咖啡杯上的热气吹散。有时候，她会飞快消失，如来时一般，来无影去无踪。

我设法假装自己旧病复发是一种正常现象，就像我妈的分身也是正常现象那样。如果眯缝起眼睛，我几乎就能在我全面释放身份的过程中发现某种凡俗之物，我的头脑也会波澜不惊地将回忆蜕下来，再突然以自发形成的强制冲动将记忆取回，拖着我穿过层层帷帘，揭示我究竟是谁，好像我会从中，从解体和成型的特殊体验中学到什么。但在第十八次醒来陷入遗忘，陷入我和兄弟同床共枕的现实之中时，我精神紧张，羞愧难当，我体内的某样东西最终破裂。

事故之后的一整年，我都在哭泣和忏悔：我只要醒来就会遗忘，一年前单车事故中我丧失了记忆，而我却假装自己没有失去记忆，始终都想追根寻底探究成为人究竟是怎么一回事。

没人问的事是："你为什么不告诉我？"

每个人都会说的是："当然。"

我的问题是人们对我的了解要远甚于我对自己的了解。

然而，我料到家人对我的沉默会感到愤怒、受伤，或觉得受到

我妈怀我姐的时候。

波哥大，1982 年

背叛，他们之所以感到震惊，是出于这样一个事实，即这起事故要比他们所想的更严重，而不是我不愿将后果说出来。我问起我妈的时候，她说有伤害，自然就会有惊奇，而我做任何事都不会让人吃惊。我家里人似乎都能以一种我无法理解的方式理解我对损失所产生的反应。他们似乎早已知道我会寻求损失，仿佛损失就是丰盈，早已知道我会将损失视为打磨的刀刃，将自己放在刃上切割。他们对我幸福安康的考量超越了其他任何东西。

耶利米觉得我缺失自我期间所展露的泰然自若的特质很有意思；我姐则对核查我的记忆感兴趣；我爸想让我去照 X 光；我妈则开始想入非非，认为我们的生命又开始产生了分身。她只想知道我做了什么梦（就像姨妈们一旦发现之后所做的那样）。

我妈知道我丧失了记忆，她就开始每天给我打电话，给我讲家里人的故事，她讲述的时候，我也就不约而同地回想了起来，使之成形。

我觉得自己就像是公园管理员。照我妈的话说，我在寻找的是她早已忘记的，已从她记忆中消隐的东西。我照管着自己所知的场地，为自我的反思保留空间，将所有这一切均付诸记忆。

我母亲掉入井中。我撞上了汽车。我俩都腾入空中，之后便是结实地面的冲击。失去记忆，乃是死得其所；重拾记忆，乃是痛苦回归。

我们如今和自己的分身生活在一起——我妈是和她的克隆，我则在深更半夜醒来，陷入遗忘之中。

　　尽管我接到警告，远离那条裙子，但没人警告我妈远离那个洞口，除非八年前的那一刻，外婆待在井后躲她的丈夫和那把大砍刀也算是一种警告。也许，我妈落井一事已酝酿八年。代价已索取，那是为未被夺走的生命所支付的费用。

　　我妈刚出生即已获救，因为她母亲将她放在了她姥姥的手心里。我从遗忘中攀缘而出的那一刻，便记起了我的母亲。母亲们就是进口和出口。还是个姑娘家的时候，我妈便踩在了黑暗圆环的边缘上。长大成人之后，我买了一条裙子，成了属于我自己的圆心。圆的圆的圆。

5
余波

❧

库库塔的夜晚气温达到九十华氏度，我妈和我只有一台电扇。我们把电扇在公寓里一间房一间房地拖来拖去。我们始终都在一起，自己给自己扇风，威胁说要剃光头，用冰块摩擦肩膀，争先恐后地想要逃离这热气。我们轮流躲到淋浴喷头冰冷的水柱下，冲淋的时候甚至还穿着衣服；然后，像猫一样在公寓的走道里溜达。

我担心我俩在一起的时候会经历余波。我生怕我妈会分身，她的鬼魂会出其不意地出现在我面前，纹丝不动，令人恐惧。我害怕自己会在半夜陷入遗忘，步入令人惊骇的崭新的循环之中，而我妈就置身中央。我不想知道自己的头脑会编造出什么样的故事。我念诵记忆之咒："你身边的女人是你的母亲。你身边的女人是你的母亲。你身边的女人是你的母亲。"我几乎睡不着。

我们娘俩还在设法为掘墓筹集最后一笔资金。我们已经翻遍了所有还算值钱的东西，现在是找到什么就拿什么去拍卖。一大堆翡翠色和银色色调相间的塑料已呈条状脱落，我们将里面裹起来的东西一件件打开。包装很快就堆成了小山，使我们寸步难行。无论是在波哥大、库库塔，还是在阿根廷、委内瑞拉，我们记得拆包的每一样物品都放在了什么地方。来自波哥大的东西不多，都很珍贵，令人称奇。我们实在搞不明白它们究竟是如何来到库库塔的，毕竟当时可谓仓皇逃离波哥大。

有一个饼干罐，里面塞满了一只只早已风干的陶瓷兔，还有一组软盘，我幼时盖的毯子。一小时又一小时，我们就这么面面相觑，因往昔和炎热而恍惚。我摩挲着毯子的粉色丝边，我婴儿时期就躺在上面酣眠，无数个日子里，我一放学，就会往毯子上一扑，不知怎的，它就来到了这间公寓。

我妈以前从未对我说过这个故事：我出生后七个月、外公去世前两个月，他凑到我的摇篮上，将我连同毯子一起抱起来，"感谢神，"他喘着气，"优秀的基因已经传了下去。"他将嘴巴凑到我耳朵跟前，张开手，盖住我们，悄声说了一长串话。我妈听着他轻声絮叨，注视着他下巴的动作，但当她问外公在说什么时，外公说别担心，他只是在传递自己的知识。

知识早已遗失，我想要记住，而我妈则说我应该忘记。

"这是你小时候的黄金护身符。"我妈说着，递给我一个拳头形状的小护身符，"你外公让人用黄金给你做的，因为金子是创造的语言。"

我打量着这个小小的黄金护身符。放在手心里，护身符轻若鸿毛，小到可以给洋娃娃当挂饰。护身符用来保护佩戴者不受邪眼伤

害，被称作无花果之手①，源自意大利的伊特鲁里亚文明，定居者将
它带到了新世界。但我知道我妈针对金子所说的话，正是穆伊斯
卡人的信仰；我在书里读到过。我问我妈的时候，她对自己所说
的那些话源自何处并不感兴趣，只是说祖辈说过很多东西，这是
其中之一。

有时候，我觉得自己像是随手拿起了一块破盘子的碎片，就好
像盘子我们早早就继承下来了，只是继承的时候已是碎片。我们属
于生活于秘密之中的混血人群，任何东西都不适合我们。我们就是
破碎的盘子。

从阿根廷所处大陆的尾部到墨西哥，一直到以前属于墨西哥的
美国那部分土地，都能见到巫医。无论在何种地貌上，都有许许多
多巫医，使用迷幻剂、草药知识以及梦境来治疗病人。按摩师的治
疗主用圣油，那都是些老配方，他们用圣油将疾病按摩出去。在哥
伦比亚，我们不会把土著治疗师叫作巫医，而是称为医者。我们
会说"我去看了瓦尤族的女人"或者"科吉族的男人帮我治好了
疼痛"。

尽管展现的方式不同，但所有的巫医传统都同意的一点是：疾
病和精神相关，和我们所经历的事情、我们所携之物相关。但土著
治疗师的实践植根传统；巫医则已失去和传统的直接关联，喜欢即

---

① 无花果之手意大利语为 Mano Figa，也是意指女性生殖器的俚语。

兴发挥。他们的治疗风格取决于各自的性格，以及每个区域原初的传统。比如，有些巫医是专治精神的外科医生。他们会在手术室治病，还会穿白大褂，从金属托盘上拿取手术刀和镊子，切割病人躯体上方的空气，吟唱古老的治疗之歌，喷吐烟雾，用无影无形的外科手术根除或真实、或隐喻的癌症。

在我们现在居住的加州，我就见过压缩成三周的密集型巫医课开课通知，谁都能参加；但在南美，知识持续受到守护，文化谱系乃是实操的前提。

外公用药水、草药、梦和故事来治病。他治疗病痛，寻找不可见的伤口，那是疼痛的重要源泉。外公之所以成了备受欢迎的巫医，部分原因就在于他能讲出病人没有讲出的病痛。

"你受到了叔叔的骚扰。"他会说。

"你身上的疼痛属于你的姐妹。"

"你亲眼看见他人死亡，所以自责。"

客人受到鼓励，就会透露自己的经历，外公也会仔细倾听。故事包含了大量的信息。有时候，外公会对听来的故事稍做改动或直接重述来治愈病人，以此让客人得以逃离很久以前就应离开的是非之地。有时候，治疗需要驱魔。另一些时候，外公会通过梦来治疗客人。入夜，他会着力寻梦，客人也会开始梦到他。有时在现实生活中，外公会吸入病人的疾病，从他们的脸上吸走空气，让他们的疾病进入自己体内，而他不会因此病倒，能靠自己治愈疾病。

毕竟，巫医必须能治愈自己。

在库库塔的时候，我妈对我说，我应该设法忘了外公在我还是婴儿时悄声送入我耳中的知识，我知道这是因为她能看出我差点没能从自身的混乱中幸存下来。我不知道该如何忘却自己并不记得的东西。

我们娘俩正在给迷你吧拆包，这时，我爸打来了网络电话。他在利比亚的油田，五个月的轮岗刚过去一半，他很孤独。我们之所以知道，是因为他每天都会给我们发来邮件，说上几句。

嗨，家人们，希望大家都好。今天发生什么事，有什么反应，都会反映在我们的未来上。

我们要和现在一样幸福，还要更幸福。大家要开开心心。

我爸的公司也知道他孤单。他们在他最后的两个月合同期内，让我妈飞过去见他。因为我爸正在等我妈的签证获批，所以他打来电话，我就以为是聊签证的事。我把手机开了免提，放在地板上，继续拆我爸买的一套金边威士忌酒杯，他有所不知的是，我正打算把它们放在网上卖三十美元。我爸并不知道我们正在出售家里的物品，用来支付挖掘外公坟墓的费用，但我妈说，总有一天，事情办完了，我们会一五一十地向他和盘托出，求得原谅好过征求允许。

我妈坐在毯子上，刚醒来。她在揪自己头发，喝着那天早上我给她做的冰咖啡。每次喝咖啡，她总会夸张地摇着脑袋，嘬着嘴唇，让我知道糖没放够。我没忍住笑，然后转过身，继续忙活迷你吧。

我爸之所以打来电话，是因为他说刚看见我妈了。

就在刚才，我妈的分身出现在了公司租的房子的二楼平台上，把想象中的一桶桶水泼到墙上。我爸在正下方的一楼看着她出现，当时他正在客厅里制图。

大多数时候，我爸都会避免承认我妈有分身，但那时他对分身在洗什么东西感到好奇，便跑到楼上去看。等他来到平台上时，我妈的分身已经不见了。

我爸问："那——你在洗什么东西，索哈依拉？"

我妈稍稍想了想："也许是过来前来个大扫除吧。"

"哦。好吧。"我爸心满意足，挂了电话。

我们娘俩就哈哈笑了起来。我们把我爸的故事一遍遍讲给对方听，笑他这么快就挂了电话；然后，我又给他打了回去。他接起电话，我问他分身泼的水在他眼里是什么样的。"呃，女儿，水还能怎么样？会弄湿墙面！还滴滴答答的！积了一摊水。"我笑了，想象水从二楼一直滴落到客厅，溅湿了沙发。我爸和我说过，沙发围满了整个房间，圆形的流苏枕一个接一个地摆在沙发上。

"你不觉得是自己产生幻觉了吗？"

"有这可能，"他说，"可我这一辈子和你妈在一起，见识过太多怪事……我真觉得她有法力。"

这话让我惊掉了下巴。无数次，我问我爸关于我妈的法力，他从没正儿八经地回答过我。他会说："煎蛋也有很多法力，"要不就说，"那些把戏，你不会都信吧，女儿？我们俩可是知识分子。"

如果我认为我爸妈初次相识的时候，我爸是个共产党员、知识分子、青年领袖、公开的无神论者，那他说自己相信我妈分身之类转瞬即逝的抽象事物就说不通了。

我爸投身信仰这件事，不能就这么轻易过了，于是我就用刚学到的一个词来引他上钩。我说也许他的幻觉本质上属于醒前半无意识的状态。我是在网上搜癫痫诱发幻觉时遇到的这个词，姐夫保罗就经历过这个。醒前半无意识诱发的幻觉出现在深度睡眠或癫痫发作醒来时，据说是一种极不寻常的现象。

我爸没等我把话说完："但科学是否能解释我见到的东西这件事并不重要，因为这并不能证实我亲眼见到的事情是在我的头脑中还是在我的头脑外发生的。科学能告诉我这个吗？"

我没答案，我爸告诉我，看见我妈出现，他就知道我妈正在照顾他。他觉得很温馨。

他还给我讲了最近看见的一件事。几个月前，我爸在墨西哥的美丽城开会做演示。一天晚上还早，他睡着了，等他第二天睁开眼时，我妈在他的酒店房间里，呈半透明状，就站在他的床脚前。阳光透过她的头发，他能透过她看见她身后的白墙和酒店落地灯棕褐色的灯罩。等到鬼魂开始模糊起来时，我爸从床上一跃而起，冲到她身边。"等等，索哈依拉，至少吻我一下吧！"

鬼魂的棱角分明起来，好似一幅图像透过相机镜头对上了焦。她微微一笑，继续停留在那儿。我爸凑过去，闭上眼睛，在鬼魂的唇上吻了一下。

我连大气都不敢喘，甚至都感觉不到手中还握着威士忌酒杯。我问我爸和鬼魂接吻是什么感觉。

"不好说。"他沉默了一秒钟，"也许就像是在吻空气。"

听到他这么说，我妈便在地砖上躺了下来。她微笑着，侧过身，美滋滋的。

"谢天谢地，"她说着，拍了拍自己的美人尖，"我的法力还和以前一样。"

那天下午，我们卖了威士忌酒杯和一盏精致的台灯之后，一算，就很开心。现在，我们终于有钱支付掘墓的费用了。我们娘俩把现金都装入了信封，寄给佩尔拉姨妈，姨妈告诉我们，她会把掘墓定在接下来的几天中。她催促我们快点打包，一接到她的通知就出发。

回到家后，我们娘俩把黑色衣服装满了手提箱。我们凝视着箱子敞开的口子。有太多东西开始变得像洞眼。隧道。坟墓。那都是我目光所及、思维所及之处。我凝视着手提箱的背部，想起外公的骨骸肯定还躺在他自己的棺材里，陷入睡眠的拟态之中，这时，我妈问："你带了黑曜石吗？"

我眨了眨眼。事实上，我真带了。于是，我在放珠宝的包里翻出黑曜石耳环，拿给我妈。她仔细看了看黑面的泪滴形耳环。我妈也有黑曜石耳环。她把自己的拿出来，我们便凝视着两对耳环，一言不发。两对耳环惊人地相似，同样的尺寸，同样的泪滴形，只是我的外框是小小的金环。这种事在我们身上经常发生：各做各的事，却做得一模一样。我想问我妈什么时候买的。她的回答可以解答哪个是原版、哪个是复刻品这个问题。可我惊恐地意识到我的肯定是复刻品，我是她生的，有了这一点，争论还没开始就结束了。但如果我也继承了她的痣，我们肩胛骨上的那颗痣互换了位置，她的在左肩，我的在右肩，那我就不仅是她的复刻品，肯定也是她的镜像。

我妈将我的耳环塞回到我的掌心里。

她从手提箱里挑出一件已经折好的毛衣，朝空中拍了拍。尘螨在光线中盘旋。她说："黑曜石是最早的一种镜子。所以我们必须在掘墓的时候戴着。"

镜子很少会出现在对话中，就像我们共同拥有的遗忘体验，我们也鲜有触及。它们属于那种太烫手，摸不得的状态。

我看着我妈把毛衣又折了一遍，塞回行李箱。

"什么？"她看都没看就说了这句。

"我们家的故事会一直重复下去吗？"

我问的是外公和我妈两地分身，我们娘俩都失去记忆，以及痣这些事。但我妈没向我澄清。她只是摇了摇头："什么事？"说完就使了个眼色，"最好小心点儿，就我所知，故事都会发生三次。"

那晚，我忘了念咒来抵御遗忘，便沉沉睡了过去。我醒来的时候，我妈正紧紧抓着我的前臂："你听见了吗？"

"唔？"我刚抬起脑袋，就又跌了下去。

"脚步声。"

我猛地坐了起来，想要记起是否锁了前门。我竖起耳朵，设法听清有人偷偷摸摸穿过我家公寓的响动，但外面只传来夜的嗡嗡声。

我妈说："是外公。不管到哪儿，我都能听出他的脚步声。"

"你是指——"

黑暗中，我妈把被子往边上一掀，踉踉跄跄地走向门口。我想阻止她，不让她给鬼魂开门，但我没动。她握住门把手，拉开了门。

过道里空无一人。我妈站在战栗的黑夜前方。我不知道她在等待什么，一阵微风从门口涌入。我妈扭头看着我。我只看见她的侧影，她隐于黑暗的脸。过道成了传声的咽喉，呼啸声，嚎叫声，高亢的哨声，撕扯着我的发根。

6
掘墓

🜊

　　佩尔拉姨妈打来电话："搞定了。我们今天出发。"姨妈告诉我们，法比安开车，他们会去布卡拉曼加，那天晚上，就在那儿掘墓。我给我们娘俩买了机票。航程就四十五分钟，不太贵。酒店超过了我为我俩制定的预算，所以当我妈外出去买她所谓的*掘墓工具*时，我又在网上挂了更多东西出售，希望我爸会原谅我们。

　　次日，在飞机上，我脑袋靠着窗，心里想着，*外公的骨骸，外公的骨骸，外公的骨骸*。我俯视着银带状的奇卡莫恰河，从这个高度看下去，河流犹如银色的巨蛇，山脉青葱翠绿，巨蛇从山脚下滑过。

　　我妈手上有一条蛇，不过这是条金蛇。戒指箍着她的拇指，冲我一闪一闪，即便不看着它，这闪光仍能炫入我的眼中。我知道这戒指有点像护身符。

　　"妈。"我说。我想问潟湖精灵，身上长鳞片的女人，还有蛇，它们都是从火中诞生。我想知道它们是来自同样的火，还是不同的火。我思考她戴着的金蛇，我对它一无所知，但我叫她的时候，她没听见。她正陷于思绪之中，锉着指甲。

　　过了一会儿，我妈吹了吹指甲根积起的白色灰尘。我看着粉末旋入空中，然后我又将它们吸了进去。

　　翌日，我们都来到了山坡花园公墓，外公就葬在那儿。我则思考着梦。梦是来世的洞穴，地下的通道、峡谷、隧道。在我家，我们研究梦，设法解密梦的构造。我们会用"你昨晚做梦了吗"来打招呼，如果我们想问我们所爱的人过得好不好，都会说："你知不知道某某最近老是做梦？"

　　因为有梦，所以我们都是用现在时态来谈论外公，因为即便他已死去，可我们仍能在梦中见到他。

　　因为有梦，我们才会在这奇异的返乡日，在酋长山的山底下找到自己。阳光明媚的日子，我们就是在那儿埋葬死者，身着黑服，做好准备。我们戴上口罩和乳胶手套，往鞋里撒硫黄粉，以驱赶我妈所说的*墓地阴虫*。我们都没听说过*墓地阴虫*，但这些词足以勾勒出一幅画面。我们遵循我妈的指导，用荧绿色粉末涂抹鞋子内部，粉末闻上去有股沼泽的气息，每走一步都会嘎吱嘎吱摩擦袜子。

　　我们在墓碑间蜿蜒向上走去。法比安和我跟在我妈和姨妈身后，她们不太记得外公葬在什么地方了。法比安和我都很紧张。我们设法不发出笑声，尽力别踩到其他人的坟墓，一旦踩到了，我们就会去看看打扰到了谁。我们保持礼貌距离，琢磨着那些人的死亡。比如，有个女人20世纪70年代由丈夫葬于此处，那是她墓碑上写明的唯一一名尚存于世的亲人：是丈夫杀了她，还是她死于难产？我们都在思考这个问题。我妈和姨妈在第一座山峰上停了下来。我们走到她们身边，夜停下了脚步。

我们面前是一座墓穴。

填墓的泥土在墓边堆成了一座小丘。我心想，*把泥土从泥土里铲出来实在是太奇怪*。然后，我之前没注意到的三名掘墓者走上前来，点了点头。他们都戴着口罩和手套，和我们一样，只是脚蹬黄靴，身穿连身长裤。他们看上去有些不祥，但脑袋上戴的薄纱似的发帽，使之显出了一种私密、柔和的家常气息。其中一人一本正经地举起一只戴手套的手，要我们不要出声，以示尊重。他宣布他们已准备挖掘棺椁，但要我们往后站，避开甲烷。我没动。我该如何向他解释，这可是我今后记忆中第一次和外公见面的场景，哪怕只是他的骨骸。

法比安想必是感受到我不乐意，因为他瞥了我一眼之后，便和掘墓人争辩："我们脸都蒙住了。"法比安是兽医，所以有一定的发言权。

掘墓人说如果坟墓里存有气体，口罩用处不大，我们照样会晕倒，甚至瞬间死亡。我仍不为所动。亲眼见到外公的骨骸就死，对我而言应该不是最糟的命运。和任何一个明理的哥伦比亚人一样，我知道自己必死，所以渴求好死，离开得既有意义，还具有戏剧性。"都二十八年了，先生。"我说得很响，可由于戴着口罩，声音闷闷的。我之所以知道得这么确切，二十八年，是因为我正好这么大，我活了这么久，外公就死了这么久。他躯体分解的速度和我躯体成长的速度相当。我俩都处于已知和未知的边缘地带。

其中一个掘墓人点了点头，冲其他人耸了耸肩："我觉得里面应该没气体了。"

"好吧，"另一人说，"但如果我再次让你们往后站，你们得听我的话。"

我咕哝了一声，算是表示同意，虽然我也不确定自己是否会听从。

掘墓人将一条黄绳放入墓内。其中一人顺着绳子爬入，又爬了上来。他用绳子钩住了封坟墓的水泥板。掘墓人喘着气，抬起石板，把它放到隔壁墓碑边的草地上。我飞快地冲向洞口，往下凝视。

里面好黑，什么都没看见。

一个掘墓人走到我右边，在我耳边清了清嗓子说："这样会要了你的命。"然后，他对大家说："棺材已经碎裂。高度腐烂。我们得一块一块地将尸体取出。"他退后一步，分别将两条胳膊穿进黄色的屠夫围裙袖子里。

我仍然在往下凝视着黑暗。过了一会儿，眼睛适应之后，我看见了一片片淡紫色的绶带。我没料到色彩还能挺到现在，照理说不应该啊：毕竟绶带是塑料做的。我眨了眨眼。突然，我发现了头盖骨。然后，在一坨坨泥土当中，我又看见了白色的指骨。

一切仍在其位。

指骨从灰灰的外套袖子里探了出来，正轻轻地握着青绿色的十字架底部。我们都能看见外公的裤子从泥里显现出来。白色的指骨仍保持着外公身体最后的动作，似乎那是我不该看的，于是我扭头，闭上了眼睛。佩尔拉姨妈就站在我身边。她告诉法比安，埋外公时放的十字架是用青铜做的，法比安解释说，十字架现在已变成蓝色，因为已经氧化了。

"看，十字架把所有东西都弄成蓝色的了：外公的胸口，外套袖子，泥土。"我妈很安静，然后，我听见了她的相机快门声。

穿黄色围裙的掘墓人又爬入洞内，另两人就待在上方，负责接东西。盛放遗骸的钢制长托盘就躺在草地上。他们把外公递成了几巴掌大的东西。放在托盘上的最初几样东西是小骨头和色彩更为鲜艳的绶带，之后是一些小纸片，随之一同放入托盘的是一坨坨泥土、布料，还有辨认不出形状的物体。

我妈和姨妈开始数纸片。

我知道那些纸片是外公下葬那天人们偷偷塞入他棺内的，做了同样的梦之后，姨妈在外公坟墓顶部的草丛里发现的半埋着的纸片。巫医去世，人们通常都会给他留下任务。巫医会帮这些人跑腿，去往彼世，据说他的法力在那儿会成倍增加。但外公生命的最后几天，法力在消减。他的负担太重，于是就开始喝酒。他要我妈把所有的请求和祈求都从他的棺材里拿走。但家里人和陌生人都把请求伪装成了花饰和玫瑰。落葬那天，我妈和姨妈至少拦截了四十个请求。她们反复重申外公希望走得安宁。她们越来越愤怒，继而沮丧失望，最终也没对别人的不尊重听之任之。她们就这么监督着望不到边的哀悼者。

当时，我妈将拦截下来的祈求展开来读了读。她想知道给父亲的究竟是些什么样的请求。她还记得其中三则：

奥卡尼亚的巫医堂拉法埃尔，我在纸上祈求你给我一栋房子，否则不得安息。

拉法埃尔·孔特雷拉斯照顾我的孩子，他们很需要帮助。

拉法埃尔按我的意愿和炼狱的灵魂同住，直到你允许我复仇。

在公墓，我就待在钢制托盘边上，看着那些纸片，心想究竟有多少愿望得到了满足。我没办法知道结果。我本以为能读出上面的字，但等我弯下腰，却发现纸片皱皱巴巴的，且发黑。至少有三十张纸片。

穿黄围裙的掘墓人蹲在墓穴底部。他好像什么都没在找，可之后，他将泥土划拉到一边，捏住两个点。

他拽了拽，一件浅色的亚麻外套便露了出来。他把手放到外套底下的背部中央，这么做的时候，一条搭配的裤子也开始显露了出来。他拽着外套，直到将另一只手塞到底下。我觉得他是在设法不让骨头散架。这是一个符合逻辑的简单动作，但我没料到外公竟然这么紧实，他平躺在外套和裤子里，奄拉在这人的怀中。

墓穴里的男人将胳膊一扬，扬向地面上的男子，就这样把外公从一人的怀中传递到了另一人的怀中——因为这并不是一套装满骨头的西服，对我们和他们而言，刚才这短暂的一刻，那里面放着的是一个人。

地面上的人将外套顺着托盘的形状搭好，但裤子很松散，就折好放在底下。外公还缺头颅，只在他婚礼那天穿过的那件亚麻西服，如今已布满灰尘，早已腐烂。然后，又添上了头颅，最后一笔，就是放上鞋子。作为人的所有原料都放在了托盘里。

过了一会儿，佩尔拉姨妈说："头骨真黑啊。"

"正常，"法比安回道，"都是湿气造成的。"

随后二十分钟，我不知道掘墓人去了哪里。我不知道其他人都在做什么。我只意识到自己跪在外公骨骸面前的草丛里，将从他遗骸上飘散而出的浓郁的黑泥气息吸了进去。

我在聆听所有重述给我的故事。我几乎能听见他的嗓音。他的骨骸就是魔法。

法比安，佩尔拉姨妈，我妈。
布卡拉曼加。2012 年

掘墓人。布卡拉曼加。2012 年

外公。布卡拉曼加。2012 年

II

挖掘

我绕井而行，
直至飞离自身，
飞往非井之地。

——

马哈茂德·达尔维什

那就让我将自身的焦虑称为欲望。

让我将它称为花园。

———

娜塔莉·迪亚斯

我妈的故事充斥着再三出现的词语，

比如在现实生活当中、在梦中，

以此对她的故事中时常会踏足的交叉路口进行标记。

梦和醒着的生活同样重要。

一个故事通往另一个故事，

再通往下一个故事，进进出出，直到最后，

我们返回外公及其骨骸身边，

从某种角度来看，

我们根本就未离开过他。

"在现实生活当中……"

她是这么开头的。

7
午夜

在现实生活当中，1984 年，午夜，在波哥大一间亮着荧光灯的医院病房内，我出生了。生下我之后，我妈就浑身疼，躺在分娩时那张简易的床上，胳膊渐渐动弹不了。

起先，她的手指变得僵硬，随后是前臂，最后，到月底的时候，连肩膀也不能动了。很快，她的胳膊就无力地耷拉在身子两侧。她根本无法用意念来移动手臂。

我出生之后数日，医生一直在照料我妈，说她是*科学秘密*。护士把我放在病床上我妈的胸口边，我妈用膝盖顶我，顶到她能贴近我。这些都是练习，毕竟我妈回家后，还得靠自己给我喂奶。

我知道女性生完孩子后，总会发生一些匪夷所思的事。我听说有的女人重新长出了智齿，在没有奶头的地方长出好几个奶头，皮肤会像晒伤一般脱落。

但我家发生的任何事都是一种征兆。

医生给我妈的双手拍 X 光片，我妈的姐姐——我妈对她不爽已经有几十年了，只把她叫作*老样子*——就站在医院病房外，猜测说

（嗓门大到正好能被听见，碰巧大家也都在）半夜生孩子会招惹魔鬼，说我妈是个巫婆，拥有法力的代价就是胳膊不能动。

家里人打电话聊八卦的时候，我妈的五个兄弟姐妹说我妈关节炎突然发作有可能表明神不喜欢她。佩尔拉姨妈争辩道："这是营养不良导致的结果。"纳伊亚姨妈则认为关节炎不可能是因为我妈做了什么事而遭了报应。舅舅阿里埃尔反驳道，这显然就是我妈知道秘密导致的后果。外公则指责我爸家，说他们给我妈施魔法，而我爸家则祈求我爸妈赶快离婚。

在医院里的时候，我喝完奶，护士就把我抱到边上的摇篮里，我妈就紧张兮兮地听我有没有发出沮丧痛苦的咿呀声。我从没发出过这种声音。我饿的时候不哭，尿布脏了不哭，睡不着也不哭。

我妈喜欢对我说："那时候，你就宁愿死，也不愿寻求帮助。"

她听见其他孩子的号哭声，就会来看看我怎么样了。她说我喜欢笑。我笑啊笑的，笑个不停。

胳膊活动能力受限，我妈并没觉得困扰。她原本以为生第二胎和生一胎一样，会从她体内带走一些东西。

两年前，我妈生我姐的时候，见鬼的能力消失了。外公说这很正常："给予生命就会失去一些能力。"但见不到鬼，我妈就觉得孤单。和陌生人握手的时候，她也没法看见那些人是否有透明的伴侣相伴。屋子里也没有女人飘来飘去，也见不到着魔的孩子。还有她的事业。见不了鬼，她又如何让生者和死者做交易？

有人让我妈驱魔，钱给得不少。只要我妈签下治闹鬼的单子，客户就想见到大阵仗。他们以为我妈会洒圣水，燃成捆成捆的药草。可我妈只借来一只高脚酒杯，倒上自来水，把它放在桌子上，然后就在桌边的空椅子上坐下来。我妈是个懒散的驱魔者。她不是去做些将鬼魂赶走之类的实际工作，而是和鬼魂谈判。

"听，"她开口说话的时候，客户正好能听见，"我不想在这儿。你也不想在这儿。可我们有问题要解决。我需要钱。所以我们就来了这儿。这儿的人想让你出去。如果我联系你所爱的人，给他们带去信息，你愿意离开吗？"

谈判会持续许多天。有的鬼魂脾气坏，有的死脑筋，还有的稀里糊涂就着了道。尽管大多数活儿并不需要我妈付出多少努力，但客户还是需要我妈的专业训练，毕竟谁都会点蜡烛，但只有我妈能得到所要的结果。等到鬼魂离开，不再闹鬼，我妈的客户都对她什么都不做，只在桌上放一杯水就把事情办成感到惊奇。不管怎么说，她是不是能见到鬼魂并不重要。既然是谈判，只要听就行了。

但躺在波哥大的医院病床上时，我妈一直都在思考鬼魂，琢磨着自己的胳膊行动能力是否还能恢复，竖起耳朵听我的哭声，这时，她才意识到自己连听力也丧失了。她会竖起耳朵听风，听细若游丝的鬼声从何处传来，可什么也听不到。以前晚上搅扰她的精灵冲着她的耳朵尖叫，可现在就连它们也不见了。如今没了细语声，没了恳求，没了威胁，没了对寒冷饥饿的漫骂咆哮。静谧令她忐忑。

听鬼音，见鬼形，这些能力能来也能走，我妈心里清楚。神给予的，神也能取走。对如何驾驭她剩下的那些能力进行指导，祷词和植物、仪式和礼仪方面的知识，这些秘密她仍旧存留着，并以此为避难所。

我妈出院后，仍时常去放射科的楼层。在小窗上装了隔栅的黑屋子里，医生穷尽各种测试，搜集证据，让她的账单水涨船高。医生提供诊疗，最后却发现对此无能为力。和其他许多西医治不好的人一样，我妈转向外公。

医生将她的手臂关节炎称作冻症，外公称为瘫痪。外公开始在梦里给我妈治病。他在睡梦中长途跋涉前往森林，我妈在林子里红扑扑的，就睡在水仙花丛中；外公又去了她的公寓，她双眼泛黄；又来到医院，她刚在那儿生下孩子。在多变的梦境中，外公都在让她服用一种他之前从未见过的神秘植物调制的溶液。我妈喝这药时，外公便更仔细地检视叶子和种子，但他视野模糊，最后就被晃醒了。

我爸妈在波哥大居住的公寓里，电话铃总是在响。我妈想做运动了，便弯下腰，用下巴勾起听筒，把脸凑到电话的一侧，开始说话。她的兄弟姐妹问她身体是否安好。她的朋友希望能抱抱新生儿。外公特别想证明我爸家的人就是她如今瘫痪的罪魁祸首。他每天打来电话，就会说很多。我妈吃饭时被人下药了。意面，鸡胸肉，安蒂奥基亚奶酪。还有一天，外公说是番茄沙司里面掺了木薯根。是我奶奶做的。我妈知道木薯根有毒，她承认生我前不久，婆婆*就*给她做这样的饭，但她实在没法想象我奶奶为什么会对她如此恨之入骨。

不过，我爸家里人也确实讨厌我妈。

　　他们的皮肤要比我妈黑多了，但有几个是天生的漂亮绿眼珠。因此，他们会说自己是白人。

　　我爸没觉得自己是白人。他头发太黑，眼睛是浓浓的焦糖色，皮肤也太黑，所以他只把自己看作棕色人种。他家里人叫他黑小子，就像我妈家里人叫她黑妞一样，都是一种昵称，但意思也是指他们*还不是*最黑的孩子。

　　我爸家里人之所以恨我妈，是因为她从未想过要融入他们，她不去教堂，拒绝了解自己所待的地方，而且两年前，也就是1982年我姐希梅纳出生后，我爸妈去看他们，把他们家搞得鸡犬不宁。

　　我爸妈去他们家，路上花了九个小时，到时已经半夜。家人围着我爸，把他迎进家里，在他手上塞了一杯加冰块的威士忌，却留我妈抱着孩子待在门口。他的两个姐妹一直没睡，不停地给他斟酒，又是轻声安慰，又是柔声低语，问他为什么要抛弃家人。他不再给她们寄钱支付房租和伙食费，她们的收支都没法平衡。他知道她们都在想方设法地找工作。她们爱他太深，所以才会说："他娶的那个女人让他变得不像男人。"我爸啐了一口，很恼火："我刚当了爸爸，怎么不像男人？"

　　"快证明看看，"几个姐妹就激将他，"当着我们的面打老婆试试。"

　　我妈看着喝醉酒的丈夫，他沉默了一秒钟，但这一秒钟已经足够，她便站起身，走进打算过夜的卧室，确认我姐紧紧地裹在毛茸茸的柔软的婴儿毯里，然后走出房间，从挂在墙上当装饰的刀鞘里抽出大砍刀。她把刀刃磕在水泥地上，火花四溅，她让我爸动她一根手指头试试。这动静把房里的其他人都惊醒了，几个女人都在求情，走进房间的七个男人也都没人敢靠近我妈，打倒她或夺走武器。最后，男人们叽叽喳喳地说了一通，得出结论，这不是他们的问题，便回床上睡觉去了。我爸说他要再坐一会儿，好好想想，然后就在沙发上打起了呼噜。女人们也退了出去。瞬间，房子便陷入了令人期待的深深的寂静之中，我妈心满意足地躺到孩子身边，睡得相当踏实。

　　一阵低语声吵醒了她。我爸的家里人都在厨房里，说她不可能是个好妻子。我妈慢悠悠地晃到厨房，给自己倒了杯咖啡，把孩子递给我爸。她坐在她们中间，同意她们的说法，说她天生就是发号施令、躺倒享福的命。那些不同意的人也只能敢怒而不敢言。

　　如今，我妈卧床不起，她绝没料到自己会以这种方式躺倒，悲叹自己丧失了倾听亡者的能力，就这样困在了波哥大南部租来的公寓里。他们住在底楼，街区并不安全，但他们只住得起这样的房子。而我爸的姐妹都住在市区，引诱他去酒吧喝酒。他觉得她们是要庆祝他当爸爸一事，但喝了一轮之后，碰巧有漂亮女人经过，她们便把他介绍给了那些女人，那些保守的白人女人整天想着持家和养育孩子。我爸一口回绝了，可姐妹说他*男人气概越来越少*，让他很受伤。他一直都想证明自己的男子气概，证明给自己看，证明给家里人看，最重要的是证明给我妈看。

　　每个家人的故事都不少，我们不愿去揭其中的伤疤。在我的故事里，我们将这些故事称为*终极坟墓的秘密*。那种事你只会带进坟墓里去。但我妈是个开棺者。每当她想将伤害深埋起来的时候，她就会讲出来。

而我也是个开棺者。

我爸将我妈锁在公寓里。每天上班前，他会把咖啡倒入保温杯，把我妈要的汤放在桌子上，然后就拎起行李箱，反锁家门，上班去了。外公每天晚上过来看她，我妈已经能抬起和移动胳膊了，只是整个身子还是一阵一阵地疼。她忍着刺痛，拧动门把手，发现门被锁住了。

"你为什么要把我锁在里面？"他回来的时候，我妈问。

"门一直没锁，"我爸说着，拧了拧门把手，再松开，证明自己说得没错，"你觉得上锁了？"

我妈对我说过："你爸对我来说是个男人，和对你来说是你爸不是一回事。"我妈很小的时候，外婆就是这么说外公的，外婆还是个小姑娘的时候，太姥姥也是这么对外婆说的。太姥姥和外婆无法逃脱爱人的虐待，但我妈拒绝让我爸打赢战争，嘲讽他一心只想着控制。

我爸把我妈锁在房里二十分钟后，她就会从没安铁条的二楼窗户里探出身子，紧绷着下嘴唇，发出尖厉的口哨声。她和邻居交了朋友，邻居每天只要听见她发出的信号，就会带来梯子，靠在她的窗台上。

逃离公寓之前，我妈都会祈求保佑，留我和我姐接受先祖的庇佑，也就是说，接受鬼魂的庇佑（多年来，只要我爸妈晚上想出去，这些鬼魂都会成为我们的保姆）。我妈爬出窗子，慢慢走下楼梯。因为她抓不住梯档，所以只能依靠平衡感。来到楼下，下午才会去公立学校教课的年轻帅气的音乐老师就在那儿等她。他时常恳求我妈："离开他吧。我会照顾好你的孩子，不要害怕。"

我妈害怕吗？如果我直接问她的话，她会说不怕。她总是不缺仰慕者，男人总是说会接纳她们娘几个，她要什么给什么，而一帮朋友也都是这么对她说的。我爸想要控制她的做法让她觉得很好笑。"真是可怜的傻瓜蛋。"那时她这么说，现在也时不时地会这么说。他缺乏安全感，不成熟。他想展现权威和力量，但这些品质他一概没有。碰巧，我妈对此可谓驾轻就熟。

从反锁的公寓逃出来后，我妈就会和朋友出去玩。他们会在指定的时间来接她，带她去喝咖啡，吃冰沙。附近的迪斯科舞厅白天放萨尔萨舞曲，我妈就会和其他男人脸贴脸地跳舞。只要奶水从她的奶罩和衬衫里渗出来，她就知道该回去了。

我妈特意散播各种各样的谣言。她常去的迪斯科舞厅就在我爸朋友上班的地方附近。她知道用不了多久，这些消息就会传到他耳朵里去，一旦如此，他就会怀疑自己是真的锁了门，还是只是在做梦；他就会质疑自己所处的现实，觉得对她无能为力。

一天，我爸回家后，仔细检查了门锁。他锁上门，又打开门，再用螺丝刀拆开门锁来看。我妈在另一间房里哈哈大笑。他拆解门锁时发出的困惑的声音犹如温泉池里围绕在她身边的泡泡。最后，他告诉我妈门锁坏了，锁匠这就赶过来。

　　几天后，我妈正骑在充满诗意的高耸的正义之梯上时，外公来了电话。至少，他调制出了她需要的草药。他是在梦里看见的，在山脉的谷地里，阳光洒在一片草坪上，高高的树木盛开着芬芳馥郁的红色花朵。于是，他就去山谷里搜寻，今天回来的时候，带回了好几袋子的花。他买了张去波哥大的车票，不到一个礼拜，就能到她家。波哥大附近有一个农民想要给自家的土地驱魔，就聘请外公，替他支付了车票钱。他会见我妈，触摸我妈，然后就被叫走。

　　"怎么回事？"我妈问，"你要去哪里？"

　　她听见外公吸了一口气。

　　"去他们从来没回来过的地方。"

8
当你挖掘闹鬼的宝藏时

ℽ

"挖掘闹鬼的宝藏时，就应该在地上画一个圆；正着和反着念诵创世的顺序。"

这些零碎的指导是我妈从外公那里听来的，当时他外甥第一次和男人们外出寻宝，外公就对外甥做了如上叮嘱。我妈想要了解搜寻魔法宝藏的秘密，但外公不愿对她讲。十岁的时候，她站在外公紧闭的办公室房门边上，大气也不敢喘。但除了最初的三个步骤，她从来没听到过其他内容。外公应该是感受到了她。他猛地拉开门，发现她就在门口蹲着，在听。

存在许多种闹鬼的宝藏：长久埋葬的秘密大白于天下，长久遗失的知识再度找回。

就连外公都得靠我们来挖掘。

在奥卡尼亚，魔法宝藏散发出超自然的光亮。据说这光亮只会在选定者的眼前闪现，或者在圣周当周无差别地显现。无论何时被埋，它都会透过土壤散发金色光芒。

有些宝藏是殖民时期成袋成袋的金币，被称为瓜卡[1]。这些都是战争时期逃难者埋下的，他们无疑希望有一天能再回来。年头更久的土著人埋下的黄金工艺品和金块则被称为穆库拉[2]。这些宝藏是献给地神的供品，或让所爱之人后世享用。瓜卡比穆库拉要多，只有瓜卡会遭到诅咒。

将某物埋入土中的意图才最重要。

欧洲人抵达的时候，眼睛就盯着土著人身上穿戴的、胳膊上套着的、胸口挂着的锻造出来的黄金，阳光在黄金的表面闪闪发亮，欧洲人看得垂涎欲滴。他们跋涉于丛林与河流之间，成批成批地死去，心怀无底的欲望，洗劫越来越多的土著村落，越来越多的东西遭到劫掠，被他们占为己有。他们从为欧洲王室劫掠来的财宝中捞好处，将这些财宝秘密埋藏，留给自己，因此也就出现了第一批瓜卡。

如今，凡是不知道或不遵守挖掘瓜卡程序的人，都会感染鬼疾，这是一种欧洲人所染疾疫的鬼魂类变体，蔓延于整个大陆之上。

从那时起到现在，哥伦比亚人在各种场合埋藏财宝。武装民兵会同其他军事组织或政府战斗。在我们的历史中，他们频繁出没于国内，征收莫须有的税收，资助战争或据为己有。民众就把财物埋

---

① 瓜卡西语为 guaca，意为埋藏的宝藏。

② 穆库拉西语为 múcura，意为陶土罐。

于土中，好让这些财物不被拿去充税。现代躲避战争的民众也会埋藏财物。瓶瓶罐罐内塞满被裹在布料内的钞票、戒指、耳环、手镯，这些也被称为瓜卡。

我们将永久性的战争状态称为冲突，没人说得清冲突始于何时。政府说是五十七年前，那时候，政府开始向叛军开战。其他人则认为始于七十三年前，伴随着先前的内战直至现在这场战争，起因是政治人物遭到暗杀：总统候选人豪尔赫·埃利塞尔·盖坦被杀，穷人和受压迫者对他本寄予厚望。这也不是我国的第一次政治暗杀了。那时候，暗杀政治领袖很普遍，我们已经造出了一个词来指代这种类型的谋杀。

还有人相信冲突始于一百年前，哥伦比亚咖啡种植区的无地农民和地主之间爆发暴力冲突，导致政治暗杀，继而导致内战，之后便是先前的那场冲突，随后又导致了现今的这场战争。

最近，政府和我国最大的游击队组织 FARC（哥伦比亚革命武装力量）签订了和平条约，宣布现今的这场战争结束。但新的游击队、警方和准军事组织仍和以前一样在上演同样的暴力循环，导致每个月都会发生大屠杀。

我同意那些人的说法，即从殖民时期以来，我们始终处于暴力状态之中，20 世纪 20 年代农民和地主之间的冲突乃是新世界建立的回响。20 世纪 20 年代的农业体系及其灵感来源，也就是殖民监护征赋制，使非裔和土著裔的农民劳动力（殖民时期，惨遭奴役）遭到了大规模摧残和刻意压迫，而欧洲世系的地主的地位则得到了大幅提升。

　　寻找瓜卡的故事会时不时地出现在当地的报纸上。1995 年，安蒂奥基亚的一个农民找到了三处瓜卡，宝藏不可谓不丰富，结果却毁了他的生活。他和记者讲述的时候，正在街上推着推车，此时他已无家可归，工作没了，家也散了。2007 年，在奥卡尼亚，一个建筑工人发现了一处穆库拉。他那会儿刚浇完一层地基，地面突然闪闪发光。当时，就他一个人在场，他便朝着神秘光亮的所在处慢慢靠近。他推开一块石头，来到了那个地方，光亮却消失了。石块滚下山坡，他便追着石头，一跃而下。等他拿起石头看的时候，才发现那根本就不是石头，而是土著人用的花瓶，里面塞满了金块，瓶底已经裂开，露出了里面的金子。那人把金子裹在衬衫里，在池塘边卖了钱，他带着钱，搬去了麦德林，在那儿买了栋房子。

　　奥卡尼亚的土地似乎到处都埋藏着曾经充满爱意的宝物。我在哥伦比亚问过的每一个人都听说过谁谁谁发现了宝藏，谁谁谁寻宝太投入失去了理智。

　　我妈还是小姑娘的时候，外公每年都会去寻找被施了魔法的黄金。

　　他的两个弟弟尼尔和马努埃尔总是骑着驴，在圣周开始前一天赶到。尼尔给我妈讲鬼故事，讲他和潟湖精灵以及名为哨手的山鬼相遇之事，所谓山鬼，就是只闻其声，不见其形。尽管哨手听上去像是在很远的地方，但其实就在近处；听上去很近，其实又很远。马努埃尔话不多，但我妈最喜欢他。他来的时候，头顶上总站着一只鹦鹉，驴背上总趴着一条鬣蜥。

那天晚上，哥几个都在喝酒。第二天，天色一暗，他们就会带上步枪、占卜工具、药酒、护身符，以及手杖，拔营而去，从外公的世系来看，这些手杖都会传承给当巫医的人，会依照继承下来的土著传统进行制作。马努埃尔、外公和尼尔爬山涉谷，一瓶酒轮流喝。他们会吹嘘一旦看见宝藏的迹象，自己会怎么做。这时，夜晚的地平线处，一道光亮跃入眼帘。他们奔向光亮的所在地，醉醺醺地开挖。挖了一米，就找到了一罐金子。

可谁又知道究竟发生了什么事？

他们忘了挖掘闹鬼的宝藏时所需遵守的指示，事后，他们各自讲出了截然不同的故事。尼尔说他看见了火焰舔舐着洞底的罐底。马努埃尔说他眨了一下眼睛，黄金就不见了，罐子空了，然后就连罐子都不见了。外公说洞口喷吐出漆黑恐怖的旋风，自己在这旋风面前越缩越小，就飞似的逃走了。尽管他很清楚自己的行为，可他喝醉了，所以无能为力。马努埃尔和尼尔都跟在外公后边追，歇斯底里地大喊大叫，最后跑入了森林的华盖之下。

没人知道罐子里是否真有黄金，或鬼魂长什么样，或其他任何情况。哥仨就在洞穴里睡了一宿，第二天清早，他们又回去找之前挖的洞，结果一无所获。

明确知道的是，那天晚上之后，尼尔就开始挖洞了。

他先是在菜园里到处挖坑，然后绕着房子四周挖。他在到处寻找飘忽不定的金属噪声，但除了他，没人听见这声音。金币掉落的声音似瀑布声涌入他的耳中。他在哪儿听到，就在哪儿开挖。他确定这就是他们在大山里看见的那罐金子，正在呼唤他们去把它挖出来。

可是，那声音最初在外面，现在却出现在家里，就在分隔厨房和客厅的墙壁内。他把螺丝起子敲入墙内，测定声音来源，结果却凿出了一个宽宽的空腔。接下来，他又移除厨房的地砖，往地下挖。无论他怎么挖，都一无所获。

金币掉落的声音也萦绕着外公，对此他也没有解药。挖瓜卡不成功的话，就会发生这样的事。外公去广场上，找女巫写信，给兄弟尼尔带信。他把信息背给老婆子听："尼尔弟，希望你一切安好。唯一剩下的事就是想办法把鬼赶走，抵御它的挑衅。幸好你发热的时候没去挖金子——这样，鬼魂只会变得更强大。如果我们能抵挡住魔法，不屈服于诱惑，宝藏就会显露。"

老婆子在这方面是个行家，外公背的时候，她无动于衷，只是稍稍点了点头，从他手上接过几个硬币。我妈还记得她的脸颊，好似皮革一般，呈深褐色，满布年深日久的皱褶。她觉得那是常年被阳光亲吻所致。外公仍然没去理会黄金的召唤，他一旦躺下，金币的喧嚣声便会变本加厉。他就任由那声音响动，和夜间鸟儿的啼鸣、蟋蟀的聒噪融合在一起。

等到外公从女巫那儿收到回话的时候，好几个星期已经过去。

尼尔的老婆说她丈夫陷入极度谵妄之中。难道外公对此无能为力吗？类似的消息每周都会传来，最后尼尔总算返回现实，但挖掘从未停止过。

也就在那时候，外公突然醒悟，自己并不渴求黄金。他能听见金币如瀑布般掉落的声音，但再也无法让他产生贪婪的欲望；他也就让这时刻平静流淌而去，知道自己终于摆脱了这鬼魅的疾疫。后来，他在菜园里为病人采摘药草时，听见金属的丁零当啷声再度响起。他在屋后灌木林里采摘宝石红的咖啡浆果时，那声音越来越响。他来到一棵棕榈树悬下的藤蔓底下，就开始铲土。一股清泉从土中喷涌而出。

"很清澈，"我妈回忆道，"那是圣水。"

外公在那儿用黏土砌了一座喷泉，称为疗愈之水。他想治疗某人的时候，会将双手浸入水中。他通过女巫邮件，给兄弟带信，让他过来。外公觉得自己很有可能用这宝藏释出的水来治愈尼尔。

外公在等弟弟期间，十字架国王山的居民都跑来看这水，接受水的赐福。当地的天主教教士并不喜欢天主教会，所以并没觉得外公的疗愈或祈祷有什么问题，他们来到他家，在喷泉边举办主日弥撒，向这奇迹致敬。

不知何种原因，外公的另一个弟弟马努埃尔从未听见过金币的声音。外公和尼尔并不清楚他为何未受影响。

等到尼尔最终现身，将驴子拴在外公家门口的时候，正好又是一个圣周。他形容枯槁，双眼神经质地从地面飘向天空。他心不在焉，咬着嘴唇，问外公是不是不愿意寻宝。外公见到弟弟如此羸弱，不禁吓了一跳，于是径直领他到了水边。外公在那儿给弟弟祈祷，给他擦洗，好使他摆脱鬼魂的追迫。

有人说尼尔立刻就康复起来，也有人说过了好多天，他才变成以前的模样。

但一年后，我妈半夜醒来，想去屋外上厕所，便举着蜡烛穿行于黑漆漆的走道间。她一来到屋外，便辨识出一个高高的身影站在后院正中央，手上还握着把铲子——一个令人不寒而栗的鬼魂。

我妈把蜡烛扔了。尽管从发生那起事故以来，这些年她一直见鬼，但鬼还是会吓到她。她有半夜解手的习惯，可鬼却尤其会在她孤身一人、睡眼蒙眬的时候现身。一天晚上，她得走过客厅，而此时鬼魂却在特别起劲地悄声念诵玫瑰经二十个神秘故事。另一天晚上，惨白的胫骨穿过天花板，进入厨房。卡在两层楼房之间的鬼魂，脚指头很放松，正在睡意蒙眬地一抽一抽。即便明白有些现实的景象会容易被误认为是鬼魂出没，但这依旧没什么用：一次，房间正中央竟然出现了一具棺材，可我妈并不知道村里有人让外公当晚帮着看管这具棺材。我妈并不知道自己在这个层面或那个层面会遇见什么，所以总是显得胆战心惊。

我妈置身屋外，弯腰拿起已掐灭的蜡烛。不管有没有鬼，她都得去。她在黑暗中朝着那发光的身影走去，心想这样至少能发现是哪个鬼、它想要什么。但她走近的时候，却发现那是尼尔。尼尔把灯笼放在地上，那光向上映着他的下巴和鼻孔，使他的脸显得歪歪扭扭。我妈松了一口气。她刚想打个招呼，尼尔却擦了擦额头，并没意识到她就在旁边。他凝视着地面，衬衫湿透，粘在了他的胸口。

他脚边的口子是一个很深的洞，里面什么都没有。

———

外公提醒我妈，挖掘长久未遭扰动的地面时，一定要小心。

几十年和尘土同生共长，谁说得清接下来会发生什么事？

如果瓜卡释放出鬼魂，人就会虚弱、冒汗，晚上辗转反侧，产生幻觉，还会梦游，寻找各种东西来填充难以抑制的饥渴。若想挖掘闹鬼的宝藏，人就必须有忍受痛苦的毅力，就像在花园里那样。

也只有在那时候，鬼魂才会松开魔爪，交出宝藏。

9
黑烟

1985 年 4 月的一个工作日，外公来到我妈的门前。他身披羊毛斗篷，头戴阿瓜达礼帽，笔直地站在餐厅里，说一路飞过来没遇到湍流。他听见有人在他耳边悄声说："拉法埃尔，你要死了。"因此他认为雨季停歇之时，自己就会死亡。

外公一直都在宣布自己的死亡。我妈小时候，每次他发高热，都会把孩子叫到身边："孩子们啊，在床边排好，因为我要最后一次对你们祝福。"许多年来，面对再三重复的场景，我妈的兄弟姐妹都会抽泣。他们低下脑袋，外公就把一只手放在他们的头顶，轻声说："愿神始终和你们同在。"起初，我妈一想到外公会死就悲从中来，但后来她就厌烦了，再后来，就会发火。她对外公说："爸，要么死，要么就别死，还是让我消停消停吧，每年你都是老样子。我要去睡觉了。"

死亡的警告有许多种。晚上有人敲门；梦见和配偶结婚，但看不清配偶的脸；镜中影像动的时候快速发生拖影；幽灵面纱垂落至将死之人的身上。

随后的日子里，由于外公一直旅行，来她家，所以我妈总会听见卧室门口传来敲门声，却又不见人影。此刻，她隔着桌子看着外公，看见一缕雾蒙蒙的黑膜蒙上了父亲的眼睛。幽灵面纱。

在外公所有出生自带天赋的孩子当中，姨妈纳伊亚最有能力看见幽灵面纱。我妈若是仔细盯着看，也能从将死之人的眼中察觉，但纳伊亚姨妈可从远处发现遮盖住濒死者整张脸的面纱，即便她在做其他事，比如跑腿、付买菜钱、用手机和人打电话，也都能看见。20世纪90年代，在库库塔，纳伊亚姨妈和外婆住在家里最后一栋房子里，所在街区已被游击队占领。纳伊亚姨妈出门的时候，目力所及之处，人们的脑袋上都笼着一层黑烟。马路牙子上玩多米诺骨牌的四个男人，其中两个都已被死亡标记；在土路上洗衣服的一个女人也是；在马路上追逐嬉戏的孩子们也都是。纳伊亚姨妈也就不再出门了。她养了条毛茸茸的白狗，整天无所事事地在外婆家的花园里溜达，这样就可以两耳不闻窗外事了。

我妈坐在餐桌旁，伸手去握外公的手时，关节疼得厉害。他摸上去非常冰冷，还渗着汗。他的手在抖。她知道外公现在还是宿醉未醒，知道他的心已碎。

七年前，外公外婆分开之后，外公爱上了另一个女人，五年前，那女人消失不见了，独自生活在森林里。外公对我妈说，那女人孤独、接地气。我妈一言不发，但外婆定期与之见面的巫婆跟她说了这件事。

让外婆发狠的是，她那分居的丈夫竟然能和其他人高高兴兴地过日子。她付钱给巫婆，让巫婆篡改外公的命运，这样一来，他和新欢就会各走各的阳关道。这是外公说的，外婆也承认了。等到外公从森林里返回，新欢家的家门敞开着，屋里的所有东西均已破碎。

附近镇上的人说那是准军事组织干的。

这是战争。

那些人奸淫掳掠。有时候，准军事组织还会绑架妇女，带她们去营地，甚至强迫女人卖淫收钱。有时候，准军事组织会胁迫女人参加临时组织的选美比赛，获头奖者就会被选中，遭到奴役。有时候，这些人会被赶走，她们逃走的时候，尸体也会一起消失。

外公如丧考妣。他指责外婆让他深爱的女人去送死。她矢口否认，说她并没有求那女人的死。

和他深爱的女人注定无法圆满地生活，这每时每刻都让他崩溃。他搬去布卡拉曼加，远离外婆，住到他第三个儿子阿利耶尔家附近。在布卡拉曼加，外公继续治疗病人，把钱都花在了租房、找女人和喝酒上面。他和阿利耶尔舅舅在小酒馆里喝威士忌。他们会在对方的客厅里，唱孤独心碎的谣曲，还计划去寻宝，散散心。

我妈并没有做好外公离她而去的准备。她有两个女儿，还有一双派不上用场的手，她见鬼听音的能耐也不见了。至少，她还能应付我爸的虐待。新安的前门门锁可以从里面开锁，她继续折磨我爸，给他讲许多无中生有的故事，说只有有罪的人才会看见根本不存在的危险，从而失去理智，致使自己死亡。

但我妈不想用自己的问题来麻烦外公，只是问他是否打算施魔法。

农民一直都想雇请外公。旱灾不退，害虫控制不得法，经济低迷，动物生病，西医治不好……他们就会来找他。

一次，在奥卡尼亚，我妈当时十二岁，外公带上她一起去干活。到了一片可可地，鸟鸣啁啾，外公开始跳起了舞。她对眼前的景象，不知该做何解释。毛毛虫从树上掉到了地上。

此刻，在客厅里，外公对她说，请他去施魔法的那个农场，奶牛生了虫子，还有趾高气扬的准军事组织。外公打算给奶牛喂祝福过的烟草，为了对付准军事组织，他会在农场外围埋下一小袋一小袋让人失去方向的东西，里面所装何物，我不得随意透露。

我妈和外公坐在那儿，沉默着。外公在她的手指上扇动自己的手指："我看得出你很伤心。以为我要出远门，就像你小时候那样，我背上背包，去远离你的地方生活。以为我要走了，但从来不相信我并不存在。"

在厨房里，外公将他为我妈买的几束红花铺陈开来，着手将绿植煮沸，进行祈福。树荚呈长方形，黄褐色。外公砸开树荚，取出里面的小种子，将之碾成粉末，再用这粉末和叶子制成液体，将一杯苦水放在我妈的唇边，让杯子往后倾倒，喂她喝。液体很难喝，味道很冲，她从没喝过这么难喝的东西。

"就像闪电。"我妈告诉我。

随后几周，外公调制的液体减轻了我妈胳膊上的疼痛。她关节处的炎症也消失了。我妈松了一口气，哭了。她差不多能用手抓东西了。大喜过望的外公便和我妈出门犒劳自己，外公握着我姐的手，我妈则把我包在襁褓里背着。他们穿梭于博物馆和公园之间，互买衣服和香水，大吃特吃冰激凌。他们争论谁请客，唯一的一张信用卡来来回回地易手，在店主和小贩面前闹腾，那是我妈的信用卡，她会在随后的许多年里付清账款。

回家后，外公帮我妈在卧室里照顾我。他放了好几个枕头在她的膝头，再把我放在上面。有了枕头、她的膝盖和肩膀，就能给我喂奶了。她还不太信得过自己的双手，所以为了展现对我的爱，她会用嘴唇顶着我的头盖骨，舔我。她就这么舔着，仿佛自己是一头狮子，而我是幼狮。

我妈和外公还会讲故事。

一次，外公二十来岁的时候，一只火红的球体追着他进了丛林。他躲入了树洞里，等待夜晚过去。我妈掉进井里的时候，外公听见了她的声音，但这是不可能的事情，他没法听见她的声音。一次，我妈七岁，外公带家人去河边，我妈抱怨说太无聊，那儿人太多，她都要呼吸不过来了。外公不想听她的抱怨，就拿枪朝空中开了好几枪。河岸边一片震惊和静谧之后，上百人全都逃走了。当然，河流依旧。我妈瞅着翻倒的罐子、毯子、食物，又抱怨了，这次是抱怨河上空荡荡的，没人可以看，更别说讲话了。

在我妈的卧室里，外公坦陈自己之所以将秘密透露给我妈，并非因为她在遗忘症好了之后，拥有了可与他比肩的能力，而是和她掉进井里之前发生的其他所有事情有关。

我妈七岁的时候，外公怂恿外婆将我妈培养成人妇，这么做很不明智。

我妈如果想要拥有好的生活，就得学会听话，但当外婆命令她把兄弟们的脏衣服拿来洗干净时，她却拒不执行。她辩称自己的几个哥哥都已经十四、十二、十岁了，肱二头肌是她的三倍大，不应该让*他们*来给*她*洗衣服吗？

她的几个哥哥都很残酷。她会爬到树顶上躲他们，从上面往下看。每个周末，他们就会让我妈的其中一个妹妹玩捉迷藏、抓人、打弹珠，妹妹就会中了他们的奸计。还有一个动真格的游戏，就是把她的头摁进一桶水里，差点把她淹死。这游戏就是看她的脚，先是胡踢乱蹬，再是越踢越没力气，然后就是越踢越慢。这时，他们会把她提起来，让她吸口气，以免真的把她淹死了。他们恳求她原谅，叫她女王，保证不会再这么干。只要外公不在，我妈的几个兄弟就会跟着身边的男人出去玩，那些男人都是铁石心肠，特别喜欢以残忍为乐，这些人都是游击队员或准军事组织成员，或者是受害者。暴力影响着每一个人。我妈没告诉外公，他的几个儿子在他不在的时候都成了坏人，后来，也就是我七岁之后过了许多年，我妈才一遍又一遍地对我讲这个故事。她和外婆不同，外婆想让我妈学会顺从，而我妈想让我懂得反抗。

我们的故事是一个国家，她的故事是一栋房子，女人的生命没什么价值。我妈的姐姐拥有和她母亲同样的力量，都会原谅和宽恕伤害过她们的男人。男人可以在女人的家里打女人，尤其是想要给女人一个教训时。有时候，我妈的兄弟心情不佳，就会踢她，她就蜷缩成一个球。无论是外公还是外婆，都不会出手阻止。和那时候桑坦德的许多母亲一样，外婆给女儿们的建议是别独自和兄弟待在一起，尽管兄弟姐妹血脉相通，可他们才是男人。

我妈必须学会使用自己的暴力。有一次，她用马桶的水箱盖砸了其中一个兄弟的脑袋，把他打成了脑震荡。还有一次，哥哥想要揍她，她就坐在地板上，想象自己长了美洲豹的爪子，力能扛鼎，被这爪子挠过，伤口根本无法愈合。她用贝壳锉指甲，锉成十个尖头。等她兄弟拽着她的头发，把她拉到外面的咖啡林里踢她的时候，我妈便猛地掐住他的胳膊和肚子，兄弟只能将她放开。外公回家时，儿子的衬衫上都是血。外公想要止血，但没用，他只能眼巴巴地看着血从伤口里滴下来。外公转身看向我妈，她在笑，鼻子也在滴血。

"索哈依拉，把你做的事情处理好。"

"不行。"

"索哈依拉，这是你兄弟。把你做的事情处理好。"

"不行。"

外公没料到她的怒气如此之大，就从屋子里出去了。我妈告诉她哥："我可以让你的血流光。"等到觉得她哥是真的怕了她，她便把外公叫回来，说她准备让伤口愈合。外公念咒止血的时候，她就在外公身边。等到起效，外公便把手放在我妈的脑袋上。她等着挨骂，但外公只是捧着她的手，领她去了自己的卧室。"好好睡吧，小山兽。"

外婆也觉得我妈更像野兽，不像姑娘家。谁会娶这样的人？

外婆教导我妈："每天晚上，吃晚餐的时候，把热菜放在你爸、你兄弟、我、你姐妹的面前，就按这个顺序。然后，你才可以吃。到了礼拜天，把你兄弟的脏衣服拿到外面去洗。"

见自己的指令没有被理会，外婆就从树上折了根枝条，把上面的叶子和枝丫去掉，把它靠在餐桌旁。吃晚饭的时候，这就是一个视觉上的威胁，如果我妈不听话，就会挨打。她的兄弟姐妹看看外婆，再看看我妈，接着再看那树枝。外公手肘搁在桌上，十指交叉，抵着下巴，闭着眼睛。

我妈慢悠悠地来到厨房。一到了那儿，她就给自己盛了碗汤，一跳，坐到台子上，就吃了起来。她吃到一半的时候，外婆见没动静，就过来看，于是就把我妈拖到小屋子里，到了那儿，她免不了出血和尖叫，但就是毫不悔改。

第二天晚上一如既往：树枝放在角落，先给男人端菜。这次，我妈大摇大摆地走入厨房，跳到台子上，脱下内裤，光屁股对着罐子里的汤撒了一泡尿。

尿液和罐子相激之声把外婆和兄弟姐妹都引入了厨房，他们看得呆若木鸡，没了声响。

小屋子里响彻我妈的尖叫声。这次，兄弟姐妹都觉得她肯定会被活活打死。他们用拳头砸门，恳求外婆手下留情。

第三天，我妈觉得自己被打够了。她的怒火变成了计谋。她从缝纫工具里拿走了外婆的剪刀，把自己的头发剪到贴近头皮。她走到外婆跟前，往那儿一杵："我现在是个男孩了，不用照你的话去做了。"外婆眨巴着眼睛。

　　外婆面对我妈突然变成的男孩模样，平胸、肌肉结实，回想起了她这七年的日子。外婆后来说她看得出我妈要是个小子，那些年会怎么样。当小姑娘的时候，我妈的内心总是挣扎不休，如果成了男孩子，她应该会是外婆的好儿子。

　　我妈人很野，不服管教。外婆也就不再让她干杂活儿，兄弟们也不再去烦她，外公却更爱她了。

　　几个月后，我妈就掉入了井里。

　　这也是为什么外公现在告诉我妈，说他相信就算先祖说得没错，女人掌握秘密就会遭遇不幸，我妈也能克服这一点。

　　那天晚上，外公把我放入摇篮后，便从过道走去客厅看我妈，碰巧回头看见一条蛇出现在另一头。蛇飞快地穿过铺了地毯的地板，呈 S 形钻入一堆地毯中间，游入了婴儿房。外公跟着它，但蛇钻进了摇篮，躲到纱帘底下。等到外公掀开纱帘，蛇已睡着，而我正在咯咯笑。然后，蛇就走了。

　　外公带着我妈来看我，说我要么身上有蛇精，要么蛇是个敌人，但被我迷晕了。他把我抱入怀中："感谢神，优秀的基因已经传了下去。"我妈每次告诉我这个故事，我都会发现一些新东西。Mi güichita，我妈说他那时就是这么称呼我的，意思是：我的小太阳。这个词我在任何一本西语词典里都找不到，但在 19 世纪桑坦德地区作家豪尔赫·伊萨克斯收集的土著部落语言中偶然找到过。Güicho，太阳。我觉得"–ita"应该是殖民时期产生的变体，是西语后缀，意为*小的，受珍视的*。

外公将知识像一阵风一样轻轻吹入了我的耳中。知识早已佚失，而我努力想要记住。

我爸一听说这事，就冲我妈大吼大叫："她既不是蛇精，也没有把蛇迷晕，她是个*新生儿*。"我爸之所以冲着我妈发火，是因为他根本没法冲外公抬高嗓门，只能叫他*先生*。他还记得去外公家见我妈的时候，他还没成年，外公打开门，举起步枪，往他脚边开了几枪，火星四溅。

我爸觉得我妈和外公的世界观很危险。他俩的所作所为就是在胡乱猜测，尽管他们人挺聪明，也有魅力，但为人冲动，太过疯狂。我爸会设法给他俩解释，说宿醉退却期间会产生幻觉，他们所谓的魔法，科学都能给出解释。比如，只要反复给出暗示，就能轻易使人产生幻觉。由于外公和我妈持续谈论外公即将到来的死亡，他们会往这方面行事，也看见了鬼魂，那他们也就容易看见不存在的东西，这也就是为什么外公会看见蛇。后来让我爸觉得羞耻的是，他自己竟然也看见一个护士走过走廊，手上拿着盛满牛奶的婴儿奶瓶，从婴儿房里出来，但公寓里压根就没这样一个人。

我妈告诉外公："这就是以前的那个鬼魂。你能摆脱她吗？"她也看见过护士，后来，我姐出生，我妈也就失去了见鬼的能力。她觉得这护士有点邪恶，但由于身怀六甲，她没能量来对付护士。

外公最后一次去看我妈的时候，在蒙塞拉特山顶指着
天空，两个月后，他就去世了。一张印制的相片被偶
然溅出的修正液覆盖。波哥大，1985 年

在外公用烟将鬼魂熏走的过程中，我爸和我妈就坐在客厅里。他让我妈仔细讲讲护士，他们不可能看见的是同一样东西，现在就是证明这一点的机会。怀疑也就这样侵入了我爸的头脑之中。我妈记得很清楚。我爸没怎么细述这女人，我妈就将女人的样貌细节描述给了我爸听："她是白人，红头发，小眼睛，黑眼珠……还有，她是左撇子，左手拿东西。"

每过一天，我妈的伤就好一些，可时间离外公乘机返程的日期越来越近，这危急时刻在她面前大张着口子，因为那是她能见到外公活着的最后时刻。她做梦时梦见了一个条件：如果外公原谅外婆，宽恕外婆，他就能再多活五年。他就能和她在一起更久。外公摇了摇头，他已经历一切，忍受一切："如果他们明天告诉我，我明天就会走，我心里也剩不下任何东西给那女人。"

外公离开的那天早晨，我妈紧紧抱着他。他可以继续在梦中治疗她，他在机场告诉她，只有在他穿越之后，她才能彻底康复。"我会在另一边一直注视着你。"说完那些话，外公就走了。

我妈注视着机场的窗户。远处，外公正在跑道上走着。他登上活动梯，进入飞机。风儿摆弄着他斗篷的边缘。他走入机舱，六十三岁。

"我会在这里一直注视着你。"我妈对着玻璃回答道。

10
泥泞

两个月后的梦中，外公出现在外婆面前，和她在床上做了爱。

那并非他们的婚床，她几十年前就将婚床搬到了使外公和她的新欢分离的那个巫婆那儿。外婆希望巫婆能将外公带回来。巫婆说婚床所拥有的魔力，就连外公那样的人也抵挡不住。巫婆将外婆的床垫留在那儿达七天之久。取回床垫后，外婆等了一年，然后便丧失了信心，知道外公再也不会回心转意。等到晚上，她便独自穿上睡衣，拖着床垫进入野林子里，拖到筋疲力尽，怒火渐消。她抬头看去，头发粘在她脸上，蝗虫在草丛中对着她发出啪啪的碰撞声。她把床垫留在那儿，留在森林深处，留待野兽和大自然将它扯得粉碎。

那天晚上，我妈给外婆买了一张新床垫，在外婆的梦里，就是在如今那张双人床上，外公给她带来了阵阵快意，再度钻入她体内的柔软之处，而她本以为因他的离去，这柔软之处早已蜷成一团，死去了。他用自己的身体，又将她带回了家，带回了她自己的身体之中。

做爱的剧痛之后，外公看着她。他褐色的眼眸中出现浅褐色的斑点，她很熟悉那斑点。他为给她造成的所有伤害表达歉意。他在恳求。外婆一直在等待他这样做，在她面前哀求，祈求唯有她能给予的东西。可她垂垂老矣，因权力而陶醉，拒绝了他。

翌日，外婆醒来时，床单上布满了尘土。

她的内衣沾上了泥污。

也就是在那天晚上，外婆知道了她那远离的丈夫已经死去。

她没有哭。她会告诉每一个人："我总算知道和鬼魂做爱是什么滋味了。"

11
葬礼

在波哥大，我妈睁开眼睛，记起了那个她以为自己不记得，但现在突然记得的那个时刻：她置身井底尚有意识的那几秒时间。她知道自己八岁，惨不忍睹，口里满是血污。黑暗涌入，侵蚀了她身体的边界。她溢出了自己的身体。

很快，她就会变成非人，可此刻，有个想法，是语言，直接冲着父亲而去："快来找我，我要死了。"

在上方远处的空间，白色闪耀成了一个圆。

在布卡拉曼加，阿利耶尔舅舅站在他父亲上方，他父亲赤身裸体，摔在了浴室地板上，紧紧抱着浴帘。

晚上，阿利耶尔舅舅打来电话，告诉我妈外公已经死亡。他旁敲侧击地暗示外公和一个女人在一起，还讲了床的状况和厨房的状况。我妈没注意听。自从外公预言自己死亡的那一刻起，她就担心听到外公去世的消息，但这事还是发生了。阿利耶尔舅舅讲述守灵的细节时，她的悲伤犹如永恒的空气，她在这空气中一直往下坠落。

那天清晨回忆掉入井里的其实是外公，他在催促着："快来找我，我要死了。"

外婆没打算参加葬礼，但她确实对每个打了电话的人描述了自己床单上的尘土，内衣上的泥污，那个梦，令人震惊的咒语：我总算知道和鬼魂做爱是什么滋味了。

我爸整理参加葬礼的行李时对我妈说："如果他真的有法力，怎么可能在打算洗澡的时候死了呢？我觉得所有这些话都不过是说说而已，包括你父亲在内，没人能知道自己什么时候死。"

我妈怒目而视。我爸一声不吭地理完行李，就忙活更有用的事去了，给这次自驾行买吃的，还请了个邻居来照顾我，因为我妈说让孩子接触死亡的寒气不好。

我爸开了一个晚上、半个白天的车，来到了布卡拉曼加。途中，遇到军队设立的路障，士兵们用枪瞄准轮胎，搜查车里是否有毒品或被绑架的人，是否有加入游击队的迹象。他们询问了我爸，我妈则脸颊靠着车窗窗框，睡着了。

尸体就在阿利耶尔舅舅的家里。

装在棺材里的外公，手像两个大爪子，僵硬地攥着幻想中的浴帘。他咬紧牙齿，下颏外凸，眼睛闭着。姨妈和舅舅都不敢看他，他的脸上充满了惊恐。我妈将头搁在外公的胸口，暂时忘了这是一具尸体，不会再有声音，唯有满目疮痍的静谧。她跳了起来。每一样东西都有股福尔马林的气息。

姨妈和舅舅在争论外公有哪些东西不见了，他们想要保留哪些物品。

"他的那些雕像在哪儿？"

"我要爸的帽子。"

"我应该保留他的步枪。"

"那他的护身符呢，去哪儿了？"

"他办公室角落里的那个头盖骨呢？你们谁拿了？这种东西怎么可能不见了呢？"

"他的金银首饰也不见了！"

我妈坐在棺材旁的凳子上，试图想起某棵药草、某句祷词，任何能让尸体放松下来的东西。但外公只教过她治疗生者。她记得外公曾告诉过她："如果婴儿因为邪恶之眼濒临死亡，就要把孩子放进刚杀的奶牛肚子里。"

家人不想举办一场棺材闭合的葬礼。棺材闭合的葬礼是为暴力的受害者，也就是那些遭到肢解、遭到毁容、溺水而亡者准备的。他们的家人也会被这棺材闭合的葬礼标记。举办葬礼的时候，人们就会认为这和游击队、准军事组织以及毒品走私有关。人言可畏。游击队和准军事组织时不时会来桑坦德省走走，他们经常会用枪指着人们，问谁会同情敌人。只要有人抬抬手指就够了，支持者就会被赶到一起，枪决。

佩尔拉姨妈和我妈深入布卡拉曼加，希望能找到懂得如何让死尸放松的巫医。她们问了药房，又站在公园里问陌生人。大家都会给出建议，但每次说到巫医执业的地址时，总会指向外公的办公室。她们对这个悖论一笑了之，之后又哭了起来。她们心想棺材闭合就闭合吧，也知道这意味着什么。最后没办法，她们就找了一个受神父赐福过的十字架，回到阿利耶尔舅舅的家，外公的弟弟尼尔就坐在我妈坐过的那个凳子上，他看上去很健康，是外公的健康版。我妈紧紧抱着他，几乎瘫在了他温暖的怀抱里，她还想问尼尔是否见到外公最后一面，他觉得应该怎么做，就在这时，她不经意间瞥了一眼棺材。那儿，在棺材丝绸衬里的凹陷处，外公闭着眼睛，双手松弛，下颏也不再紧紧咬合。尼尔将他的帽子戴回脑袋上："他看上去不安生，所以我就帮了他一把。"

"你是怎么做的？"

尼尔眨巴着眼睛，望向了一边。

我妈为了不让自己再次泪如雨下，就把自己埋在我蹒跚学步的姐姐希梅纳和阿利耶尔舅舅的大儿子，也就是我们的表兄加布里埃尔的怀中，俩孩子正咯咯笑着，在桌子底下、棺材底下钻进钻出，早已将尸体忘得一干二净。

由于姨妈和舅舅怀疑外公还有其他家庭（外公长时间不在家，有这个可能），所以会在葬礼举办当日，即举办之前几小时通过当地电台宣布。他们担心会有一大堆同父异母的兄弟姐妹、哭哭啼啼的女人、一群和外公长相酷似的陌生人赶来。

"爸爸会因为葬礼没多少人参加而恨我们。"舅舅们说。

"可怜的爸爸。就连妈妈都不在。"

　　舅舅们将棺材扛到了阿利耶尔舅舅的家门外。外公的几个孩子和从奥卡尼亚赶来的其他亲戚紧跟其后，在街上唱歌、祈祷。每经过一个街区，哀悼的人群就会越聚越多。外公的客人，外公的朋友，还有谁也不认识的人，刚听说葬礼一事，便从店铺和家里跑了出来。有些人知道有个巫医死了，想来表达敬意；有些人想看看是否能发生奇迹，不让巫医离开。

　　阿利耶尔舅舅在布卡拉曼加的影册里留有一张葬礼队伍的照片。我们娘俩俯身看着照片，仔细打量着围在棺材周围的四十来个人，她说不清楚那些人究竟是谁，无论是那个头发往后梳、摩托车把上插了葬礼花束的男人，还是那个身穿西装、神情落寞、挠着耳背的年轻人，她都不认识。我妈说参加葬礼者的人数比这个数要多三倍不止。家人没钱买花束，也没钱买墓地。家里人有个朋友，名叫拉乌尔，他家的小女孩发高烧，就是外公治好的，拉乌尔将自己妻子的墓地让了出来。外公的棺材就埋在她上面。

　　在墓地，送葬的队伍登上酋长坡的坡顶，我爸抱着希梅纳，留在坡底，在空地上走来走去。葬礼让他害怕。外公让他害怕。只要希梅纳裹着襁褓的小身子窝在他的胸前，他就能以为这就是正常的父亲应该过的生活。希梅纳还不理解什么是葬礼，她觉得外公没死，只是睡着了。不是睡着了，而是离开了。我爸轻轻哼着一首又一首歌，教希梅纳认花。他把希梅纳抱到花跟前，让她嗅花的芬芳，然后他看向山坡，队伍还在往前挪。他觉得那时候人们应该是轮流从棺材前走过，和外公道别。他知道我妈会守着棺材，不让请求奇迹的纸条跟着外公一起进坟墓。我爸并不相信奇迹，也不相信外公有能力达成这些请求，一张纸对连脉搏都没了的人能造成什么伤害？不过，我妈由于不知道该如何满足她父亲的临终愿望而感到悲伤，这件事倒是让我爸觉得很伤脑筋。"你和佩尔拉为什么不站在棺材两头守夜？"他提出建议。我妈那时看上去很冷静，她有个计划，而我爸却认为我妈那个时候在山顶上父亲的身边，肯定会听取自己的建议。

没过多久，我爸就听见了朝着天空射击的枪声。

外公希望自己有一场将军式的告别仪式，虽然他从来没打过仗。

完成这个任务，我妈毫无困难。就在葬礼的前一天，她向两个正在休假的军人走去，他们在她父亲家附近的公园里抽烟。她给他们看了看手相，然后和他们谈妥，只要他们出席她父亲的葬礼，穿整套丧服，开枪，吹小号，就给他们看全套手相。她告诉他们："如果我看见你们只参加半场丧礼，那我也会这么做，到时候，给你们看一半手相。"于是，神父举办丧礼的时候，那两个当兵的全程都在那儿立正。

"哎，我根本不知道拉法埃尔还打过仗。"我妈听见奥卡尼亚来的家里人说。

"我好像有记忆，肯定是在大暴力时期打仗的吧。"

外公并不喜欢神父。神父出席，更多的是为了参加葬礼的人，而不是为了他。我妈也不太在乎神父，对她来说，神父只不过是假装神圣的普通人而已，所以当神父朗读《圣经》里那些一成不变的死亡和拯救的故事时，我妈就抬头凝望着天空。

天上，云层聚集，边缘闪着光，很快就留下了伤痕。

"佩尔拉，"我妈说得很轻，眼睛没有离开天空，"你觉得那些云自然吗？"

佩尔拉姨妈咬牙切齿地说："你一个字也别跟我说。"

我妈沉默地凝望着云层越聚越多。

"佩尔拉，"我妈又说，"看。"

姨妈抬头看了一眼，就不看了："我觉得我要心脏病发作了。"

姨妈尽管出身如此，但并不喜欢超自然事物，她开始呼吸加速，引起了兄弟姐妹的注意，大家开始窃窃私语，我妈趁此机会到处说天空和云层有问题。外公的孩子们便一个接一个地抬头看了过去。其他人也注意到了，外公的儿子和女儿排成一队，压着嗓音，反复抬头观天，有觉得欣喜的，也有觉得恐怖的，黑压压的浓厚云层是一个只在外公墓地上方发生的现象；而山坡下正在举行的另一场葬礼，就根本看不到云。

再往下，就是我爸站立的地方，就在他念不出花名，开始胡编乱造的时候，出现了阳光。

佩尔拉姨妈揉着太阳穴："他要是站起来走动该怎么办？"那时候，棺材敞开着，准备最后的道别。

每个人都倒吸了一口凉气。

姨妈和舅舅们听进了佩尔拉的话，但佩尔拉和我妈都在看着外公。她们把他的脑袋和胸口看得很好，没有请求奇迹的小纸条，但他的身子两侧却塞满了小纸片。大家都设法往里塞。家人并没想要停止丧仪，把小纸片给挖出来，他们身处悲伤之中，只是看着别人这么做。神父感受到他们的痛苦，便建议："孩子们，握一把尘土，等棺材往下放的时候，把尘土撒到棺材上。这样有助于悼念。"

姨妈和舅舅不知道该怎么办，便同意了。棺材往下放的时候，他们便把尘土扔到了棺材上。

"信众们，这就对了，握一把尘土，道个别吧。"

我妈强忍悲痛，握了一把黑土，这时下起了雨。*雨只下在这块土地上*，我妈对身边的兄弟姐妹悄声说："雨只下在这块地上。"

姨妈和舅舅们发现真是这么回事。山坡下的其他葬礼，六到八个参加葬礼的人身上都没有湿。我妈看向天空，让雨淋湿了脸庞。姨妈和舅舅们都号啕大哭，然后她听见外公的棺材被放在拉乌尔妻子棺材上，发出了磕碰声。神父并不明白为什么大家突然这么激动，一直在说："握一把尘土，大家都握一把，把尘土撒在慈父的棺材上，这是一种告别的方式。"

姨妈和舅舅们一直在抓尘土，再将尘土扔向棺材里的父亲，之后，向天空射出了最后的枪声。我妈松开手，扔出了最后一抔土。

渐渐地，坟墓里都是土和水。

返回库库塔后，外婆径直拿出记录重要事项的笔记本。她在笔记本里记下了自己成婚的日期，每个孩子出生的时间、地点，孩

子的洗礼、婚姻，以及孙辈的名字。她翻到最后
一页，草草写下日期，用的都是大写："拉法埃
尔·孔特雷拉斯·阿尔丰索死亡，葬于布卡拉曼
加。"

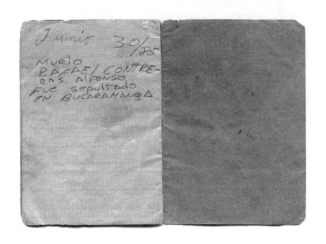

12
诅咒

　　许多年以后，会有一种说法，即外公的死亡让诡异的事情接踵而至，自此以后就一直跟着这一家人，虽然没人会直白地使用这些字眼。如果我听说真有人用了什么字眼，那也是 eso[①]这个词：指的是我们所继承的东西、无法理解的事物、震惊某些人而非另一些人的事物、使得故事代代相传的东西。

　　许多东西都能被叫作诅咒：

　　佩尔拉姨妈的牙齿突然掉落。

　　一个舅舅被游击队员绑架了四次，每次被绑的时间越来越长。

　　我妈的眼细胞互相攻击，因为她得了一种自体免疫疾病，而只有得了艾滋病的人才会染上这种疾病。

　　"所有这一切都发生在一个家庭里的概率到底有多大？"家里人一直在追问，语带责备。

---

① 西语里为"那事""那个"。

阿利耶尔舅舅知道一些秘密，但并非全部。我妈在上中学高年级的时候，阿利耶尔舅舅已经有两个儿子，还没工作，我妈就求外公教他一点东西，帮助他给家里带吃的回去。外公断然拒绝了这个想法，*阿利耶尔不适合那些知识*："见到鬼魂，膝盖就会打战，当不了治疗师。"但我妈颇具说服别人的能耐，最终外公就教了舅舅推云的本事，这是一种最花哨却最没用的秘密。后来，外公将死之时，我妈需要他的帮助来治疗瘫痪，外公便又破了一次例。

外公跋涉到以前采红花的那片草地上，草地的名字我妈记不得了，他在那儿又采了一些花，给了阿利耶尔舅舅。"等索哈依拉过来……"外公这么说。舅舅打断他道："索哈依拉打算来吗？"外公没说话。他不希望舅舅知道他在生气。

葬礼之后，我妈没法待在布卡拉曼加给人治病，于是阿利耶尔舅舅就带着花和她一起返回了波哥大。花朵、叶片、种荚都是单独包好的，包裹都打了结，但植物发腻的甜味从塑料袋里飘了出来，坐后面的希梅纳和阿利耶尔舅舅就老是晕车。我爸只能时不时地停车。

到了波哥大，阿利耶尔舅舅按照外公的指导调制叶片和花朵。这么甜的东西浸泡过之后，怎么会变得这么苦？我妈塞住鼻孔，逼迫自己吞了下去，强忍住呕吐的冲动，还是照吃不误。几个星期后，握力恢复了，我妈松了一口气，自己又独立了，但每天她都会经历一种选择性遗忘的症状，从座机上拿起电话，给外公拨电话。她有许多瘫痪方面的事情、许多思念要说，她想知道他梦见了什么。每天，拨号音响起，都能勾勒出她的悲伤。

我妈和阿利耶尔舅舅彼此安慰，但舅舅脸上总是一副大难临头的表情。他患有抑郁症，仿佛四面楚歌，表面上看似渡过了最糟的难关，其实并没有。我爸和阿利耶尔舅舅一块儿喝酒。到了晚上，他们就会闷闷不乐，难以捉摸，到了白天，又会兴致高涨，神采奕奕。正是处于这种险恶的情绪下，我爸提议带我去特肯达马瀑布，那是他在地球上的中意之地。

瀑布波光粼粼，落差四百多英尺，离波哥大一小时车程。路的尽头，有一栋宅院就悬在深渊的边缘，瀑布的水花弥散于空中。建于 20 世纪 20 年代的宅院是火车站，也是酒店，后来成了餐厅。年复一年，里面住满了鬼魂：都是选择在这儿跳崖自杀之人的鬼魂。

瀑布与下方河流相激之处，也就是所谓的亡者之湖。16 世纪，波哥大的土著穆伊斯卡人知道自己将会败给西班牙人，失去领土和王国。许多人不愿被俘，就选择了跳崖。什么是瀑布？是降落的应许，是水和自身相遇的旅程。幸存者的讲述是：跳崖者坠落时并未融入湖水，而是变身雄鹰，雄鹰飞向太阳。留在后面的人都在后悔自己没有和其他人一起离开。

几个世纪以来，特肯达马瀑布跳崖者的尸身早已消失在了瀑布下方的旋涡之中，融入了亡者之湖。据说那是一股涡流，是无从返回之地。1941 年在瀑布下发现了第一具尸体，是个出租车司机。他的那些出租车司机朋友划着独木舟，带着绳索，尽可能地靠近，闻到了腐烂尸身的气息，也看见了尸体在躁动不安的瀑布底下被甩来甩去。

没人想去瀑布底部捞出尸骸，直到如今，人们还在说一定要小心，千万别盯着亡者之湖太长时间，因为亡者时常会从水中发出召唤。饥饿的嘴，渴求溺水者。

葬礼之后三个星期左右，我爸把车停好，我们一起往上来到了路的边缘：我爸抱着希梅纳，我妈抱着我，阿利耶尔舅舅殿后。来到宅院旁，我爸进去买咖啡和奶酪饼，我妈和舅舅朝着宽阔的石砌阳台走去。他们倚着栏杆，凝视着陡峭的峡谷和咆哮的湍流。我妈看得目瞪口呆。她的目光吸纳着下方激流溅起的泡沫、上釉一般的岩石，在瀑布的顶端，就是身着蓝袍的自杀处女像，她矗立在那儿，敞开怀抱，眺望着亡者之湖。雾蒙蒙的空气逐渐浸湿了我妈的皮肤，然后，她的胳膊缩了一下，自行松弛了下来，背叛了她的身体，我妈的兄弟姐妹事后用 eso 来指这件事。我从她的怀里滑落了下去。在那永恒的地狱之中，我妈的双手完全派不上用场，只有我裹着的红色毯子钩住了她的手指。我就这样坠向了白色轰鸣声，我妈知道她也会跳下去。

我爸在我们身后，下了台阶，来到阳台上。他的手里端了咖啡和糕饼，除此之外，我不知道他还看见了什么。他什么都不对我说，每次问起，他都会走开。

阿利耶尔舅舅拥有间歇性洞见未来的能力，后来他说他预见了将会发生的事。所以他这时已经跪了下来，手伸出阳台的石栏杆，在我坠落之时，抓住了我的手腕。我妈尖叫起来，他则平静地将我拽了上来。他的手臂碰到厚实的上端栏杆时停了一下，然后伸过另一只手，将我从一只手递到另一只手上，松开我，将我稳稳地放在了地上。

我妈说我看上去就像是献祭给她的小小供品，直接被放在砖块上，这个哇哇大哭的涨红着脸的女娃娃胳膊脱了臼，杵在外面，角度令人心惊。我爸置身于轰鸣的峡谷之中，撕扯着自己的头发，舅舅用从外公那里学来的正骨技术，将我的胳膊拍回了原位。

我妈说这事差点酿成大祸，阿利耶尔舅舅说那是她知道秘密所致的后果，之后，我妈就再也不愿踏出家门半步。她很生气。瀑布想要将她的娃娃吞噬。舅舅建议她为了家人的安全，不要再从事治疗和占卜的行当，将这些知识教给他。只有那样，她才能摆脱紧随其后的那一连串悲剧。我妈指责舅舅嫉妒她。外公对她的爱甚于他，相信她更有能力。她自己挣得了秘密，而他也是因为我妈才了解到一些皮毛。舅舅打好包，买了张巴士票，就回了自己在布卡拉曼加的家，他是当天走的。

这并不是我妈和阿利耶尔舅舅第一次因秘密而争执。外公当时教舅舅推云的时候，舅舅开了间诊疗室，但他不懂如何治病。我妈这时即将读完中学，多亏了舅舅，将她从一段虐恋当中拯救出来，那还是在我爸之前的事。所以，就像她小时候替父亲做事那样，她也操持起了阿利耶尔舅舅的诊疗室，住进了他家。

她很低调地准备饮料，照料阿利耶尔舅舅的病人，实际的治疗工作都由她来做。舅舅很开心有她的支持，但当他坐在诊疗室内，商量价格和治疗方案，说他的助手会执行他的指示的时候，总有一天他会开始相信自己才是管事人这种很容易识破的谎言。我妈治好他的病人后，病人就会送给她礼物，以示感谢。舅舅并没有立刻发现礼物，但知道后，他就会将礼物偷走。他是诊疗室运营的脸面和主脑。他指责我妈卖淫，否则病人都已支付全款，怎么还会多给她钱和礼物？

　　我妈没理会他的侮辱，只是拿了钱，打碎了礼物，因为她需要时间，等待完美的时机来展开报复。舅妈玛利亚娜听说我妈在她家的屋檐底下卖淫，觉得受了冒犯。她偷走我妈的内裤，半露半掩地埋在了家里植物的土壤中，这样，我妈就会知道这是玛利亚娜所为，明白玛利亚娜也不会默许她的行为。

　　一天晚上，我妈确定他俩都睡着了之后，便把阿利耶尔舅舅的财产尽可能地收集起来，在内院里堆了一大堆，淋上汽油，往上面扔了一根点燃的火柴。她离开房子，站在夜色之中，空气中弥漫着浓烟。

　　"我怎么对你说的，我的小山兽？"外公说这话的时候，看见我妈来到他家并不吃惊，此时天色已开始变亮，"他不适合干这个，会失去理智。"

　　此时，舅舅打电话给外公，要外公为我妈做的"好"事打她：毕竟，他孩子都在房子里，他要是没醒过来，整栋房子都会被烧光。"你这是活该。"外公说。最后，舅舅原谅了我妈把他的东西烧成灰，知道自己错怪了她。他想让她回来，证明自己会对她好，但即便她不再怨恨，也无法像以前那样信任他了。他和我妈认识的其他男人一样：觉得她是个威胁，一心只想着控制。

没了外公和我妈的指导，阿利耶尔舅舅就在二手书店买了本讲西班牙巫术的旧书，自学如何同精灵沟通，邀请他们进入自己的身体，用自己生命的感官体验来交换预言的能力。晚上，他会喝下一整瓶伏特加，说唯一能告诉他未来的鬼魂就喜欢进入他的身体喝酒。这是他必须付出的代价。

等到举办外公葬礼之时，阿利耶尔舅舅善于诊疗的鬼魂则未经他的允许住在了他的体内，喝酒也越来越猛。家里人都注意到了他日益颓败的健康状况，再加上得知我差点掉入瀑布这件事，这小姑娘又是在魔鬼时刻出生，长期以来一直存在的问题终于被提出来了：如果外公终其一生实践的法术是好的，那为什么他死时如此惊骇？如果我妈所从事的法术是好的，那为什么她的胳膊会丧失行动能力？亡者之湖为什么想要夺走一个新生儿的生命？为什么紧步我妈和外公后尘的舅舅会成为酒鬼？

后来，和往常一样，传教士们敲起了他们家的门，送给他们"圣经"，用橡皮筋将传单绑在他们家的门把手上。他们以前经历过这一切，但外公一走，原本萌芽的怀疑也就破土而出，姨妈和舅舅的内心都产生了犹疑，不知那些疲惫不堪的信徒所说的末日已近，即刻忏悔的说法是否确有其事。他们都想知道究竟哪个故事为真。

通往特肯达马瀑布的路。波哥大，1997 年

六年后在特肯达马瀑布，我姐姐朝着正在拍这张照片的父亲奔去。和表兄加布里埃尔一起坐在地上的就是阿利耶尔舅舅。前排坐在地上的是表兄法比安。后排从左至右是阿利耶尔舅舅的妻子玛利亚娜，以及他们的儿子伊万和奥马尔。我妈还在担心有人会掉下瀑布，紧紧地攥着奥马尔的衬衫。我就坐在我妈旁边。

基督教的上帝是否善妒，因他们和他们的父亲是偶像崇拜者而憎恨他们？是否存在一个应许知识和庇护的治疗师的谱系，因为外公违抗他们不得传女的指示而对他们大发雷霆？

传教士说占卜令上帝憎恶，上帝会惩罚邪恶之人，如果舅舅和姨妈们亲历了惩罚，那他们自己就要改改了。但舅舅和姨妈们下不了决心。他们摆出姿态，希望能同时满足有可能心怀不满的两方，于是就一把火烧了外公的东西。

外公的所有衣服，连同床单，还有他的鞋子，都被烧成了灰烬。舅舅和姨妈们都留了一些纪念外公的小纪念品，以为这样就能得到宽恕。但无论他们将外公的东西存于何处，都会出现鬼音。从波哥大到里奥内格罗再到库库塔，总共九个孩子都说大半夜听到了钥匙丁零当啷的声响、走近的脚步声，卧室门的门把手没动，也没上锁（许多人都证实了这一点），门把手却发出声音，像是有人在使劲拨弄门锁。于是又开始了第二轮焚烧。

我妈嘲笑兄弟姐妹们的恐惧。那只是外公在打招呼，往里看，走了几轮鬼步而已，以此来确保自己的法力仍能被人观察到。她告诉他们，有时候闹鬼是好事，但舅舅和姨妈们没有被说服。于是人们心里怀疑外公的法术并不神圣的想法开始生根发芽，但要过好多年，这些想法才会牢固。

我成长期间，一年当中也就两个月的时间——九月和十二月，我爸妈、我姐和我会从波哥大自驾去见我妈在桑坦德的家人。那两个月，希梅纳和我不用上学。我也不确定自己是否信那事，但我可以看出有些姨妈和舅舅是信的。我们这一家人总是会发生一些怪事，就连哥伦比亚人也觉得怪异。

每年，我们的车从波哥大出发，沿着东山山脉，行驶在蚀刻于山间的中北公路，驶入雾霭蒙蒙的高地，我们把报纸当作地图，避开近期发生小规模战斗和屠杀的城镇和区域，但这也让我们觉得任何时候都有可能突然转错一个弯，从而灾祸临头。

低地酷热，我们汗如雨下。入夜，我们目瞪口呆地凝视着墓地，可以看见小火球飘浮于坟墓上方，我妈称之为鬼魂，我爸称之为光子发散。我们是凌晨来到阿利耶尔舅舅家的，我妈把我们摇醒，让我们快点进屋。

房子是一个老人慷慨赠予舅舅的，他是欧洲意义上的黑人艺术的仰慕者，当时因为关节炎严重来舅舅这儿看病。舅舅治好了老人，用的是外公当时治疗我妈时用的那种药，老人对自己无须再每日遭受疼痛的折磨而心怀感激，于是立刻搬出房子，将钥匙交给了舅舅。

这是栋大房子，共有三楼，还有个地下室。但在舅舅的照看之下，房子已破败不堪，屋顶需要铺新的瓦片，漆面剥落，地下室一股尿骚味。希梅纳和我都不愿在屋内逗留太长时间，所以在舅舅家住的两三晚期间，我们都会在屋外追萤火虫，随便吃什么植物，看会发生什么事，再去酒馆看舅舅唱歌。

舅舅组建了一个马利亚奇乐队。马利亚奇音乐是梅斯蒂索人的音乐，数世纪以来从土著人、非洲人、欧洲人地区的狂欢传统交杂

演化而来。哥伦比亚的兰切拉调受了马利亚奇音乐的影响，舅舅也
会唱那些小调。头顶是柔和的聚光灯，站在小舞台的中央，他整个
人就变了。黑暗中，悬挂于天花板上的迪斯科旋转球散发的无数个
亮点向我们射来，我们听着舅舅漂亮的男高音轻声吟唱，唱我们有
多么美丽，唱我们令人心碎："女人哪，完美无瑕的女人，除了崇拜
她们，还能怎么办？"

白天，舅舅会用圣油按摩我的胳膊，以清除他所谓的在瀑布边
想要杀了我的那种东西。如果我母亲为那事深受触动，那我也是。
他的手肉嘟嘟的，很温暖，有股樟脑油和伏特加的气息。

那事真的存在吗？我妈说那就是个故事，纯粹虚构出来的。那
时，她想让我明白：根本就不存在诅咒这种东西。她的生活中有悲
惨，也有损失，但那事发生就发生了，没必要说那是诅咒。那就是
生活而已。但我妈始终是那种人，面对危机，一笑置之，悲伤的时
候还会跳舞，严禁任何人来限定她无限的可能性。我并不理解她想
告诉我的事。当我们身边的每一样东西都在坍塌，诅咒怎么就不存
在了呢？

我妈说阿利耶尔舅舅并不擅长治疗。他很敏感，有艺术天分，
做事杂乱无章，是个好人，但已经迷失于内心的恶魔和情绪当中。
我妈说："给别人治病需要临床上保持冷静，脉搏要稳定。"

有时，阿利耶尔舅舅会让全家人坐上他的吉普，开车一起去三
小时车程的库库塔，到了那儿，我们都住在外婆的家里。外婆家很
美。她和外公亲手用陶土、干草和水，做出砖块。外公之前给一户

农民家驱魔，那家人没付钱，给了他一台小机器，外公就用这台小机器烘制砖块。只要有钱，他就会造新的房间。这样一来，外婆家就有了两层，窗子都开在奇奇怪怪的地方，门则开在摇摇晃晃的楼梯口，二楼部分地方也没有扶栏或墙壁，所以一不留神就会一脚踩空，腾空落下。格子墙让房子沐浴在蟋蟀和蚊虫的聒噪声中，有一段时间，地板上脏兮兮的。外婆会朝脏土泼水，跪下来在地上抹圈圈，让尘土不至于扬起。一家人就这么走在她刚亲手拍落的尘土上。

　　外婆的天井里有一块砖，据说受到了诅咒。

　　故事是这样的，一天，外公正在独自喝酒，有时这是他的老规矩。他边喝酒，边嘲讽鬼魂，说他们要是有胆量，就来收了他的魂魄。姨妈和舅舅们（那时候，他们都还没成年）在房子里睡觉。一声号叫惊醒了整屋的人，那风声几近于人声。

　　他们全都跑向天井，但通往室外的门却被卡住了。他们听见两个声音在吼叫，由于被风的呻吟声盖住，听不太清，但他们在黑暗中可以看见正在发生的事情。等到一切消停下来之后，门就打开了。他们发现外公就在天井的一头，用煤油灯照着泥泞，命令他们往后退。

　　房子附近，大门边上，有一个脚印，比家里任何人的脚的尺码都要大上四倍。外公说那是魔鬼的脚印，根本没法去除这样一种超自然的印记。唯一的办法就是把它隐藏起来。翌日，外公在那地方铺了一条砖石小径。六块砖正好盖住了脚印，但其中一块砖，铺上之后便似燎焦一般发黑了。外公说就算替换，新砖也会变焦，所以无计可施。

希梅纳和我年纪小，常坐在受诅咒的砖块旁，在地上和从来不缺的小奶狗玩。外公的狗总是会逃走，回来的时候就怀上了幼崽。我们知道小奶狗会死，外婆会把它们溺死，或把它们毛茸茸的脑袋砸到墙上，将它们杀死。她家里总是没有足够的食物给人吃。一天，我们醒来发现小奶狗不见了，受诅咒的砖块的砖缝里渗着血。她选了那个趁手的地方，是因为那儿离厨房和收集雨水的水泥水箱最近，所以也最容易收拾干净，尽管如此，那儿仍旧有种宿命的意味。

我妈时常想吓唬我们，这时，她就会在外婆家砖石小径边的花园里用手抹来抹去，说："这个种植园里都是流产的胎儿。"

"谁的？"

我们小时候很少会被什么东西吓到，或许这是因为我妈时不时就会让人感到震惊吧。

"还有青蛙骨架，"我妈说，"你姨妈'老样子'总是弄那套西班牙巫术。她会把纸缝起来，在上面写上名字，塞进青蛙的嘴里，再把它们活埋了。"

我们听得入了迷。"那样做是什么意思？"

"我怎么知道？我又不懂西班牙巫术。"

在外婆的后院里，酷热让我们汗流浃背，汗水让我们浑身发光。姨妈和舅舅们长大后，各自生疏。空气中弥漫着不和与怀疑，但我觉得还是和以前一样。他们还是会把我抱上膝头，"叫我小妈妈，我的天空，我的爱，我的小甜糕"，将一绺头发掖到我的耳后，设法给我弄下外婆家枝头高处最好的鳄梨和芒果，一个个好似亮色的球茎。"你为什么不是我生的？"他们会问，"你太甜了。"然后，他们坐在塑料椅上，抽着烟，喝着烧酒，讨论超自然神力，以及他们各自又继承了多少这样的神力。阿利耶尔舅舅最拿手的是接骨、推云，指导如何让精灵在他体内搭房子。纳伊亚姨妈可以看见死亡面纱。"老样子"可以从雪茄头上的灰烬读取命运。但再怎么样，我妈总是能赢。我妈的兄弟姐妹都很佩服她，讨厌她，嫉妒她。她燃烧得太明亮。我觉得成为她女儿是我这辈子的荣耀。

　　一到晚上，我们都在期待着那神秘的状态来临，我们可以在那种状态下安顿下来，我们喜欢称之为聆听舌头。我妈会给我们讲故事。通常，在施行巫术的时刻，大人都已几杯酒下肚，我们也疲于追逐嬉闹，这时我妈就会开始。其他人的故事都会这么开头："很久很久以前……"我妈的故事是这样开头的："曾经发生了一件真事……"她会把我们听了无数遍的故事编织起来，讲得神乎其神，充满了张力，我们连动都不敢动，甚至不敢去尿尿。我们最喜欢的故事，也是我们听了一遍又一遍之后还要听的：外公和一只黑头美洲鹫的故事。这故事讲述的是遭到诅咒，又如何破除诅咒。

　　曾经发生了一件真事，外公有一次外出，走在安第斯山上，他注意到自己的水不够喝了。

　　咸涩的汗水刺激着他的眼睛。他抹了抹额头，用手掌遮住脸，但还是无法算出到那座山峰还有多远。他很清楚几小时前自己就该到那里了，一旦到了那儿，他很快就能来到路边，就能回奥卡尼亚的家。

外公喘着粗气。脚下是濒死的一小丛一小丛灌木，都是些纠缠交错的褐色茎秆。他就这么一直跋涉而去。他的驴子行进的时候，舌头耷拉在外面。又过去一个小时，他的皮肤上布满了豆大的汗珠。外公再次察看了一遍到那座山峰的距离，似乎根本就没近过。他开始担心自己会晕倒。他抚摸着驴子，深吸了一口气，环顾四周。他得找到水，否则他俩都得死。

他的靴子边上就算不是同样的灌木，也和他之前发现的那些枯死的灌木类似。外公向前踏了几步，灌木仍旧深深地扎根于此，纹丝不动，而尘土在他脚下却似一条传送带。他飞奔起来，想要跃过灌木，但不管以什么速度跑，外公都无法跑到更远的地方。

他能从上方的树上听见一头黑头美洲鹫拖长了的嘶嘶声，那是一种刺耳的、从濒死者肺部发出的呼噜呼噜声。

这是个巫婆。她们想要飞，就能变身黑头美洲鹫。

巫婆将乌檀色的长长的羽毛弄得凌乱，瞪视着他，她那红红的眼珠子从布满皱褶的黑色鸟皮上往外鼓凸着。外公的视线一直没有离开巫婆，他蹲下来，从地上摸了一块石头。摸到后，他便将石头扔向空中，扔了好几次，然后就将石头朝鸟儿扔去。石头击中了鸟的肩部，鸟儿大吃一惊，被打下了枝头。它是盘旋着从树上掉下来的，然后，从那模糊不清的一片羽毛中，露出了一条女人的腿和一头浓密的黑发。

大片尘土自鸟儿落下之处腾空而起。当尘埃落定之后，他看见一个女人正疼得在那儿呻吟，脸藏在头发后面。这是巫婆在保护自己的身份。外公清了清嗓子，从她身边走过。她下在他和驴子身上的魔咒已被解除，他们现在可以上路了。来到山顶后，外公回头望去，巫婆已经不见了。

有一两次，我妈讲这个故事的时候，一只黑头美洲鹫正好从头顶飞掠而过，翅翼引起的下降气流击打着我们的头顶，离得相当之近。我们全都跑开了，只有我妈和阿利耶尔舅舅没跑。我们返回的时候，他们就指着我们笑。我妈喜欢说这是一个警告。巫婆最恨被人谈论。

在桑坦德，我们把黑头美洲鹫称为楚洛（chulos）。阿利耶尔舅舅和我妈教我们，如果碰到发生在外公身上的事，要如何干倒巫婆。我们这些孩子还都在一起练习过。我们白天会追踪成群的楚洛，直到找到它们群聚的大树林子。有时候，我们在这么操练的时候，一头楚洛会掉到地上。它是因为难以解释的原因从树上翻倒下来的，还是说那就是一个巫婆？

我们害怕巫婆，害怕她们会对我们动手脚。最让我们恐惧的魔法是，她们会害你以为自己是往前走，其实你只不过是在原地打转而已。

身陷困境这种事我们都会注意到。舅舅和姨妈们的债务越积越多，彼此的关系也不好，做待遇差的工作，住在危险的街区。我们的整个国家似乎都深陷于此。无论何时，我们都会成为战争的牺牲品。

有时候，我看着姨妈和舅舅们，泪水就会夺眶而出：他们身负如此重担，却还在唱歌跳舞，将焦虑化成鼓点、沙槌和竖笛，漫无目的地寻求着快乐。很快，他们就会过来握住我的手，引导我尽情地将它们抬向天空，而天空很快就会闪耀霓虹。我们就活在这不可思议之中。

我七岁的时候，我们所认为的那种家庭亲属关系最终分崩离析。我妈的姐姐"老样子"成了其他教会的信奉者，她热情洋溢地传讲，说一名教士遭蛇咬，却未被毒蛇咬死的事，如此可触可感，让舅舅和姨妈转而皈依了其他教派。

姨妈和舅舅如今分成了两个阵营：一方全身心相信外公和我妈是罪人，另一方与之相反。

我妈那些没有法力的兄弟姐妹认为家系已将他们永远排除在外，所以对这样的家系总是持不信任的态度。如今，他们接纳了基督教有关责罚的话语。以前从未见过鬼魂面纱的姨妈们享受着她们的幸运。曾经，我们会在圣诞夜聚在一起参加午夜弥撒，憧憬地注视着库库塔大教堂单个的浅蓝色圆顶香烟缭绕，乐声悠扬。如今，姨妈和舅舅们却在指责我们走错了教会，或者虽去教会，却仍在践行巫术，他们还会在教堂礼拜结束时，将我们介绍给信仰重生的陌生人或克里斯玛型的陌生人，这些人总是在毫不停歇地劝人改宗。很快，我们就无法待在同一间屋子里了。我们的晚会变了质，总是以同样的争吵收场。

　　他们给我们的信里讲的是拯救，他们说那些信都来自充满爱的地方，却又在信中称我妈是巫婆，是魔鬼，有时两者并列。他们让我们确信，外公的天分是通过和魔鬼做交易获得的，我们都会被罚入地狱。我妈则坐在那儿，拿着相册，艰难地将每个羞辱过她的兄弟姐妹从相片上剪掉。她寄给兄弟姐妹的信封里装满了他们那些小小的脸庞。过了一段时间，我们相册中宁静的家庭场景就成了一排排空荡荡的剪影。

　　外婆从自己的许多孩子那里收到过《圣经》，也开始每天读起了经文。书中讲到了假先知，她也逐渐认为外公就是这样的人。外婆恳求自己的孩子将与外公有关的任何东西都从他们的生命中剔除掉。

13
硬币

❦

　　我妈将剪下来的残破相片寄给她的兄弟姐妹时，希梅纳和我有点害怕和孤单，担心我们是否会被罚入地狱，也就是在那个时节的某个时刻，波哥大暴雨如注。报纸上刊登了街上水流成河，房子被水淹，沙发和台灯在水上漂的图片。干旱了一年之后，雨可是求之不得的，但却来得太过迅猛。有张照片我记得特别牢：一个男人躺在床垫上，穿着无袖衬衫和平角裤。如果仅仅是看他双手深陷床单的动作和他眼中的紧张神情，还以为他在做噩梦；但事实上，床垫连同其他人家浮于水面的物件和垃圾正顺着洪水往下游漂去，他只是在死命坚持。

　　后来，这事也发生在了我们身上。雨开始啪嗒啪嗒落下来，电台再三发布警报，让民众前往高处的时候，我妈正在开车。她连忙猛踩油门，转弯驶入侧巷，往家里疾驰而去。我们有辆小车，雷诺9，比大多数汽车都要矮，而且我们还住在城市的另一头。很快，我们哪儿都去不了了。我们跟在沉闷的车队后面一寸寸地往前挪。雨开始哗啦啦地敲击着车顶和引擎盖。我们驶近隧道的时候，雨已经没过轮胎，水淹没了我们车子的发动机，车子停了下来。其他车比我们的车子高，绕过我们驶去，将我们留在了身后。马路上空无一人，透过雨声，我能听见我姐在冲我妈吼，让她想想办法。我妈想要转动方向盘，脚踩在刹车踏板上，拉起手刹。没用，车轮已经不接触地面了。突然，身后涌来一股潮水，推着尖叫的我们向隧道冲去，马路上地势最低处都是一排排陷在那儿的汽车。另一股水流击中了我们的车尾，让车子打起转来。我们磕磕碰碰地撞到了水泥浇筑的中央隔离带，车身侧着冲入幽暗的隧道，撞上了其中一辆车。碰撞之下，其他车子挪了窝，向前拥去。我们仍旧动弹不了。隧道相对安静，雨变得遥不可及。然后，水流开始从我们车门底下的缝隙中涌入。我妈说这是下水道里的黑水，我就把脚抬到前座，抱住自己。

　　一辆车像我们一样，骑浪而来，从后面撞击我们，我们转了半个圈，再次面向前方，往隧道里涌动而去。我们浮过了一对坐在汽车顶盖上的人，他们在幽暗的光线中抱在一起，之后，我们又再次见到了天光，雨声喧嚣。开始打雷了。雨劈打着我们的车子，敲打着催我们前行。我们转动钥匙，没用。一辆出租车就停在我们右侧，司机正从车窗里往外爬。他拿了把铲子，逆着街上的水流游向马路中央的隔离带，隔离带犹如小山丘，将马路的下行侧和上行侧相隔。我注视着他挖隔离带，觉得他是想挖开一个口子，让水流到另一侧。我们前面的一个年轻人用肘部再三猛砸车窗，但玻璃纹丝不动。希梅纳在后座哭了起来。我摇下车窗，脱下一只鞋，让里面灌满水，此刻水已经舔舐着我的座椅，我把水舀出车窗，心想，*但愿我的速度够快……*我妈就取笑我。突然，她似乎意识到了我的困境。她口中发出了一连串字眼，反正不是我懂的语言，而且我妈也不允许我将这些字眼重复一遍。她话音刚落，暴雨就变成了毛毛细雨，不到几分钟就停了。

我凑向前，看着天空，又看了看舔舐着我座椅的水："你刚那么做了？"

希梅纳在后座说："她没有。只是巧合。"

希梅纳和我担心车子会撞到我们，就说该怎么办，要是我们死了，会怎么样。

"你们不会死的。"我妈再三对我们说。

"肯定会的。"我说。

"根本不会发生那样的事情。"我妈说着，恼怒地看向车窗。

我们想爬到车顶上去的时候，一个男人驾着半挂车停在我们的车窗旁，说愿意载我们到没水的地方去。我妈同意了。他放下一块保存在卡车里的木板，架在我们的车窗和卡车车厢底部之间。我第一个踏了上去。我向卡车走去的时候，注意到水已经没过了半挂车的轮胎，但我的注意力放在了木板的木头纹理上。没过木板的水仍在激荡，水面下裹挟着木棍和垃圾。那一刻，我心想，要是我掉下去了会怎么样，是否会在一条临时形成的河流里淹死？等到我们全都进入卡车，准备离开的时候，卡车停了下米。街上的河流也熄灭了它的引擎。

我们吓坏了。他想要帮助我们，可现在我们全都卡在这儿了。他猛地点了一下头，我们坐在那儿，沉默不语，直视着一片汪洋的马路，等待着某样东西或某个人来救我们。我妈、希梅纳和我都浑身湿透，打着冷战。又开始飘起小雨，我们凑到司机那一侧的车窗看去，水已经淹没了下方雷诺 9 的座椅。水离半挂车车门底部也越来越近。

我妈说水是没法进入半挂车内部的。我们一开始还有点害羞，之后便洋溢着野性的冲动，全都偎依到了那个陌生人身边，求他搂住我们，让我们暖和暖和。他似乎并不介意我们挖洞般的动物本能，用胳膊接纳了我们，自顾自微笑起来。置身于这崭新却又临时的家庭氛围中，我们就这么等待着，看这辆车是否也会被洪水冲走，我妈要他给我们讲讲他的人生故事。

男人说他成长于波哥大郊区，父母最近死于一场火灾，他自己患有心脏病。他不知爱或悲伤为何物，我告诉他，要相信自己总有一天会好起来的。我妈看了他的掌纹，预测他会再次陷入爱河。我想撒尿了，他就指着卡车车厢门口的一角，转过身去。我蹲下来，解了手，注视着河流在他的靴子底下流淌。我希望我此刻能记住他的脸，可我只记得他的手，大大的，褐色，布满了晒斑。

终于，水变得温顺起来，消防员驾着筏子来救人了，但我们得等拖吊车，所以就等在原地，搂着男人。半挂车被拖动的时候，似船一般破浪而去，两侧溅起水花，涌浪撞击着中央隔离带，又卷回马路，径直涌入隧道。我注视着我妈的脸，她那橄榄色的皮肤闪着光泽，心想她是否真能让雨停下。

到了干燥的路面上，我们就和卡车司机分手了。我们谢了他，拥抱了他，后来就再也没见过他。我们曾置身于一辆溺水的汽车中，后来再没发生过这样的事。

我妈叫了一辆出租车，爬入后座时，我在想我们究竟是如何以及何时坐入半挂车，等待着拖车到来的。我透过车窗，向我们的那辆雷诺瞥了最后一眼。

水已经没到了收音机那儿，我妈存在中央杯架里的硬币正漂浮在水面上。

当我们坐在出租车里，向着高处驶去时，我知道刚才看到的是不可能出现的景象，硬币是合金，肯定已经沉底了。

我想我爸肯定会说，我经历了创伤性事件，心智发生改变，产生了幻觉。希梅纳会告诉我，我这人就爱幻想。我妈会将之称为魔法。但我所亲历的难以解释的事件是第一手的，无须给它起任何名称。也许只是难以解释而已。我的所见让我孤独，它所蕴含的意义令我害怕，但有我妈在身边，我又觉得安心。

14
水

在我家里，故事起起伏伏。生命就像风琴一样，一会儿收缩，一会儿扩展，似乎只有人物是不同的。我知道桑坦德省邻近城市有许多人会来看外公，和我妈一样。她成长于人满为患、都在等待治疗的客厅里，而我则成长于波哥大的房子里，大家都在期待我妈的照料。

正如外公所做的那样，我两三岁的时候，我妈也在自己家设了一间诊疗室。阁楼上，有一张圆桌，她在圆桌上铺了一块蓝色的棉毯，毯子上印有银河与星星，在这宇宙的图景上，她散放着小手镜、金色的金字塔，以及一束束品蓝色的圆锥形焚香筒。

我妈的客人都是三三两两而来，全天任何时候都有。有医生、生意人、裁缝、厨子、保安、工程师。有些是常客：时尚设计师、心理学家、律师。我喜欢坐在二楼平台的靠枕上，上了楼梯，从那儿走过过道，就能通往阁楼。我努力试过，但无法只在词典、百科全书这些书中找到心灵的立足点，而在这儿，在我的眼前，我家上上下下、走来走去的都是触手可及、令人着迷的一本本文献。

从我记事起，我妈的客人就在家里随处可见。我八岁那年，发现有的人认为我妈的所作所为是错误的，于是我就仔细观察起那些人。他们缓缓地走在她身后，注视着我，我也回看过去。我们四目相对，仿佛我们各自都是古董柜子里的一件物品。

我真正希望的是能进到房间里去，看我妈如何看手相，但我妈不允许。有时候，我会在紧闭的房门后偷听。我听见我妈发号施令的口吻，客人们或啜泣，或喘气，要不，就是静得可怕。

一旦客人离开，我就会去找我妈，这样她就能告诉我那些人的苦楚。灵媒和客人之间并无机密可言，反正我妈是知无不言。有个学校看门人想要知道自己孩子的父亲是谁，那人不是她丈夫，她只见过那人一次，此后再未相见。有个律师，前妻咒他出车祸身亡，他一连来了十二天，这样我妈就能清除他身上的咒语，之后他每个周末都会过来算命。

有时，我妈没有预约，我去阁楼，她就让我坐在她的身边。我注视着她，看得入迷，看她点上一根茶蜡烛，把它放到小小的马口铁碗里，将玫瑰油的芳香燃入空中。她一根接一根地抽着烟。她向来都很喜欢听自己说话，而我也向来喜欢听她说。

我妈再三和我说起外公教给她的东西："好的占卜就是把故事讲好的艺术。"我边听边记笔记，像课堂里那样。我求知欲很旺盛，或许到了令人同情的程度。我妈讲述如何构造传奇故事，要能有把握地猜测客人的欲望，在自己清晰看见的东西和直觉感受到的东西之间架起桥梁。

"你讲的时候必须用隐喻、悖论、象征，"她说，"你所讲的故事可以让客人感受到真相，你无须说出口。"

我把每一句话都潦草地记了下来，可谓马不停蹄。

我妈低声坦诚道："这么多年来，我学到的最重要的一件事就是没人想要真相，每个人都只想听故事。"

我妈并不是一开始就懂得如何不去直接讲出真相。她见过外公通过象征来处理现实，但当她第一次尝试的时候，一心只想着遵守占卜的流程，而忘了将客人所寻求的答案伪装起来。结果，她脱口而出："没错，您丈夫对您不忠。""不，你不应该出那趟远门。""是的，他喜欢您，但在您的路途上，我发现他并非长期在场。"她看手相的时间很短，但都能说到点子上。然而她的客人一个都没再来。

我妈成功留住的第一个客人是个年轻女人，她被她父亲剥夺了继承权。我妈并未揭示这个简单的真相，即她必须宽恕他，他才能予她以宽恕。

"有些真相平平无奇，大家都会以为那是垃圾，"我妈说，"没人想听别人说'当个好人，对你家人好点儿，和善点儿'，但有时候那就是答案。"

我妈告诉那女人，她父亲剥夺她继承权的那天很生气，掐掉了她的一棵植物，在这棵植物得到清洁、放归野外之前，她父亲对她的乞求只会充耳不闻。这事得到女人的确认，没错，她父亲摆弄那棵植物的时候，告诉女儿，她不会得到钱，一切都得靠她自己。我妈和女人套上外科手套，开着车，将那棵植物带往附近的河流，她们用河水清洗了植物，祈祷了一番。我妈就是在那儿教导女人原谅她的父亲。植物是个隐喻，但女人永远无法知道这一点。在面对破裂的关系时，我妈交给了她一项可具体操作的任务，给她讲了故事，女人通过经历那个故事而原谅了她的父亲。最后，父亲也原谅了女儿。

那究竟是仪式在起作用，还是隐喻在起作用呢？仪式是否就是那演绎的故事呢？

仪式允许我妈帮助她的客人，客人来见她的时候什么都不知道，却又背负着他们无法直接承认、宁愿予以忽视的大量真相。我妈说，他们就类似于真相，如果将这些真相拖入光亮底下，生命脆弱的平衡就会被打破。

"都是些可怜人哪。"我曾这么说。

我妈打断我说："哪儿来的可怜人？这事会发生在我们所有人身上。"

我咬着嘴唇，琢磨着究竟是什么样的真相我们自己不愿承认。我费了好大劲想要确认这些真相。鬼怪就藏在墙的另一面。

我只有八岁，就已显得很老成，有想法，大家一直都这么说我。也许是对于孩子不该知道的事，我妈从来都会让我知道的缘故吧；也许，我太孤僻，太敏感；也许，国家的紧急和暴力状态迫使我快速成长了起来。

我知道我小时候胆小。我爸曾设法给我们在城北找了个新地方住，那地方远离随时随地就会爆炸的警局、媒体和政府部门。不过，游击队组织会将汽车炸弹留在银行和 ATM 机（自动柜员机）前，以此对资本主义发起攻击，巴勃罗·埃斯科瓦尔的准军事组织也会在任何地方留下炸弹，有的在敌人的住所，有的在商店或公共建筑，用这种日常的恐怖行为迫使政府坐上谈判桌。而我就生活在这充满忧虑的巢穴里。

如果我们家的窗户被炸弹炸了，我们会尽量装作这只是件麻烦事而已，但到了深夜，这样的经历就会让我双手发抖。我会克制地进入自己的小世界，那是平静的海洋，在因嗅到燃烧的气息离我们家越来越近而感到恐惧的时候，能让我获得大量的补偿。

对心脏的快速跳动、呼吸艰难、时间概念的消失、坠入极度恐惧的深穴之中，我不知该如何称呼。当我告诉我妈觉得自己心脏病发作了的时候，她就带我去看医生。医生测量了我的心跳，在我身上连接机器，让我们放心，没有任何问题。我们并不知道"惊恐发作"这个词，因为我们国家的人不会在这方面生病，就算生了病，除了"受苦"这个词之外，也没其他的词来描述这种症状。我们国家的人在受苦的时候，就会献供品，依靠社区，以经受苦难为乐。这在某种时候有用。但我们受的苦还是回潮了。

由于我无法摆脱日益增长的焦灼感，我便投入学业当中。我的学业成绩优于同学，在定理、数学和语法当中寻求安慰。回到家，我所有的自由时间几乎都用来融入周围的环境，这样就能偷听我妈的朋友对她讲述成为女人的恐怖。

我妈看病简直没个完。即便下了班，她的朋友也会过来，听取她的建议。如果我妈的朋友意识到我在场，她们就会问："她应该在这儿吗？"我妈就会盯着我看："她没问题。她是个小大人。"我妈倾听各种困难，算牌，看手相，指示如何举行仪式和治病，我也逐渐明白有的男人一如既往的暴力。

我发现将我今后有可能会受的苦难罗列出来能让人平静。男人会喝醉酒、打你、欺骗你，却又指责你不忠、强迫你，认为两人结了婚，就不算强奸。男人可以控制金钱。他们可以让其他男人替他们撒谎，留住自己的孩子，还以这种方式让你过你不想要的生活，将你扣为人质。我为我妈的朋友感到心碎，但我是带着冷静的心态来听的，且有条不紊地盘算着避免类似命运的方法。

因为对我这个年纪而言，我已很成熟，所以当我妈说人们不想要真相，始终只想听故事的时候，我以为我已理解了我妈的意思。我以为她说的是没人喜欢听别人讲述自己的缺陷或错误，没人想听听他们究竟是如何自己毁了自己的生活。

如今，我认为我妈说得更深刻，即真相包含着暴力。一旦说出口，便无法收回。即便我们想要忘却已被揭露的事实，将它抛于脑后，也做不到了。

我妈在处理人们的真相时很仁慈。无论是对待朋友还是客户，她都会讲故事，真相就在背景里，只有当他们准备好解构或理解她的话中话时，才能知晓真相。

我妈之所以是个受人欢迎的占卜帅，是因为她能力出众，但她的主要收入来源却是用我们家水槽里的水灌满的塑料瓶。

灌满塑料瓶之后，她就会将瓶口凑到自己的嘴唇上，翻着白眼，发出一长串低语声。这是外公教她的，如此便可为水赐福，她那浮于液体上的祷词就能被吸收。不过，外公大多还是依赖梦境和从山里采来的药用植物，他用的始终都是那些东西。

到了城里，我妈就没有山可以细细品读了。起先，她会去波哥大东部名为帕罗盖毛的仓库里办的集市买药草，那地方靠近波哥大的地理中心。摊位上摆满了花和食材，在后面的一个亭子里，药草都成捆地悬在房梁上，没有标名称，你要是问那是什么、这是治什么的，摊主都只会盯着你沉默以对。

1989 年，我五岁的时候，我妈去帕罗盖毛，公交车上塞满了炸药。炸弹公交车就停在警方情报中心的门前，转过街角就到集市。我妈听见了爆炸声，感觉到地面都在颤动。然后，到处都是惨叫声。死了六十个人。

所以，我妈也就没听从外公的教导，不再使用药草了。

对我妈来说，有两种类型的麻烦：有的痛苦可被治愈，人可重新恢复健康；有的破裂却无法治愈。

后者需要耗费更多的努力，我妈还得处理那些坚持己见、要我妈治愈病痛的客户，她就很生气，说："你以为我是谁，魔法师吗？"

我妈说她在诊疗室里反复看到的就是人们总会设法抵制改变，对生命本质与身体本质产生误解，渴望始终保持*崭新状态*。但人们真正想要的，无一例外都是自由。

我妈的客户若是有了第二层级的麻烦，也就是无法逆转的麻烦，如要治愈，就必须先接受有些触动我们的东西会永远改变我们这一点；除了清算之外，还必须有所适应，在面对新的限制时，发挥创造力。

我妈的赐福水要价五万比索，大约相当于我们家杂货四分之一的价格，这水最常许诺的就是重启婚姻，找到工作，不受邪恶之眼的侵害，轻度驱魔，改善抑郁状态和其他精神不稳定的状态，治疗单相思的痛苦。

她在瓶上贴上标签，将它们放在边上，排成一排，在厨房里堆成金字塔的形状。顾客来来去去，给我妈钱，顺便再偷点我们家的自来水。

我妈一直都在督促希梅纳和我多喝苏打水，这样她就能有更多的瓶子可卖，我们觉得这事挺可笑。作为哥伦比亚孩子，我们从记事起就在喝咖啡。早上上学前，我们当着我妈的面，偷走彼此的咖啡，往上面吹一口气，再还给对方，说："拿着，今天你数学可以考个A！"

"啊哈！"我妈说着，手往厨房木台面上猛地一锤，"你们以为谁在给你们头上的屋顶和桌上的食物付钱？"

我们就哈哈大笑。

我妈治愈的所有人当中，她最想帮助的就是我爸、我姐和我。碰巧，我们对她的帮助也最为抵制。我妈很恼火："你们知不知道别人都是付钱让我看病，我现在可都是免费给你们治！"

　　我爸丢了工作，被他以为的朋友设套骗了。他就整天待在二楼，坐在黑漆漆的卧室里，弓着背，凝视着虚无，不吃不喝。我妈说随他去：他总归会清醒过来，允许她来照料。同时，餐桌上的账单越积越高。我妈通过对水说话，就能往桌上摆上食物，支付大笔贷款，直到如今，我仍然感觉挺神的。

　　我会照我妈说的做，不再去想我爸。我并不担心我妈那些改宗的兄弟姐妹，只是他们所展现的爱和侵略性令我困扰。"别把时间浪费在不够爱你的人身上。"我妈说。我完全信任我妈，她阐释占卜理论时，我就跟在她身后转。她教我如何看塔罗牌，同花色的牌和数字是什么意思，等她觉得没什么可教的时候，她就会把牌摆成星形，自己给自己算命。

　　塔罗牌里，我妈始终都是女皇，就是那个头戴星冠、倚坐于御座之上、手握权杖的女人。不管抽出哪张牌，她总会拍手称快："啊！成了！"

　　我喜欢看我妈塔罗牌里的故事如何浮出水面。并不是女皇本人在讲故事，而是她四周的牌在讲。它们会展开我妈人生的每一个篇章：她儿时的贫穷和暴力，她在周围的男人中间激发的残暴和痴迷，表兄差点强奸她。我爸出现之前，她差点被逼与之成婚的男人，她不是很愿意向我详细讲。有了我爸，她终于找到了安宁和家园。我妈告诉我，我爸是如何把她锁在公寓里的，现在当然不这样了。后来他意识到自己存在对女性的性别偏见，于是努力工作，想让自己在我们面前有所改变。

我妈将注意力转向讲述她命运的星形塔罗牌上，屏息凝神注视着牌面，但她不敢告诉我她看到了什么。即便是我妈，在面对自己无法掌控的真相时也会三缄其口。

在我妈的教导之下，为了补贴家用，我就用一副普通的牌在学校里算命。我是个新手，所以每次算命只收五百比索。刚开始，我设法照我妈教我的去做，遵循她的占卜步骤。但随着客户越来越多，我发现自己其实什么也不用干。他们都会问我牌的意思，我可以从中看出他们真正想知道些什么，在学校里无非就两件事，谁喜欢上了谁，谁对谁不忠，这些我都知道。我就是个信息宝库。我弄牌的时候根本不用看，只需神秘兮兮地谈论象征，再转述信息，收费。随着我信心大增，收费自然也是水涨船高。

当我把收入带回家，交给我妈的时候，她就会笑我懒，但也对我的瞎胡闹感到自豪。我告诉她，我用的是推理，不是占卜，她眨了眨眼睛："这才是我家的姑娘。"

那几个月，我一边学占卜，一边赚钱补贴家用，觉得时间过得很慢，完全把我爸忘了，直到他连续三天不睡觉。我姐和我都很忧虑，我妈说这是抑郁，她可以治，但希梅纳指责她："他得看医生，带他去医院吧。"

我妈对此嗤之以鼻："他们能怎么做？给他吃药，最后连思考也思考不了？"

她花了好几个小时在厨房里，对着三杯水的水面窃窃私语。我从没见过她对哪个祈祷如此费神费力。她要让水产生强效，她是这么解释的。

之前，我爸对我妈祈祷过的东西一概拒绝，但如今失眠，他也就顺从了。她说："喝。"他就会把玻璃水杯斜过来，喝得一滴不剩。那天下午，他睡得很沉。

"我是怎么说的？"我妈眉开眼笑，"我的水起作用了。"

"这是巧合，妈，"希梅纳说，眼神很不服气，"他总归会在某个时间点睡着的。"

但我爸连着睡了两天没醒。就算我们摇晃他，也没法让他醒过来，只是在那儿呻吟，我们没法让他睁开眼睛。于是，我又开始担忧了。

"啊呀，他娘的，"我妈说着，冲进厨房，"我做过头了。"

我笑了起来。进了厨房后，我妈打开水龙头，接了一杯水。

她解释说："因为我用错了字眼。这次，我给水赐福，目的明确，就是让他没有睡意。"

我妈又接满了两杯水，水溢出了杯沿，洒到了她手上，她说："你必须得用词精确，明白了吧？千万不能不精确。你一含糊，就完了。"

"千万不能不精确，"我在脑海里再三重复着这句话，凡是能成为优秀写作素材的，我都照单接收，"你一含糊，就完了。"

"快走，"我妈恳求我，说完就把三杯水放在面前的台面上，"我得开始了。"

这水是要让我爸从醒眠中醒过来的，但没有什么明显的效果。每天，我妈都会给我爸采取不同的诊疗法。一天，她备好水，让他重新与自己的意志相连接。另一天，她祈祷水帮他定位到自己的嗓音。最后，她给水赐福，让他那受困于别处的嗓音重回他的身上。我爸喝完最后一杯水，就在浴室里呕吐，最后干哕，哕出了胆汁。

"很好，"我妈说，"现在有眉目了。"

我爸爬回床上，脸色苍白，精疲力竭。我妈拽着我出了卧室，让他休息，还关上了门。"我们现在就等着。"她悄声说。她来到阁楼，我也跟着去了。我们坐在她的小玩意儿中间，我问："等什么？"

"嗯？"我妈嘬了一口烟，将点燃的火柴甩了甩，熄灭了火焰，"哦！你爸？等他有了信心。他问题就出在这儿。"

"是吗？那你为什么不告诉他？"

我妈吐了口烟："这事我已经解释过了。你只能把客人引向正确的方向，没法把真相告诉客人听。"

我离开我妈那儿，去了自己的卧室，心想我妈能看出我想弄明白哪些东西，而她又没有告诉我，肯定存在某些我没能理解的真相。我爬到床底下，突然觉得呼吸不过来。我就机械地数到一百，我设计出了这个切实可行的方法，来忍受无以名状的恐惧和痛苦（后来，我失忆的时候，又再次设计了这种策略，就好像以前从没这么想过似的）。八岁时，我在床底下，费尽九牛二虎之力想要彻底想明白自

"好的占卜就是把故事讲好的艺术。"我妈说。

波哥大，1981 年

己有可能忽略、避开、深埋了些什么，有哪些东西一旦承认，就会使一切崩塌。

次日，我爸醒来，开始找工作。他打电话寻求帮助，得到了一些面试的机会。问题在于，每次他都得解释自己为什么会被之前的那份工作辞退。"有个同事在我背后下黑手。"他在接下来的面试中这么说。然后，他就想到了合适的用词："我犯了个错误，没有对我底下的人做的预算保持警惕。我不会再犯这样的错误。"一周后，他受邀前往参观油田，看这个项目和公司是否适合自己。和我妈一样，对我爸来说，问题就在于如何找到合适的用词。

我算命的地方在一棵树下，扎人的草戳刺着我的双腿。那时候，我们在学校里得穿格子裙和齐膝的蓝袜。我刚下课就坐那儿，趁着休息时干活。我前面总是排着一队人：有和我年纪相仿的孩子，有大孩子，也有小孩子。

因为我提供的谁喜欢上谁的信息，事后被证明无比准确，所以大家都开始询问那些同学生活中的其他细节。我对父母离婚、哥哥姐姐吸毒成瘾、堕胎、同游击队和准军事组织关系暧昧、死亡都有所了解。

我绝望地摆着牌阵，第一次意识到占卜的责任。不仅仅是精确，还得将讲述悲伤的语言翻译过来，替客人找到他们不知的方向感。但暴力就是无稽之谈，面对暴力的时候，能有什么解释呢？

这也就是为什么巫医通常都经历过疾病、濒死的事故和损失。

只有去过深渊再返回的人，才能知道如何在沉船中打开一条通路。而我缺乏这样的深度。

通过观察母亲，我知道必须创建一种仪式，来支撑这些更为黑暗的问题。我必须创造一个故事。

有一次，一个同学问起自己的父亲，她父亲被游击队抓去了丛林。她想带信给她爸，问我是否能施展这个魔法。

还有一次，一个同学告诉我他家马上就要没房子了，问过几年他会住在哪里。

我能构建什么样的仪式、什么样的故事来容纳这些告白呢？这些麻烦是第一层级、可以解决的，还是第二层级的，只能缴械投降、被迫适应的？两次我都拒绝了，说我还不够高级，帮不了。

回到家后，我妈设法对我进行指导："当有人分享了他们内心的痛苦，他们就是在分享这个重担。一个好的巫医知道如何给这重担腾出地方，但也知道千万不要背起这个重担。"

我总是想背起这个重担。"我觉得我不适合做这个。"我告诉我妈。

我妈很困惑，回答道："我已经告诉过你了，我还以为你玩儿得挺开心呢。"她在用手忙活着什么东西，也许是在缝补袜子。我确实记得她眼中专注的神情，她长长的睫毛，柔滑的黑发，鲜艳的红线如何在黑色的面料上探进探出。

"现在不觉得好玩儿了？"

我摇了摇头。

"那就不做了呗。"

我妈有一个常客，我觉得很有意思。那人披了件时尚的斗篷，穿了双高跟皮靴。她是做生意的，出口什么货物我们并不清楚，但她问我妈的事情却从未变化。她带来一本日历，有几个日期画了圈，她想知道哪几天是吉日、哪几天是凶日。我妈从来不问是针对什么的吉日，女人说这和货物有关。我告诉我妈，我觉得那女人在骗人，她很有可能是个婚礼策划师。我妈也肯定那个女人在骗人，但觉得她隐藏了很不好的事情。

"比如呢？"

我妈没说。"我们还能怎么做？我们需要钱。"

那天，我爸出门去最终录用他的油田面试时，那生意人带了个大信封来。我妈把信封里的东西抽出来给我看：是三张前往麦德林度假的费用全包票。

"你做了什么，她要给你这个？"我问。

显然，我妈认可的一个日期结果被证明是个做生意决策的良辰吉日，那女人对此颇为感激。我妈认为我们不该接受这份礼物，但希梅纳和我恳求她收下："你从来没带我们出去过！"我们说，"实在太没劲了！"我们的推论是，我爸不在家，我们去哪儿、做什么，都没关系。我们就这样坐上了飞机。

麦德林和波哥大截然不同。麦德林温暖，多山，酒店都很奢华。我们在泳池边徜徉，酒店员工也都过分贴心。我们自由自在，享受着温暖的空气、新洗的浴巾，喝了许多不含酒精饮料的代基里鸡尾酒。我们这辈子第一次不用担心钱的事。我们用椰子油抹身体，在太阳底下把自己晒黑。我们只需在座椅上扭过头去，环顾左右找员工，员工就会乐颠颠地来到我们身边。

我们问前台有什么观光景点的时候，一下泄了气。麦德林是巴勃罗·埃斯科瓦尔的地盘，他现在正在逃命，躲避骑着摩托车找他的杀手。

"就待酒店里吧，"前台对我们这么说，"你们有什么需要，我们都会响应。"

我们回家后，在答录机上听到一条留言。我爸还在油田，他有机会当场得到这份工作。希梅纳和我都拍手欢呼，但我妈的眼神仿佛来自遥远的地方。她解释说，我们这次出门度假让她有种不祥的预感："我觉得嗅到了贩毒的气息。"

等到那生意人下次预约前来时，我妈为那次旅程好好地谢了谢她。女人笑了笑，说很高兴我们玩得开心。她取出日历，又有一组已画上圈的新的日期。

"也许你能再帮帮我！"

我妈半开玩笑地说："谢天谢地，你不会是运毒，所以才来算算自己的运气吧？"

"我？"生意人说，"不，哪儿的话！我是替给我干活的人来算的。"

我妈忍着没有露出震惊的神情，勉强挤出笑脸，问："生意还好吧？"

"还好！自从我开始来见你，我们的人就从来没被海关官员询问过！"

女人说她替巴勃罗·埃斯科瓦尔工作。我妈最后一次给这生意人选定了日期，生意人一走，她就发誓再也不见她了。我妈为我爸点起一根蜡烛，祈祷他能得到工作。她觉得自己也许该退休了。有些人总是会说靠灵性方面的天分赚钱会折寿，总有像生意人那样的人会利用我妈的能力做些不道德的勾当。她的兄弟姐妹时常说她身怀罪孽，我妈觉得自己已是四面楚歌。等到那生意人打来电话，我妈便推脱掉了："我退休了，你的生意当中有很多不明不白的地方。我不想牵连进去。"

"这样的生意完全不会带来好运，"我妈告诉我们，"我的生活因为掺和进这些烂事而一团糟，该怎么办？"她的眼中闪烁着切切实实的恐惧。我从未见过她这样，我屏住了呼吸。

我们收的钱间接来自巴勃罗·埃斯科瓦尔，这很不好。电视屏幕上都能看见他在商场里、公路上、银行前、大桥下、飞机上放置的炸弹爆炸的场面。我们收的是带血的钱，更糟的是，她还帮了这个杀人犯的生意。

我妈给我们姐妹俩倒了两杯水。我不准备喝，但我确定我姐会先拒绝。可希梅纳没反对，我觉得我妈的恐惧也让她忐忑了起来。我看着姐姐把水喝下去了，过了一会儿，她就觉得难受，去浴室干哕，甚至吐出胆汁，就像我爸那样。

　　我信任我妈，但没法理解发生在我爸身上的事怎么也会发生在希梅纳身上，后来我也喝了水，又是呕吐，又是干哕。我一直就没怎么感觉难受，但我刚喝下的水会往回涌，之后，就吐出了味道难闻的橙色汁液。

　　过后，我就觉得浑身干净，精疲力竭。我的身体感到刺痛，深深的困倦感袭来。睡着之前有那么一段时间，我尽情体会着身体上的变形感。

　　等到我爸正式得到工作回来的时候，我妈已开始削减客户，只见那些她觉得可以信任的人。见大家运气都这么好，我们都挺高兴。

　　后来，阿利耶尔舅舅的妻子玛利亚娜打来电话。她想邀我们参加她丈夫的葬礼。阿利耶尔舅舅死了。

15
记忆的潟湖

⚲

1992 年 9 月，阿利耶尔舅舅死的那天晚上，他独自在家喝酒。

外公还活着的时候，他和阿利耶尔舅舅会一起召唤精灵，嘲讽它们。玛利亚娜醒来的时候，经常会听见东西砸碎的声音。显形的精灵都很暴力。一次，她听到客厅里传来巨响，便冲过去察看，结果发现台灯被扔到房间另一头，但没有人影，外公和舅舅躲在沙发后，争论谁该去阻止鬼魂。外公去世后，舅舅还是老样子，那般搞怪，玛利亚娜也就不再去看他是否真没问题。

阿利耶尔舅舅死的那天晚上，叫了玛利亚娜的名字。等她进入客厅的时候，他脸色通红，递给了她一把刀："我心脏病发作了。"他喘着粗气，把刀按在颈动脉上，想让她割一下，让自己的血压降下来。玛利亚娜往后退去。她哭着叫了救护车，又哭着看着他死去。

阿利耶尔舅舅在兄弟姐妹中年纪最小。他的死令人震惊。家里半数人都在责怪玛利亚娜，另一半在责怪外公。玛利亚娜应该照他说的那样割开血管。外公就不应该把秘密传给舅舅，秘密不适合他，而且就是秘密让他酗酒。家里遭此变故，外婆要求孩子们将分歧放在一在，她想让每一个人都能和解，齐心协力。她的孩子们也就安静下来，不再指责对方，而是悲伤，拥抱，彼此短暂地埋怨几句，就分开了。

回到波哥大后，我妈对自己让外公教阿利耶尔舅舅东西感到揪心。我们没人责备我妈，但她却日渐憔悴。我妈像是一直都能听到兄弟姐妹们的谴责，这谴责作用在她身上，直到她产生了信仰危机。也许就治疗而言还没问题，但预测未来就不行了。她最近观察到客户怨气不小，她预测客户的未来，让他们了解那些未来的片段时，那些人就会耽溺于她所见的视像。她想让人们和未知之界之间建立更深的关联，但最后却被误认为只在意关联本身，剥夺了那些人的灵性连接。我妈做好米饭，端到床边，独自坐在床上吃，用调羹直接从罐子里舀着吃，她陷入深深的抑郁之中，一直持续到那年结束，事后我们都把这段时间称为米饭纪元。

那年九月，玛利亚娜也许一直在思念已故的丈夫，于是就把儿子加布里埃尔和奥马尔打发走。就像让他们去夏令营一样，她这次让他们去了一家遥远的农场，让他们在那儿学习巫医技术。培训课程持续了好几个星期，但孩子们返回布卡拉曼加的时候，没学到什么新技能。哪怕是一句祷词，加布里埃尔都记不住，但在餐桌旁，奥马尔的嗓音骤然响起，和阿利耶尔舅舅的嗓音如出一辙。他把玛利亚娜叫作*我的爱人*，问兄弟姐妹作业做得如何，他父亲就会这么问。然后，他学起狗吠，号叫着，似狗一般挠自己的耳背。几分钟后，他双手合十，悄声念起了连祷词，似乎还调整了一下隐形的修女面纱。几年后，奥马尔告诉我，他对自己着魔期间的事情毫无记忆。

玛利亚娜带奥马尔去了布卡拉曼加的其他巫医那儿，让他们关闭精灵通过他身体的通路，仿佛他就是一道旋转门。医院的医生给他开了药，天主教神父给他洒了圣水。后来，奥马尔的那些现象发生得越来越少，之后就停止了。

在家的时候，只要我妈不在，我爸就会否认是我妈治好了他，是时间和他自己的努力使他摆脱了焦虑、悲苦和失眠。他工作日都在契塔苏加的油田工作，那是一片稀树草原，在波哥大以北，一小时车程，只有周末他才会回家看我们。

我爸休息时喝酒，我就坐在他边上，他一边听唱片，一边在餐巾纸的背面画戴高帽的卡通土豆。他替我舀一勺冰块，放入特调的威士忌酒杯里，再倒上苏打，淋上极少量的威士忌，就这点量也足以让我摆摆谱了。

据我所知，喝酒是成为男人的必备条件。每一样东西都围绕着酒，那漂浮于一堆冰块里的琥珀金色的液体。男人无论是聚首抑或独自一人，都是如此：随着音乐唱歌，举起拳头怀念破碎的心，最后瘫倒下来，惨然地凝视着桌面。

我爸说我妈需要空间，每个人都为阿利耶尔舅舅心碎。我问他是否觉得我妈会放弃占卜，他说我妈这个女人无论做什么决定，都永远不会放弃成为自己。

我爸理解我妈的方式，我做不到。当我问他一开始是怎么喜欢上我妈的，毕竟他俩在信仰上毫不兼容，他想了一会儿说："她比我遇见的所有人都要有生气。"尽管他对我妈的治疗能力持保留态度，但他说这并不是针对我妈，因为他怀疑所有的宗教。

我爸妈相遇于布卡拉曼加，那是我爸的出生地。我外公是个巫医，他觉得没什么。我爸有个叔叔也是巫医，说自己是西蒙·卡兰巴斯，那是大山里的巫医。但和外公不同，西蒙叔叔干的是骗人的勾当。他娶了瓦尤族的女人为妻，那女人熟知瓦尤人的医学，却从未向外人道，更别说哥伦比亚白人了。他们一起四处走街串巷，一个镇子一个镇子地游荡，通过虚假治疗来谋生。他们宣称："那是爱情水，纯为谋生，拒绝巫术。"不消几分钟，就排起了长队。等他们经过布卡拉曼加的时候，我爸就看见一手交钱，一手交彩瓶的场景。这对夫妻睡我爸的小床，我爸则睡在屋外的吊床上。和我妈一样，他们家也对西蒙叔叔的妻子持鄙夷的态度。可西蒙叔叔是基督徒，扮演巫医*就是一个骗局*。他对人撒谎犯下罪过，我爸的家里人都会原谅他："他只是从迷失者和迷信者手中弄钱而已。"

每次来访，西蒙叔叔都会给我爸一包硬币，去采集野生的药草，用来调制酊剂。在我爸家的厨房里，会组建一个小型的装配线：奶奶握着一只小瓶子，西蒙叔叔往里加烧酒，再加水，西蒙叔叔的妻子调制各种色彩的染料，有时候还会加条虫子，纯作调味用。不同的染料指的是不同的系统：蓝瓶驱邪眼，红瓶偷男人的心，金瓶赢彩票。瓶子未被赐福，除了清洗，瓶子没人会动。

"我爸真是个巫医。"我妈十五岁的时候，和我爸成了朋友，她就是这么对我爸说的。他比我妈大六岁。

"那是，那是。"

"我也有见鬼的能力。"我妈说。

"我相信。"他说。不过他压根儿就没信过。

我爸妈堪称奇怪的一对。我妈一惹麻烦，就会逃避看守，不接校长电话，那时候，他俩还只是朋友。她在学校里经常惹麻烦，比如顶嘴、骗人、打断别人、穿超短裙、打架、偷偷溜出去。外公一开始还会去学校，可以说是疲于奔命。外婆拒绝去，后来，我妈所有的兄弟一个接一个也都不去了。我爸是十年来学校里最优秀的学生，再加上还牵扯到他弟弟的事情，校长就让他当我妈的看守。

我爸煞费苦心地辅导我妈功课，但毫无效果。他每次去她家，她总会哄骗他替她做作业。我爸严肃、成熟，上中学的时候，他辅导富家子弟功课挣到的钱比他爸还多，这些收入可用来支付家里的房租，和所有兄弟姐妹的饭钱、服装费，以及上学所用必需品的费用。我妈正好相反：精神自由，无忧无虑，靠不住。

我爸讲话的方式比较奇怪。我问他一个简单的问题，他就给我讲故事，我让他讲故事，他就教我科学和哲学。

我让他讲讲他觉得最有意思的故事时，他就是这么开头的："数百万年前，海洋、河流、湖泊的底部，也就是地球所有盆地的底部，微型动物、海藻、残骸，各种物质堆积在一起。"

为增加效果，他在此处会停上一停。

"后来，又过了好几百年，这些残骸都被覆盖上了一层沉积物，再后来又被埋藏了数百万年。地球转动的时候，它们就会越陷越深。在地核附近的热量和压力下，这些残骸都被煮成了一锅汤。现在，地球一移动，这锅汤有时候就会离地表越来越近。"

我爸说，这就是石油，这种漆黑的物质污染海洋，我们把它当作燃料。

"是不是很不可思议？"

我爸说没人理解这件事情本质的神圣性：有机生命的残骸消耗了数百万年，被地核里的生物亲吻，重返地表。我爸说没人知道地核里有什么样的生物。这是个无法测量的地方。我们所创造的任何工具都无法承受地核的高压和不稳定。科学家的理论认为地核大多由铁构成，铁和其他重矿物一道，往下渗入地球的核心。我们所知的是地壳底下有一层岩浆。岩浆底下，据说是沸腾的铁水绕着一只实心的铁球旋转，那铁球滚烫，承受着压力，缓缓地转动着。

我想到了我所认识的人，那不为人所知的种种事情。

我爸和舅舅们为自己意志坚定、不轻易屈服而自豪。可一到正午，姨妈们就会大声抱怨要洗的衣服太多，话说得都很粗鲁，下午时分大多都是如此，在我的脑海中，那就是个永远的火山口。可接下来，就像什么事都没发生一样，她们会掸掉手上的灰尘，抹一把脸，因说出了深埋的真相而沐浴于轻松之中，然后就开始忙活起了晚饭。

　　家里的男人不明白的是，在他们那凄凄惨惨戚戚的孤独中，他们只会让我们，也就是他们的妻女，背负起他们自己不会背负的重担。我爸会变得易怒、烦躁、焦虑、抑郁，结果我们就会因他的行为而受伤，我妈就只能冲过来帮我们。

　　"爸，你在监狱里出过啥事吗？"我九岁的时候问。

　　"没啥，没啥。"我爸的回答，一听就知道肯定发生过很多事，比他能说出口的要多得多。

　　我出生前，我爸因在布卡拉曼加的政府大楼里发动政变被关进过监狱，那时他是个共产党员，还在追求我妈。他一直都很关心自己所在的社区。他九岁的时候，也就是我那时的年龄，组织了几场拳击比赛，从观众那里收钱，和几个兄弟用这些资金把社区搞得很好。他二十来岁之所以会发动政变，是因为他所在社区的土地遭到了侵蚀，每个月，都有一栋房子翻倒到山下去，而市长却不采取任何措施，这可以说就是犯罪。

　　我和我爸坐在一起，喝着酒，我的直觉告诉我成为一个女人究竟意味着什么。我等待着，直到他处在容我了解的边界之内，直到我所了解的他不再密不透风。然后，我就会再次问他："爸，坐牢是什么感觉？"

　　他对狭小的地方有恐惧感，他告诉我。他睡不着觉。他开始明白时间流逝太慢的恐怖，执掌大权的看守有多残忍，但他也在院子里和一个人通过下棋产生了友谊。我还没问，我爸就说："我没法告诉你他是谁。他现在是游击队组织的首领，一直在新闻里看到他让人觉得怪怪的。"

沉默落在我们中间，我的头脑飞速运转。我爸被关了三十天。究竟发生了什么，才会使我爸在那段时间，变化那么大？

"他们在那里把你怎么样了？"

他没回答，根本就没有答案。

"没有任何东西会消失。"他曾这么回答，但我不确定那究竟是他对我的问题给出的答案，还是另一个故事的开端，他这么讲只是想转移我的注意力。

"没有任何东西会消失。我还是个新手的时候，负责计算钻井的总工程师在计算时犯了个错误。我上的是夜班，一直都是和一个朋友搭班。一天晚上，朋友对我说他想喝咖啡。于是，我就回到我们睡觉的拖车那里，去弄点咖啡。我手上端着两杯咖啡往回走的时候，夜空闪烁起了亮橙色。就在那一刻，我听见了爆炸声。"

"一点遗骸都没找到。没找到皮肤、骨头、牙齿，什么都没有。他就这么走了。但没有任何东西会消失得这么彻底，有时候，我觉得我还能感到他想喝的那杯热咖啡仍旧在灼烧着我的手。"

我爸和我讲起了他年轻时的生活。在他家的农场被准军事组织烧毁之前，那时候，他住在安第斯山区，早上一醒就生个火塘，烧点热水，煮杯咖啡，用干净的袜子过滤咖啡渣。他用弹弓射杀鸟儿。等到他家失去土地，搬到布卡拉曼加城里后，我爸发现教育是一种摆脱贫困的出路，他就给有钱人家辅导功课。他只有回家时带着现金，家里人才会对他客气。他们对他的爱是有条件的，那条件他得自己去挣来。

"这事我从没告诉过任何人。"

早上，我爸对自己说的话一句都不记得了，他解释说喝太多酒后就会这样。你忘记了整片整片的时间，那就是所谓的记忆潟湖，你的经历都被冲走了。陆地就是记忆，水就是遗忘。如果他回溯那天晚上，见到的将只是一片汪洋。

假期到了，我妈仍心怀哀伤，不准备去库库塔见家人。我们求我爸带我们去他上班的地方，看看他讲了这么多的石油。他说那地方不适合孩子，但希梅纳和我坚持要去，他也就同意了。我妈、希梅纳、我爸和我全都去了。

到了契塔苏加，我很失望。油田根本就不像他所描述的那样神圣。那儿看上去满目疮痍。土地被夷为平地，直抵地平线，机器暴力地重复钻入地下，喷吐着黑烟。我们小心翼翼地绕着人造火山口行进。火山口有一英里宽。我很怕掉进去。长条形的钻孔底下就是原油。我爸纠正说并不都是原油，最顶上那层石油下方是水，它们会从机器里溢出来。

在这儿，在这个地方，我体验到了我最初的记忆潟湖。

希梅纳和我想凑近去看机器，我妈说她就在拖车那里等，那地方干净。希梅纳和我便跟着我爸走上一条金属步道，进入一片机器森林。钢铁锤头和盛气凌人的滑轮隐现于高处，嘶嘶吼叫，踏着重复的舞步，将石油泼溅到步道上。每隔一段时间，管道就会将溪流般的原油释入很大的矩形油罐里。石油是我见过的最黑的黑色。此外，我就没有了进一步的记忆。

希梅纳说我爸让我俩独自待着，他要去一个工人那儿看看情况。他不在的时候，我们就在油罐边沿跳来跳去，把手指浸入黯黑的黏液当中。希梅纳听见了泼溅声，等她转过身，我已经在油罐里了——喘着粗气，在黑色沼泽中拼命挣扎。油罐壁倾斜、光滑，我每次想要爬出来，都会掉回去。灿烂的黑色将我往下拽。希梅纳跑去找人帮忙。

我爸坚持说油罐不深，他根本不会丢下我们不管。在他的记忆中，我掉入油罐的时候，原油只到我的腰部，我没有溺亡的危险。而且，我刚要翻倒下去，他就把我捞出来了。

我不知道谁的记忆可信。我既不记得盯着油污看过，也不记得在黑色的油污上跳来跳去，既不记得差点被淹死，也不记得被人救起。

我不知道自己是否还记得沉入厚重的液体之中，是否那是我的梦境或想象——那一刻，我发现时间是有限的，只要再多漂一分钟，肌肉就会屈服。

我知道我是被人造火山口和拖车带到我妈那儿去的，我从头到脚都覆盖着原油，看上去像是来自潟湖的生灵。当着众多男人的面，我身上的衣服被脱了下来。工人们往我身上浇汽油，洗脱石油，因为靠水洗是洗不掉的，那气体让我头重脚轻，直犯恶心。

希梅纳说之后我安静了好几天，不管洗多少次澡，我总能嗅到汽油的气息。她说别人和我说话，我也不开口，说我的皮肤一开始黄黄的，后来又变得绿绿的，就这样过了两天，才恢复正常。

我记得的是，我掉入原油之后过了几天，我爸妈想找点乐子，就计划去跳舞。和往常一样，我妈招来鬼魂看管我们，之后就离开了。我记得我从杯子里喝水，就在我刚要把水咽下去的时候，听见了鬼魂的笑声。这笑声高亢，狂躁。我能感觉到脖子上的呼吸。我躲入壁橱，那东西就笑着蹽到门的另一侧，我从那儿就能听见希梅纳视频游戏的数码音乐声，距离很近，也有可能是在客厅另一头。当我爸妈回家的时候，我妈发现我在一堆鞋子上蜷成一团，搂着自己。

"一切都还好吧？"

"嗯，嗯。"我说着，害臊地起了身。我没告诉她什么东西造访了我。我觉得那是一个孤立的事件，自己记住就行了。

几天之后，我躺着，传来了小提琴声。乐声钻入我的耳中，每个音符响起，环绕，再犹豫不决地进入下一个音符。我站起身，却往后倒去，被这我听过的最精妙的音乐所包围。我急忙冲出房间，去家人那里，这样我们就能一起体会小提琴席卷而来的启示与领悟，我觉得那肯定是某个极有天赋的邻居拉的。但当我来到他们那儿，我爸和希梅纳都困惑地摇着头，我妈则把脑袋侧向一边，仔细地观察着我。其他人都没听到小提琴声，就那一会儿的工夫，琴声就消失了。

这乐声实在美妙，我并不在乎它以难以理喻的方式到来。到了周末，我一个人待着的时候，耳边又传来了小男孩安详的嗓音，持续不断，他在描述长长的枪管内令人不寒而栗的种种细节。

我捂住耳朵，可还是能听见这愈益阴沉的嗓音，只能等它赶快离开。但那声音越来越响。我跑到我妈那儿，双眼含泪地跪在她面前，承认自己听见了异响。我想让她停止那个声音。我妈把手放在我的耳边，为我挡住声音："你不想听？"

我摇晃着脑袋："不想。"

她的手掌在我的耳边营造出一阵宁静的轰鸣声，我爸说那是我自己的血液流经大脑时发出的声音。我看见她睫毛之间闪动的眼白，红晕升上了她的脸颊，我看见她双唇翕动。她移开手掌的时候，吻了吻我的额头："下次再听见什么声响，就来找我。"

男孩的嗓音消失了，我再也不用去我妈那儿寻求那种帮助了。后来我再没听见那种声音。我的坠落在我体内无论开启了什么，如今都已紧紧闭合。

那天晚上，我妈仿佛经过了艰难的长途跋涉回了家，她给我讲了一个故事。她第一次告诉我她坠井之事，以及坠井如何唤醒了她新的洞察能力。坠落可以成为神秘之旅的开端，有些事故就是开端。听见声音是一种天赋，但如果我不做这种选择，就无须循着她的路走。

当我爸无意间听到我妈说的话，他就在我面前放了一本科学书籍，向我解释大脑的化学成分。我听力上产生了幻觉，不是什么灵异事件，我爸用手指轻轻敲着大脑图谱的各个部分，说着一个个我从未听说过的解剖部位，现在也不记得那些名词了。我妈就嘲笑我们，生气地提醒我们，我出生的时候，她就丧失了听鬼音的能力。我的脑子没出问题，出问题的是我从她那儿继承的能力，她可以从我身上移除这种能力。我们应该感谢她，她仍旧拥有足够的法力和知识，使我摆脱我不想要的宿命。

等到再次开学的时候，每个人都问我怎么没在树下算命。我没法说我掉入了原油，听见了鬼魂的声音，为阿利耶尔舅舅而心碎。

回到家后，我妈宣布她再也不算命了。也许是阿利耶尔舅舅的去世让她仍然感到心痛吧，我听力上的事情，再加上重生合唱团说她在做错事，都对她造成了挥之不去的影响。无论是何种原因，她折叠好印有星星图案的衣服，把熏香和镜子都收了起来。

我也有样学样，在学校里算了最后一次命，就结束了自己的生意。我的最后一名客人是个女孩，她想知道地狱的构造。我不用看牌就能告诉她："我不知道那是否就是我们生活的地方。"

16
分身

我妈关闭灵媒生意后的一小段时间里，即便存在诅咒，我们也似乎已脱离了它的掌控。我刚过九岁没多久，十二月，巴勃罗·埃斯科瓦尔就在麦德林的一处房顶上被击毙，和平似乎已在不远处。整整一个月，烟花爆竹照亮了天空，马路上人们时不时地翩翩起舞。我们现在有钱了，于是就买了飞机票去库库塔，但当我们安检的时候，我才明白我们为什么从来不坐飞机。因为有个人和我爸同名同姓，父母的姓也完全一样，出生地也都相同。

*另一个*费尔南多·罗哈斯·萨帕塔，别名"魔鬼"，比我爸年轻十三岁，因偷窃而遭通缉。我一直都觉得会有和我爸同名同姓的人存在，但就像我妈同时现身两地一样，这种事还是会让人觉得不可思议，觉得不可能是真的。可是，行李放入 X 光机检查之后，我们就被拉到了一边。我爸的反应很大。他抽出一沓文件，说文件可以证明他是*另一个*费尔南多·罗哈斯·萨帕塔。安检员觉得他特别可疑，便拒绝看信件和记录。当时过了很长时间，气氛紧张，又很安静，后来，我问："你们到底花了多长时间寻找这*另一个*费尔南

多·罗哈斯·萨帕塔？”

我妈在我面前挥了挥手："别听她的，女孩子家想当记者，不就是想殉道吗？”

我让我妈不开心的时候，她就会称呼我女孩子家，我觉得挺搞笑的。她还会切换到使用您（usted）这个代词，我们用您通常是要同老板和陌生人拉开距离，但也可以用来对抗朋友、爱人、家庭成员，以表达当下的不满。

海关官员扑哧一笑："亲爱的，当老师怎么样，那更安全？”

我耸了耸肩："我要当记者，死不死我不在乎。”

"瞧瞧？"我妈把我推到一边，"比驴还倔，别开玩笑了。”

"有其父必有其子。"希梅纳压着嗓门说。

官员冲我们笑了笑。

"你们是否出现过必须用枪的情况？”

我爸瞪着我。他害怕当局。他一直都在提醒我们，国家使用暴力，还会进行掩盖，这种事一直都在发生，也会发生在我们身上。我妈没被吓倒，她知道只要自己愿意，就能迷住对方。有一次，我妈驾车闯红灯，一名警察让她停车，最后我妈竟然给那警察看起了手相，警察还给了*我们*钱。

"机场里应该不会有枪战，"我妈对我说，接着又对官员说，"逮捕名人很带劲吧？”

我们被带到也许是等候室的地方，但我觉得那就是审讯室，上级会来审查我爸的文件。

我还没和当局发生过口角，和非法活动如此接近令人兴奋，都有点让人晕晕乎乎了。"我们不去找出另一个别名魔鬼的费尔南多·罗哈斯·萨帕塔吗？他要是长得和我爸一样，那该怎么办？要是那人是年轻时的我爸，以前的我爸从来就没存在过怎么办？要是他也有老婆和两个女儿，要是这些人也和我们一样，只是过的是截然不同的生活，该怎么办？"

希梅纳揉着太阳穴："到底要飞多久？"

"我只知道要感谢上帝让我带了耳机。"我妈说。

"赞美主。"我爸说。

我爸的新公司有个帮助工人买房的计划，我爸妈因此在库库塔买了一栋公寓，打算退休后住。公司提供按揭的钱和低息贷款。我们第一次有了自己的地方，所以决定好好度个假。

我妈的兄弟姐妹听说她的计划后，一个比一个叫得凶。他们许多人都还在支付贷款，如果我妈有闲钱，就应该帮助他们。我妈解释说我们没有新的进账，一直在借钱。她的兄弟姐妹充满怨恨，但我妈只关心外婆，是外婆给她祝福，告诉她欢迎我们回去，大家都很想念我们。

库库塔公寓的崭新程度把我们吓了一大跳。近公寓楼的入口通道还在建，过道已完工一半。我们俯视着电梯井，里面还没电梯轿厢，就怕掉下去。然后，我们走楼梯，找到了白璧无瑕、空空荡荡的公寓。厨房里摆放着崭新的用具。我们没地方睡，也没地方坐，就去楼下一个街区外的五金店，买了些装饰圣诞树的银色圣诞彩条，再点了份比萨。我爸用便携式小收音机放音乐，这个用电池驱动的小设备，他随时随地带在身边，像是他神经放松、不再失眠的护身符。他和我妈在阳台上挂了彩灯，希梅纳和我将塑料枝条塞入树干中央，展开蓬松的金属叶片。我们就睡在折叠着的毛巾和毯子上，喜不自胜，我们从没梦想过还能有第二个家。次日，希梅纳和我把所有地方都用布盖好，一杯接一杯地喝咖啡，坐在电风扇（也是在五金店里买的）前，按照周末上午的老规矩，讨论杀人犯为何会成为杀人犯。

我们出门去找二手家具，挑选便宜的边桌，客厅套装陈设，锅碗瓢盆。回家后，我们发现一个舅舅在其中一间房间里打盹儿，一个姨妈在客厅里倒茶喝，表兄弟们都在看风景。一个姨妈帮助我们了解了购买公寓的种种细节，她还有一把钥匙。我们推断出钥匙应该都已经配好了。似乎每样东西都在未经我们许可的情况下成倍增加。如果是佩尔拉姨妈、纳伊亚姨妈，或安赫尔舅舅，还有他们的孩子在我们的公寓里，我们不会太在意。但有时候，我妈改宗的兄弟姐妹会直挺挺地杵在那儿，一副假模假样的表情。我们买了什么东西，他们就会猜测我们花了多少钱，问我们是怎么花的，他们还称呼我妈巫婆，说我们新买的东西都是有利于魔鬼的战利品，然后，自相矛盾地又让我妈给他们治病：

"我现在很危险，索哈依拉。你快念念保佑的咒语吧。你要是爱过我，就帮帮我。别忘了我们可是血亲啊。"

尽管他们羞辱过我妈，可我妈还是会想起他们的孩子，那些侄子、侄女、外甥、外甥女，最后还是给他们倒了水喝。希梅纳和我远远地看着。我妈那些改宗的兄弟姐妹给我们削苹果，拿糖给我们吃，让我们过去。但我们对他们令人迷惑的行为都持保留态度。"小乌鸦。"他们就这么称呼我妈。他们哼哼唧唧地说："你家孩子咋不听长辈的话？等到他们成年了，那是会未婚先孕的，肯定会那样。"

我设法去理解我妈那些改宗的兄弟姐妹。我觉得他们就是自己过得不如意，所以产生了嫉妒心。有些人身体差、工作不稳定，住在不安全的街区，每天都要担心自己的安危，要是向游击队支付了*街区安全保护费*，就没钱给孩子买东西吃，所以整天寝食难安。而我们在波哥大有房子，在库库塔有新房。即便我妈定期会汇钱过去帮助她的兄弟姐妹，这样的行为也只会使情况更糟。有一天，我们去河边散步，回来后发现公寓墙面涂满了用颜料画的十字架，毋庸置疑，是他们干的。他们想必是请了个神父来给房子驱魔，以为我们半夜会举办撒旦的仪式。我们还发现一个巫毒小娃娃被埋在了家里植物的土壤里。

我们的血亲不爱我们，这让人吃惊，甚至让人害怕。我爸说，他们反对阶级差异，只是表面上看来是对我妈当巫医这件事不依不饶罢了。那时候，我并不理解他们对我们的恨还存在历史维度、殖民主义的伤痕。如今，我知道数百年来，我们都被教导要憎恨我们身上褐色的那一部分。我妈是个预言家，对他们而言，我们就生活在社会所能接受的边缘地带。

殖民时期，欧洲人来到这片大陆，强暴土著女人和黑人女人，创造出了种姓列表，纯白人血统的置身顶部，纯黑人血统的置身底部，这样就能给女人生下的"不洁"儿童分门别类。

在新西班牙总督辖区的主要定居区内，也就是如今的墨西哥，一个西班牙人和一个土著人生出的就是梅斯蒂索人。一个梅斯蒂索人和一个土著人生出的就是丛林狼。一个西班牙人和一个非洲人生出的就是骡子。一个梅斯蒂索人和一个非洲人生出的就是狼。如果土著人和非洲人的后裔不断繁衍，这份列表就不再像是动物故事集，而是听上去像一声声的训斥。一个人若是有一半的西班牙血统、四分之一的黑人血统、四分之一的土著人血统，那么这人的种姓名就是"悬于半空"。悬于半空者加上穆拉托人[1]，便形成了一个新的种姓阶层，叫作"我不理解你"阶层。"我不理解你"阶层再加上土著人，又形成了另一个阶层，叫作"请转过身"阶层。

在美洲，和白人越是接近，你上贡给国王的钱就越少，占有的权利就越多。许多混血种人都想摆脱束缚，不再上贡，于是便专心算计和谁结婚，要过多少代才可能彻底摆脱其他种族的痕迹，一身干净。

有色人种肤色最白的可能是卡斯蒂索人，他们是梅斯蒂索人和西班牙人的后裔。和其他种姓不同，卡斯蒂索人有权成为教士，可以接受教育，可成为贵族的一员。虽然土著血统可经过几代漂白，

---

[1] 白人和黑人的混血儿。——编者注

但黑人血统不行。哪怕只有一滴黑人血统，也意味着和财富永世无缘。

在哥伦比亚，种姓会在婚姻、审讯、确定某人需缴多少贡赋的诉讼以及家谱文件中成为讨论的焦点。国王的代表造访都城进行人口普查，时常无法将梅斯蒂索人和土著人分开，因为这两个群体时常杂处且通婚。黑人和土著人的家系有可能会在一份文件中被称为"印第安人"，在另一份文件中被称为"桑博人"。梅斯蒂索人有时会被归类为"印第安人"，穆拉托人则被归类为"梅斯蒂索人"。如果一个人需要一份血统净化证明，其肤色、容貌特征、行为均会受到衡量，以决定此人是否可被归类为"高等级的"种族。

在整个美洲地区，我们所受到的教育就是黑皮肤重要程度低，人的无用性和肤色黑的程度呈正相关。即便画像被取下，清单也变得无用，但这种压迫已逐渐内化成憎恨，由母亲传给孩子，告诉他们不要在太阳底下，以免肤色变黑。母亲还会教孩子嫁个好人家，意思就是和*浅肤色的人*结婚，她们会给孩子抹上厚厚的皮肤美白用品，告诉他们如何漂白体毛，骗过他人的眼睛，好使自己显得更白皙，更漂亮。到了小学，我们会从历史课本上学习新西班牙的种族等级，浅肤色的会称呼我们骡子、狼、猪，还说他们来自上层世家，我们都是奴隶的后裔。上学的时候，最糟心的事情就是我们称呼彼此是"我不理解你"。

如今，我只希望变得晦涩难懂，难以算计，因难以理喻而被恐怖体制排斥。

我不知道我妈那些改宗的兄弟姐妹是否意识到他们只能像之前的卡斯蒂索人那样干他们该干的事，向欧洲教会看齐，否认自己的褐色皮肤，以获得好处与特权。我们难以置信地凝视着他们在我们家墙上用颜料画下的十字架。我爸对此嗤之以鼻："就是看不惯你妈。都是因为魔法，可魔法也许根本就不存在。"他摇了摇头，难掩失望和嘲讽之情，"她能靠法力拖地吗？我倒很想知道。"

我忍不住笑了，视线再次落到了那些颜料上。

也许，我妈的那些兄弟姐妹说得没错——也许我们是受到了诅咒。但和他们想的不一样。我们受到了责罚，不是来自上帝，而是来自白人的责罚。

在接下来的日子里，我们设法专注于自己的好运气，在公寓里摆了一些家具，和我们娘俩去挖掘外公途中遇到的裹着定制白色布料的家具一模一样。但我们的目光始终会飘到油污上。每个十字架最高处的几个点是人类的四指在墙上涂抹的时候留下的。油污的气味难以察觉，缺乏明显的特征，我们猜是棕榈油。我妈说："这么做只能说明那些人很下作。"

她说："我们不恨他们，但会切断联系。"

我妈为人慷慨、坦诚，后来却不再如此。信任遭到背叛，她觉得改变行为难于登天。我们给家门换了锁，拒绝那些改宗的兄弟姐妹们发来的邀请。我们收到他们的来信，就都堆在那儿，从不打开。我们戴上了跨年夜参加聚会的帽子。佩尔拉姨妈和她的家人要过来。纳伊亚姨妈、安赫尔舅舅，还有他们的家人，以及外婆也都过来了。

他们都很爱我们。外婆只有一件礼服，是参加葬礼、婚礼、坐飞机时穿的那身礼服。我们在阳台上从桶里拿鸡吃，通宵不睡，关上灯，开始倒数。我们的尖叫声惊动了天空，我们呼吸粗重，许下不着调的富足快乐的心愿，却并不知道与愿望相反的才会成真，我们所站之处早已没入黑暗，烟花的璀璨过后，这黑暗便会更新自身。

17
巫术

❦

　　返回波哥大后，我爸梦见了一个指着他的白人。"是个警告。"我爸说。他将黄色领带套在白衬衫的领子上，穿戴停当，准备去上班。我们都困惑不解地盯着他。"我觉得你们都不相信那种事。"我爸一次套一条颤悠悠的胳膊，穿上了夹克，"我也不信。"我们听见他的车子在楼下发动之后，我妈对我们说她也做了个梦：我爸死了，躺在棺材里，戴的就是那条他刚在喉咙那儿打了结的黄色领带。

　　我爸开始反复做噩梦。梦里，他能从空中看着自己，就在契塔苏加的油田里，站在金属步道上，和一名工人争论。上方的一大块机械设备被风一吹，发出吱吱嘎嘎的声响。我爸就站在正下方。他争论时，总是会在说到同一个点的时候，双手叉着腰，机械设备松动了，笔直落下，将他压在了下面。

　　噩梦让我爸神经紧张。他前往契塔苏加的时候脸色苍白，双手握不稳方向盘。几个月过去了，就在我爸忘了噩梦之后不久，他在契塔苏加和梦中的那个工人发生了争论。

　　我爸站在金属步道上，双手叉着腰。这熟悉的姿势令人不快，让他觉得身体很不舒服，于是，他往后退了一步，膝盖弯着。霎时间，一股飓风将他的头发往后掠去。一块沉甸甸的钢铁机械设备坠落在了他的面前。设备砸凹了金属地面，仿佛这些就是直接从他的梦中而来。

一个周末，我爸没回家。"他肯定是因为发生紧急情况而耽搁了。"我妈说。油田发生紧急情况很常见，比如气体爆炸和潜在的各种爆炸。我妈给油田打去电话。电话铃响了又响。我妈就觉得那*肯定是*紧急情况。她认为大家都去别的地方解决那个问题去了。

那天晚上，我妈的一个旧友出现在我家门前。他是游击队队员，我妈和他一起上过中学。他能成为游击队员，我妈总觉得是在开玩笑，她说："想想竟然会为政治这种不着边际的事情拿起武器。"

他以前挺结实，整天乐呵呵的，后来却越来越瘦。见他过来拜访，我妈端给他威士忌，嘻嘻哈哈地一直聊到深夜。他将自己的生活告诉她，我有时能听见一些令人不安的信息，比如到处都有游击队员，你根本不会怀疑的普通人就是，他们的计划就是随时随地发起攻击。

这一次，我妈让他进了门，他的眼睛滴溜溜乱转。他看上去很消瘦，笑起来和坐云霄飞车的人一个模样。他提出吃东西的要求，我妈觉得这也正常，便接过他的外套，给他斟上威士忌，抽出椅子，让他坐在餐桌旁。希梅纳、我妈和我都在喝汤。我妈的朋友捧起我妈放在他面前的汤碗，往后仰着喝。她把面包放在盘子里，他一小块一小块地揪下面包，用劲咀嚼的时候盯着我们看。不知为何，我觉得他的拜访和我爸不在场有关。我妈的朋友紧紧握着餐刀，指节发白。

我妈慢悠悠地吹着调羹，汤的热气往天花板上升腾而去。她心里想着天气：波哥大又是一个阴天，真希望能有太阳。

她放下调羹，柔和地说："很久以前，波哥大有段时间，雪就像从天空倒下来似的。"

这是个老故事，我小的时候最爱听，但我一直没找到这方面的证据。我查了报纸、天气数据库，总是空手而归。波哥大距赤道三百英里，能下雪简直就是奇迹。我妈在餐桌旁讲马儿的蹄子沾了雪，女人穿着皮草，孩子在堆雪人，餐馆老板一根接一根地往壁炉里添木头。

我一直在舀汤喝，根本尝不出嘴里的味道，但心里很清楚这种家常氛围。我稳定的脉搏，我妈讲故事时柔软的声音，希梅纳安静的模样，犹如巫术，消解了那人的暴力。

希梅纳和我又把碗里的汤喝完了，我妈让我们上楼去。我们两阶一跨上了楼，进了同住的卧室，反锁了门。但我由于担心我妈，就尽可能悄悄地打开门，下了楼梯，听他们在下面说什么。我能听见轻柔的低语声，可听不分明。过了很长时间，我就睡着了。

然后，我妈站在我旁边，将我摇醒。我问她朋友是否已经走了，她说走了。他想要我们家的钱。我妈把家里能找到的所有现金都拿出来给了他，还给他讲她心目中下雪会是什么样，这么做就是为了不让他攻击她。

"雪摸上去肯定很轻，冰凉冰凉的。"她对那人说，"就像面粉，如果你把它抛向天空，它肯定会在空中打转。"

那时候，她还没见过雪。

那人也没见过。

我也没见过。

我妈也认为朋友的来访和我爸有关，但当她问起这事的时候，他吃惊地扬起了眉毛。他问她是否觉得我爸被绑架了，我妈说她也不确定。他说几年前见过我爸的名字出现在有可能被绑架的名单上。游击队列这份名单，就是为了凑足要上交给总部的现金数额。我妈的朋友当时划掉了我爸的名字，但总有人会把他再添上去。我们是否买过大件物品？我妈的朋友想知道这一点，比如汽车或豪华度假，这样才会让我们再次进入游击队的法眼。我妈摇了摇头，但又立刻想起了库库塔的公寓。她朋友答应会去了解我爸是否被绑，人又会在哪里，了解到情况后，就会打电话告诉我们。然后，他就冲到了黑漆漆的马路上。我妈给医院和警局打了电话，询问有没有发生公路事故，有没有无法确认的尸体。油田那儿还是没有应答。什么消息也没有，我爸就这样凭空消失了。

我不知道那个周末时间是怎么过去的，太阳又是如何升起，夜幕又是如何降下。我只知道我爸周一回来的时候失魂落魄。人经历过深深的恐惧之后，就会有事发生。我爸看上去像变了一个人。他坐在那儿告诉我们，与希梅纳和我年纪相仿的男孩子用枪指着他，把他押出了契塔苏加油田，进了山里。他讲述的时候就像别人的父亲。他们将他绑起，锁入一间没窗户的窝棚里，他觉得自己难逃一死。后来，他们带我爸去见游击队组织的头头，他想知道他们准备关他多久，要敲诈多少钱才能换回性命。结果，那头头只是友好地拍了拍他的背。

"费尔！又见到你了，挺好！索哈依拉怎么样？姑娘们怎么样？"

我爸抬起头。他眼前的这个男人是他小时候一起打弹珠的玩伴。游击队头头向我爸保证，他根本不知道手下绑架了我爸，又让人割断绑住他手的绳索。我爸被那些抓了他的男孩护送出了丛林，男孩子们用步枪枪口推他，经过长了树瘤的树木和隐于暗处、尾羽颜色艳丽的金刚鹦鹉，他觉得他们这是要处决他。返回车里后，他便一路疾驰，向波哥大驶来。

一年后，我们家的电话又开始每天响起，都是威胁的，这次是威胁希梅纳和我。我妈一直不让我们接电话，不要我们听电话里说些什么，但我们早已猜到了。我接听过一次，电话里那人精确地说出了我那天在学校里干了什么，建议我妈准备好我的赎金，他还问我是长了阴毛，还是光秃秃的。我们每天都生活在恐惧之中。

所以，很容易就会相信那就是诅咒。

我们知道穷人和富人都会遭到绑架，其中一些人后来就再没回来。我们不再外出。我们的信任圈包括彼此、密友，和一个十六岁的女孩，她家人已被准军事组织绑架至他处，女孩已和我们生活了五年。当我妈得知女孩是家里唯一一个可以挣钱的人时，便给了她一份工作，让她在我们家做做家务。我妈惯于做这样的事情，她会帮助那些处境艰难的女孩，她们让她想到了自己。我下午都和女孩在一起，看看电视剧，看她的星象。我们轮流做她每日要做的家务活。但无论是呵护，还是深厚的友谊，都无法改变这样一个事实，即一天中的某个时刻，我得去做功课，她就得干更多的活儿。我们生活在裂谷的两侧，我们衣食无忧，而她却处于危险当中。当时我们还不知道这一点，但游击队已威胁过她，如果不按他们的秘密计划行事，就会杀了她家人。

结果，希梅纳和我被绑走了。交接时，我们在等游击队过来，希梅纳趁机逃跑了。那女孩紧紧抓着我的手腕，我的手指都发青了。我恳求她让我走。她踱来踱去，紧绷着脸，人中都在颤抖。我心想，*你把生命放在天平上称量，就会发生这样的事*。然后，我就脱了身。

我不知道她最后为什么会帮我，为什么还叫了辆出租车，我上车的时候，她温柔地托着我的手，把我家的地址告诉了司机。

当我看见我妈就站在出租车停车的地方时，恐惧又回潮了，犹如血液拍打着我的身躯。她打开车门，揪着我的头发来回抽，把我从出租车里拖了出来，拖了整整一个街区，她打我是因为我动作不够快，逃跑没成功，头脑发昏。

正是这些事情导致我们离开了哥伦比亚，住在那儿就是受苦。当我们得知那女孩因为把我们放走而遭到了严重的惩罚，这个折磨便深深烙印在我的身体里。当我再次看见她的时候，她浑身淤青，也怀了孕，暴力作用于她身体的种种细节都鲜活地体现在她的皮肤上，我悲从中来，难以抑制。我希望从来就没恳求过她的怜悯。悔恨犹如烈火灼烧，使人难以呼吸。后来，麻木占了上风。我的视力变弱了，听力也受了影响，一切均已淡出，宁静得犹如坟墓。

我们听说改宗的几个姨妈舅舅得知我们仨差点遭到绑架后，还鼓掌称快。他们向来都知道我们迟早会因偏离正道而受惩罚。

我们在波哥大住了三年多，口中的话语变成了感慨，我们的信任范围缩小。每次我们出门，我妈开车，都会加速转过街角，闯红灯，不打转向灯，这样别人就不知道我们想往哪儿走，我们的行踪和目的地也就会始终成谜。

我脑海中总是会出现姨妈和舅舅曾经问过的话："所有这一切都发生在一个家庭里的概率到底有多大？"我妈的兄弟姐妹那时候已离开新教教会，但他们仍继续在这个或那个教派里探头探脑，追随这个或那个克里斯玛型的领袖，所以我们也就继续称呼他们为信仰重生者，即便事实已并非如此。

1998年，我们离开这个国家，前往委内瑞拉，之后数年在南美四处迁徙，就想找一个安全之地。我穿越边境，从头开始。这就是一种巫术，由此我们就能忘却往事。可头脑忘却，身体却还记得，尤其是当过去遭到抑制，它便会如通了电的电线，再次回返。

所以，许多年之后，我搬到美国，每一年都会变换居住地，仿佛始终有什么东西在追着我，有什么东西在跟踪着我，有什么东西我根本跑不过它。我不想再次让我妈失望，于是每天起床，都会有一种疾驰感，我得竭尽全力奔跑起来。

18
四个女人
（取自妮娜·西蒙[1]）

　　我们可以将任何东西都称作诅咒，尤其是那些我们似乎避无可避的东西。

　　我妈十三岁的时候，外公举家搬至布卡拉曼加，以期壮大事业。布卡拉曼加的房子有个内院，满院的矩形天空，房子有八个房间，有自来水和烧煤气的厨房。性工作者都住在这条马路上，女孩子们年纪都不比我妈大多少。她们来到我家门前的时候，外公就会给她们喝汤，治疗她们的疾病。他从不给她们算命。马路上都是小酒馆，疾走的蜥蜴，开花的愈疮树。老人们坐在门外的塑料椅上，玩多米诺骨牌。我妈在这儿出落得相当丰满，外婆怕她不知道，就对她说："你的美貌会成为对你的诅咒。"

　　我妈放学回家，从巴士上一下来，男人们就会冲她弹舌头、嗑牙齿，喊"多少钱"。有时，男人会生气，觉得自己受了挫，便跟着她。性工作者在马路上都很警觉，她们知道她是巫医的女儿，如有

---

① 妮娜·西蒙（1933—2003），美国黑人歌手、作曲家、钢琴演奏家，《四个女人》是她的一首歌。

必要，就会挡在我妈和那些男人中间。

我妈的身体也让她的兄弟们恼火。他们并不在乎她是不是巫婆。他们说，如果她和他们的任何一个朋友睡觉，就会杀了她。

年长的男人来我家，向外公提出用土地交换我妈。他们带来银行账单，展示金银珠宝。我希望外公受到了冒犯，说我妈不出售。可他只是让我妈的崇拜者打消这个念头，理由是投资她不划算。他先是列举她的缺点："她比驴还倔，她不会做饭、不会打扫卫生、不会听从任何人的吩咐。我要是你，宁愿买个花瓶，这样会更开心。"

我妈喜欢男孩子。她会在晚上溜出门，半夜蹑手蹑脚地回来。她会爬墙，不从金属门走，因为门会吱吱嘎嘎地响，肯定会把人吵醒。她爬上墙头，杜撰祷词，祈求她爸睡得死沉死沉，说话说不利索，脑袋一团雾。但外公都会等她，就坐在院子里喝酒，丝毫不受她咒语的影响。"你难道不知道你的魔法对我没用？"他会问。他说，精灵已经告诉他，她会在哪里，但没说她在做什么。所以她到底做了什么呢？

我妈一直都在跳舞。

我妈渴望自己的咒语能打败外公的洞察力。她做的实验是早上给他端咖啡。有时候，她会朝咖啡里啐唾沫，有时又不啐。她希望外公没注意到。当她给外公端去一杯没啐过唾沫的咖啡时，外公就会冲她眨眨眼，呷一口咖啡。可当她向咖啡念诵咒语，让自己的唾液滴入滚烫的咖啡里，他就会不朝她的方向看。我妈一下午都会对外公巧舌如簧："爸爸，你知道我不是有意的。你说你法力强大，我就是想知道有多强大。"

我十四岁的时候，也发育成了我妈那样的身材，也会溜出门。我们住在委内瑞拉的时候，我会在半夜和朋友见面，爬进附近的公园，去儿童乐园玩。我们又是抽烟，又是喝酒。我妈可不会等，但她第二天会很冷淡地说："不要命了，那就请便。"

在那片新土地上，雨会砸在我们家的屋顶上，水会从窗子上汨汨流下，每当那时，我就会想起我妈停雨的场景，怀疑自己以前看到的情景。我会去找我妈，说谁都知道的事："妈，下雨了。"她会在日记本上画星图，或穿着内衣坐在床上，吃红色的冻葡萄。

"你为什么不让雨停下来？"

我妈加倍地将注意力放在食物或笔记本上，好像我根本没说话。她大气都不喘地盯着那些东西，好像在解什么复杂的难题，不能让注意力离开哪怕一瞬间。

我叹了口气，坐到她床上："你说得对，也许你没法让雨停。"

我妈就朝我扔笔记本、笔、枕头。她揉着眼睛四周："天哪！现在我总算知道我爸的感觉了。太绝望了。我不会向你证明我的魔法，快走开。"

外公那些长期住在我们家里的病人一直都在轮换。我妈很喜欢轮班去照料外公挑选出的一些病人。其中一个是个十二岁的女孩，患有癫痫。她和我妈想出了一个办法。她们只要在一起，就带着一个枕头和一把木勺。如果女孩觉得马上要发作了，就倒到枕头上，我妈会把勺塞到她嘴巴里，再把她按住，同时念诵驱赶精灵的咒语。癫痫就是中邪。女孩会喝外公每天为她新鲜调制的药草汁来治病。

有个女人会惊恐发作，撕扯自己的衣服，直到赤条条的，凝视着面前空荡荡的空间，我妈猜那儿正站着一个看不见的攻击者。这个女人叫阿乌拉，外公让我妈照顾她，说："有时候只有女人理解女人的痛苦。"

阿乌拉发作的时候，会翻来覆去地说："不，不。"还呼喊着一个名叫贝尼西亚的人。

阿乌拉正常的时候，我妈问她："贝尼西亚是谁？"

阿乌拉垂下目光："她是我的一个朋友，已经死了。"

只要阿乌拉发作，我妈就会用毯子裹住她，设法安慰她，说自己就是贝尼西亚："我在这里，我在这里。"这方法似乎还挺管用。阿乌拉说的每一句话都像个谜。青蛙打搅了她，爬满了她的身子。门上的锁太多。渐渐地，日复一日，我妈拼凑起了她身上发生的事。她丈夫曾把她绑在炉子上。到了晚上，泥泞的厨房里爬满了青蛙，青蛙让她觉得自己的皮肤黏糊糊的。一天，他把她绑在了床上。还有一天，他想要杀了她。我妈终于意识到，是这个男人把阿乌拉交给外公照料的。

阿乌拉发作时的叙述越清晰，她就越能有意识地回忆起来。我妈知道给发生的事情命名是强效的药物。由于阿乌拉能回忆起来，她的发作次数也就越来越少，之后就不再发作了。她丈夫过来看阿乌拉，挥舞着一把刀从她的房间跑出来，到处找我妈，指责她在他妻子的头脑中植入了虚假的记忆。

我妈这一辈子都在受男人的威胁，等他找过来，在相距四英尺远的地方挥着刀，她就哈哈大笑。她早就料到会这样，但时间一分一秒过去，他没动，她就开始嘲讽他："我们现在都会把男孩和男人区分开。"她内心里也害怕阿乌拉的丈夫会真的杀了她，但她从兄弟那儿学到，男人喜欢激发恐惧，并不是真想打架。他没靠近我妈，但把阿乌拉带走了，我妈只能看着，对此束手无策。

外公去山上采药草回来后，就和我妈开始祈祷。他们希望阿乌拉能逃走，她丈夫会让她走，她能得到大量帮助。外公知道他们住在山上的村子里，但他没问是哪里。他喝了几杯烧酒，点亮了一根蜡烛。

我患有西方医生所说的焦虑症。我妈称之为灵性层面上的病。她说问题在于故事没在我的体内治愈我，所以我才会生病。她想要给我治疗。我喝了她给的茶，泡了她赐过福的水，躺在她面前，让她用药草轻轻抽打我。根本没起作用。我妈说时机的掌握很复杂。是我没准备让故事继续发展下去。

当我们经历创伤的时候，创伤就会将身体展开时的经历印制成一张感官地图。所以，有时候，我在生命中相对平静的时刻醒来时，就会被一阵难以察觉的恐惧紧紧攫住。在我当下的生命中，感官地图会和我所感受的混乱相一致，我会继续保持高度警惕。如今，我住在加州，平静而无聊，徒步，泡澡，洗碗，拖地板，当我内心的某样东西让我确信自己危在旦夕，我就会回到那里，经受童年时期的恐惧。

很容易就会陷入惊恐发作的状态中。

我的头脑开始进入循环状态，告诉自己的身体："我们没法呼吸。"

身体对此予以确认："没错，事实上我们呼吸不了。"

那种经历就是窒息。

将注意力集中到烤箱的数字时钟上，似乎是我曾尝试过的最艰难的事情。我快速地走来走去，大口喘着粗气，想要读出霓虹色的数字。我的想法就是计算出我还要忍受多久——发作通常会持续一小时——但我又没法去看时钟。我就是一股湍流。在这日常发生的事情中，我会把自己想象成一条人形的鱼儿，出了水，喘着气，穿着真丝衬裙。这场景让我笑出了声，但一笑又会窒息得更厉害。

我设法在手机上同时摁两个按键，截屏，时间会在上面显现。有时，我能以这种方式读取时间。我按键时经常会不同步，我就解锁手机，手机会从我手中跌落。等到终于截了一张图，我就尽可能长时间地抵御窒息感。我在哭喊，但并未向任何人哀求："求求你，够了。"

当我觉得再也无法忍受下去的时候，就挣扎着再次使用手机，截一张屏。我的喉咙被紧紧勒住，但我奋力完成任务，打开了相册。我滑动最后两张照片，严肃地给自己分配了一项任务，就是解码一张照片上的数字，设法记住，再读取下一张截屏上的数字，减一下。

"求求你。"

"求求你。"

我极有可能已经说不出话：我咬紧牙关，透过齿缝吸入空气，根本无法使下巴放松，我已失去对它的控制。有可能，我听上去不像个人。

等到我终于能读懂数字，通常时间已过去五分钟，我就惊恐不已。我快速踱步，对自己说："又多活了五分钟，会结束的。"更多非人的声音。

我知道自己不会真的死去。我*相信*自己已经呼吸不了空气，这种信念越来越强烈，我说服身体，这是真的。如果医生能读取我血管里有多少比重的氧气，数值应该是百分百。这种情况在急诊室里发生过一次，我进去后，以为这次发作真会要了我的命。我说话也得费尽九牛二虎之力，我想要问医生："要是这种情况不结束该怎么办？"

她给我输液，说："你会突然发作，但我们有办法对付。"

"然后呢？"

医生已站起来，头探出门外："我猜你体验到了……像是受了电击的感觉。但我们有办法，别担心。"

有时候，发作引起的痛苦太厉害，我的头脑就会离开自己的躯体。我醒来时，发现自己正在一间房间里讲着非人的话语，但我不记得什么时候进去过，我很感激自己的头脑，因为它懂得通过消弭时间来保护我。它对汹涌而来的痛苦做出回应，立即创造出了一个记忆潟湖，一个没有时间的地方，灰色的悬置，分离。

　　每次，我都不确定究竟是如何从这个循环中存活下来的，但我确实活了过来。我和震颤不已的双手斗争，天气令人窒息，我将自己想象成一条大鱼，笑着解锁手机，谁也不求，在截屏间切换，算算术。

　　等到发作过去之后，我觉得自己就像刚出了车祸。我想睡觉，却又睡不着。我想被抱住，却又不想被触碰。我会竭尽全力不让惊恐再次发作。第二天，我给我妈打了个电话，没告诉她惊恐发作，但有时候我觉得她知道，因为她会突然间听上去有些失望地说："你要是把你的负担给我，我就能在自己的身体里治愈它们。"

　　我们都很安静。*我做不到*，可我没说。

　　有个我妈认识的男孩，她没和这男孩睡过，但有一天，他过来了，在客厅里夸夸其谈，对外公详述了她如何去了他家，献出了自己。他对外公说，他不*想*败坏家族的名声，但如果我妈愿意嫁给他，就没什么好怕的了。

　　我妈恳求道："你问问精灵，我没和他睡。"

　　外公说，如果我妈没有偷偷溜出去玩的习惯，她就可无惧男孩的威胁。现在，他也保护不了她。如果社区得知男孩说的话，我妈的姐妹们也都嫁不了好人家，她的兄弟们也会找不到工作，屠户也会不再卖肉给他们。

我妈的家人求她嫁给那人算了。她能怎么办？只能在她自己的自由和家人的福祉之间做选择。她选择了家人的福祉。她告诉男孩："我准备穿着鞋子练习交叉脚趾，到时我们上了祭坛有用。"

那年她十六岁，穿着件蓝色的裙子，右手交叉着手指，她的双脚也在缎面的鞋子里交叉着脚趾。

我不知道她被迫嫁的那个男人的名字，我也不想知道。我妈都不怎么提他。

婚后，他明白她的身体已为他所占有。

于是决定让她怀孕。

我妈将节育药片藏在吊顶里，结果就没怀上孕。

她想离开他，每次他让她浑身淤青，流着血，她就会打电话给阿利耶尔舅舅。舅舅过几天就会过来，用枪指着那男人，我妈就这么走出了家门。她和阿利耶尔舅舅乘坐巴士去了库库塔，脑袋倚着他的肩膀，枪搁在他的膝头。我妈哭了好几天，对舅舅充满感激，对其他人一概怒目而视。外公从未原谅自己，他明白得太晚：女人并不属于任何人。他帮我妈办了离婚。几个月后，我妈就恳求外公教舅舅推云。

我姐也有心理上的疾病。但希梅纳并不焦虑，而是饮食失调。有一段时间，我们都不知道希梅纳是否能挺过这一关。人必须选择活下去，有那么一段时间，她似乎选择了放手。

2010 年冬季的一个月，我睡在她公寓的地板上，那间公寓已经空了好几个月，我爸妈睡她的床。每天，我们都去住院部看希梅纳。希梅纳和我并不知道彼此说什么好。女孩子们在医院里死去。她们成了行尸走肉，突然一天，就这么走了。

我们坐在一起看电视。我姐发现CNN（美国有线电视新闻网）让人平静，我不知道为什么。于是我们就看CNN。因为她可能会死，因为我对此束手无策，所以那时候，我就一直坐在她身旁，一周复一周。她的皮肤经历了缩水后皮包骨的过程。电视上闪现出一条彩带，将我们早已知道的事情告知我们。CNN上的新闻都不新，但能让她平静，让她可以承受她的生命。她看着看着就睡着了，我观察着她的一条条肋骨在T恤下一会儿出现，一会儿消失。她看上去像个孩子，眼睛大得出奇，眼睑并未完全合拢，裂缝里的眼白被黑色的睫毛遮蔽。

住院部给我妈配了个译员。译员将心理学家和治疗师所说的话认认真真地译成了西班牙语，但这些话对我妈毫无意义。创伤后应激障碍、精神创伤、饮食失调，这些都是外国医学体系的基础术语，但我妈从没听说过，也就无从理解。由于译员无法真正地给我妈做翻译，所以我就担负起了这个职责。我把那些词的词义翻译给她听，也会讲述历史、背景和殖民主义，设法在两种文化对疾病的理解之间架起桥梁。

"他们说的创伤后应激障碍是什么，你说的惊恐残留是什么……他们说的饮食失调是什么，你说的心理疾病是什么……"

我很不喜欢用自己的话把有些情况复述给我妈听："她走路不能

超过十五分钟，否则会心脏病发作。"

我妈看上去就像我扇了她耳光似的："为什么？那是什么意思？"

"她的心脏承受了太大的压力，"我只能这么解释，"她快饿死了。"我说的时候，也很激动。

我们娘俩有时也会加入我姐的疗程。我先是翻译，之后加入对话，我说完后就将自己的看法翻译出来。希梅纳和我妈都哭了，我没哭。我让她们的话语以语言的形式穿越我的脑海，然后我就说起了地平线。

我妈对我说："她需要一个新故事，那样会对她有帮助。"

我渴求希望，但我姐似乎前景堪忧，所以我没问我妈她这话是什么意思。

我妈对着几杯水祈祷，让希梅纳喝下去。

希梅纳和我用英语对喝不喝水争论不休。她连碰都不想碰，她既不相信喝水有用，又不相信我妈能治愈她："你们总想劝我上钩，操纵我。我是不会被操纵的。告诉她我是不可能被操纵的。"

这种情景并不仅仅出现在住院部，我总是会卡在我妈和希梅纳当中，用她俩心目中有关现实的语言来进行调解。希梅纳始终站在我爸的怀疑论一边，但这么多年过去，我爸从怀疑逐渐变成信仰，而她则变成蔑视。因为她年纪比我大，所以我们共同经历恐惧的时候，她经历的恐惧更为密集。结果就是她不想和哥伦比亚或我们的任何一种传统发生任何关系。"你就喝吧，"我恳求希梅纳，"只不过是水而已。喝了，她会好过，就不会来烦你了。"

　　希梅纳不情不愿地喝了下去，大睁着眼睛，将空水杯放了下来："好了。你开心了？"她又坐到了电视机前。一听到 CNN 新闻响亮的警报声和昭示新闻即将开播的不祥的广告词，她就开始织毛线。过了一会儿，她还是没法靠看电视让自己一次保持几个小时的清醒，睡着了。

　　我用西班牙语悄声对我妈说："我希望喝水能起作用。"

　　我妈可以将占据客户身体的精灵驱赶出去，如糟糕的旋律、又气又饿的鬼魂、诅咒。她说如果我们姐俩出现在波哥大她家的门前，她会把我们的疾病诊断为第二层级，无法治愈，我们必须加以适应，学会与之共存。

　　但她不熟悉西方的鬼魂，也就是医生所说的饮食失调。我妈想要弄明白那鬼究竟长什么样，就问我该病的起源，如何运作，有什么可怕的工具可资使用。

　　我可以看出两种类型的思考，我妈的思考和我姐医生的思考，在此相遇。医生将创伤定义为情感休克，发生致人压力倍增的事件之后，情感休克就会挥之不去。我妈说中邪虽无法见到，但仍能感受得到。问号，无解。鬼魂凭借其力量刺透我们的现实，使空气充满恐惧。

　　我耗费了很多时间替我妈将西方医学翻译成巫术的语言。我自己也有饮食失调，所以知道那是什么体验。如果希梅纳通过让自己挨饿来对我们哥伦比亚生活的溃败以及此后不稳定的岁月进行掌控的话，那我就能确定中邪开始的地点和时间："我们飞离边境的时候，她选了一个鬼魂，我也选了一个。也许鬼魂在过渡的地方最得意。"

"不错，"我妈说，"还有呢？"

我告诉她："鬼魂能投射宏伟的海市蜃楼。"我说这话的时候想的是身体畸形恐惧症，我告诉她我姐照镜子时会如何发现她骨架上健康的脂肪无影无踪，我又是如何相信自己窒息时会大口大口呼吸空气。我说："对，鬼魂就是那样侵占你的。"

我妈据此信息，为希梅纳和我备水，问要怎么做才能认出那就是海市蜃楼。

我们生活在各种医学的交会口，没有一样起作用。我妈很想治疗我姐的疾病——心脏问题，皮肤上桃红色的汗毛，是卡路里吸收过少，无法产生身体的热量，因而长出来以保持体温的。但我妈手头没有草药，她也不知道那些草药叫什么名字，所以我也就无法购买。我妈只要看了就知道，但市场的冰冻货柜上一捆捆雾蒙蒙的草药都不是她想要的。她研习祷词，注入我们喝的水中，这样我们就能在面对扣押我们为人质的鬼魂面前保持清醒。

希梅纳的治疗师和医生在论及康复时会反复使用一些句子。那不会是线性发展的过程。重新回到以前的状态就会产生体力。他们说的每一句话的背后，都有一种并未言明的渴望，即渴望回到纯粹的状态，返回未遭污染的身体和心灵的状态。他们的话也具有二元性：勇敢和恐惧，逻辑和荒诞，健康和破碎。

　　给我姐吃那些药，就是想让她恢复到平静与康宁的状态。但我们是否真如西方医学所想象的那样，见识过这样一种平静与康宁的状态呢？我们成长于其他地方，那儿充斥着炸弹和死亡。然而，这种是否安好的衡量指标就摆在我们的面前，那是一种我们必须达到的纯粹的状态。

　　对我妈和外公而言，治疗时，根本不会出现纯粹与否，因为纯粹并不存在，人总是会被疼痛和悲伤造访。人是自然生长起来的，持续在奇怪的状态中成长，成为一种堆积物。治疗就是要通往丰盈，并不是要将往昔抛于脑后，将自我分割成好与坏，而是在废墟之中开一条通路。

　　我家经历过多少暴力并不重要，无论是全家受苦还是某个家人独自受苦，我们给它起什么名字都不重要。我可以说："存在绝望和战争。"但这样说感觉并不充分。我不再设法去解释后果如何。现在，我只是想说："这难道不是源自战争和迁徙吗？"

　　有一次，我妈给了我一棵芦荟来保护我。在我经历了可怕的惊恐发作之后，芦荟就枯萎凋亡了。根烂了。

　　"许多治疗方法无法达到预期功效，"我妈告诉我，她在向我解释她为什么会无法使我摆脱病痛的纠缠，"身体不得不准备好接受药物。你只能允许这么做。"

　　我琢磨着是否该允许药物进入。我会告诉大家我出了问题，我会说："我不知道自己出了什么问题。"

称之为受苦，称之为诅咒。

从小到大，我妈一直在教我：并不存在诅咒这样的事。危机是常态。任何事都能被称为诅咒，任何事也都能被称为礼物。

我妈不说，我也知道：诅咒和礼物之间的空间就是故事的终点。

有幸存，也会有幸存之幸存。存在一种故事版本，幸存者没能成功，也存在另一种版本，幸存者东山再起。

我可以在西语和英语的词典里找到有关自我惩罚的术语，以他人为代价而幸存之后就会出现自我惩罚。幸存者综合征（Síndrome de supervivencia，Survivor guilt），没有词语比它更能概括这种体验。

"你的梦比你对我说的话能向我表达更多。"我妈说。

我梦见自己住在一间燃烧着的房子里。我穿过火焰来到厨房，给自己煮了一杯咖啡。

"好，你烧着了吗？"我妈问，"你身上着火了吗？"

我梦见自己住在一间冰冻的房子里。我有个宠物北极熊，我把冰箱里所有的食物都给它吃，还让它啃家具。北极熊正在拆我的家，我唯一的选择就是和它一起走出去，进入白茫茫的，漫天的雪花之中。

"那是你唯一的选择。"我妈为了提醒我又重复了一遍，好让我听见自己说的话。

我时常梦见相同的建筑，有七层楼。我被关在里面，犹如迷宫，我根本想不出该如何出去。我拾级而上，之后他们把我领到地下室。我穿过门，突然就置身于电梯内。要出去，就得从天窗走。一次，我伸手去触碰湛蓝的天空，立马就被拽了下来，再次被带回地下室。我身后跟着弥诺陶洛斯。我不知道弥诺陶洛斯长什么样。事实上，我从来就没见过它。

"告诉我每一层楼的情况。"我妈说。

我小时候，喜欢切割。

我二十来岁的时候，给自己做了很多菜。我坐在这堆菜面前，叉起想象中的菜，送往嘴边。我在想象中的舞台上吃完了饭，然后便把没动过的菜倒入了垃圾桶。

我想要毁了自己。我追求危险的男人。一次，我躺在一个男人身下。他在逼迫自己。

"我没法谈论那个时候，"我问他有关哥伦比亚的情况时，他就是这么说的，"如果回首往事，我就会沉没。"

"我觉得有的事情你已经不记得了，"希梅纳对我说，"我记得，是因为我年纪更大。我可以看出那些事影响了你，但你看不出来。"

每层楼都通往地下室。

我曾经躺在一个男人的身下。我先是反抗，然后就停了下来，决定为了活下去，就这么着吧。

"没人想要真相，每个人想要的是一个故事。"我妈说。

"给自己讲一个不一样的故事吧。"我妈这么对我说。

从小到大，我妈一直在教我：根本不存在诅咒这样的事。

我越来越能理解她话中的意思：

每个人都在受苦。

相信诅咒就是相信自己超越了苦难。

没人能超越苦难。

如果你相信自己得到了豁免，那你只能相信诅咒。

19
饥饿

❦

　　我妈说鬼魂最想念的就是饥饿。想要。缺乏的痛苦。欲望的轨迹。餍足。

　　"那她为什么不吃呢？"我妈问我姐的情况。

　　我们一直在想是什么在折磨她，我妈经常会忘记所有我跟她说过的事情，或许是因为东西太多，容不下吧。她只能眼睁睁地看着自己的女儿凋零。我爸已返回墨西哥城，我则去了旧金山。我妈留在明尼阿波利斯陪伴希梅纳。那是 2011 年，我妈每天去住院部都会给我打电话。我妈不懂英语，她乘坐公交，兑换外币，要去某某目的地，都是用手势和脸上的表情来沟通的。我妈整个身心都扑在我姐身上，可在我看来她没成功，在我的心目中，外公才是最棒的。那他会怎么做呢？

　　"那和饥饿无关。"我一直这么对我妈说。

　　半年过去了，我仍然无法向自己解释清楚挨饿为何就是自我折磨，为何会取代更为严重的情绪上的痛苦。胜利感源于征服饥饿感。该如何告诉我妈让心灵坐上御座，从高处来观察肉体凋亡的感觉有

多好，或许对希梅纳来说也是如此。该使用何种语言才能让我妈愿意听我说，经受过最剧烈的痛苦之后，置身于饥饿的海岸上，会产生一种成瘾的、干净的，甚至精神上的感受，让人觉得自己*很强大？*

"这是个善于嘲讽的鬼魂，"我试着这么去解释，我敢这么说，是因为其接近事实，"它想把你拽向另一边，所以就让你挨饿。你饿得越厉害，它会让你感觉越好，你感觉越好，就会越接近死亡。"

我妈对这个解释很满意，但一天内就忘了。"你为什么不把你告诉我的那些东西写下来？我脑子里装不下。"

"你把它写下来，妈。"

我俩谁都没写，我觉得这么做是因为我们不愿用无法忽视、不能收回的语言将真相讲述出来。

后来我懒得将这样的体验翻译成她的语言，就将西方心理学家向我再三重述的有关饮食失调的情况说给她听："这和饥饿没关系，是和控制有关。"这是一门我妈无法流畅讲述的语言，可一周又一周过去，我无法再冒险深入这语法当中，这么做本是为了我姐，结果却导致我对自身揭示过多："如果生命太混乱，人就会转向内心，控制能控制的东西，有时那东西就是饥饿。"

"谁会对自己否认自身的饥饿呢？"我妈问。

鬼魂渴求饥饿，是因为虽然不再拥有躯体，它们还能记得旧日时光，记得极度干渴是什么样，它们内心的渴求有一种紧迫感。它们渴望饥饿，犹如渴望流放之地。

我一直都想见见鬼魂。

在我们的电话铃声响起，对希梅纳和我进行威胁之前，在我们转向饥饿寻求安慰之前，那时我十二岁，还住在哥伦比亚。我对住在奥卡尼亚的卡门姨姥姥说，要是能见到鬼魂，我愿意交出任何东西，即使余生都会被鬼魂纠缠，我也不在乎。

我们围成圈坐在卡门姨姥姥家的后院里，在我妈小时候，这儿就是太姥姥家的院子，外婆曾站在那里透过墙和外公说话："你吻得我现在还在发抖。"往山坡上去的途中就有一口井，我妈掉进去过。我们四周围着奥卡尼亚的亲戚，表兄弟们都坐在地板上，年长者都坐着塑料椅。天空靛蓝。卡门姨姥姥对空拍掌，驱散我的话语："安静，小心点！这儿的鬼魂都能听见。"姨姥姥说她并不知道城里是怎么回事，反正这儿没人想要鬼魂。然后，她就给我们讲了一个故事。

曾经，有个女孩因战争成了孤儿。女孩既不听，也不说：仍然处于震惊之中。她出现在卡门姨姥姥家的台阶上，姨姥姥将她领了进去。一天，发生了地震。女孩像生了根一样，僵立在院子里，而家里人都躲到了门框底下，求她也找个地方躲一躲。院子的墙倒下了。姨姥姥很担心女孩埋在瓦砾堆底下。但尘埃落定之后，女孩安然无恙。土坯房有扇窗子，是挖出来的一个方洞，墙倒下的时候，窗子敞开的口子套在了女孩的脑袋上，犹如套了条裙子。她的双脚旁是一小圈四方形的野草；几厘米外，墙倒塌后的废墟则扩展成了并不完美的长方形。

墙倒下时，露出了第二面墙，卡门姨姥姥称之为隐藏的墙，这是原来的墙，有人费了功夫把墙围在了里面。埋在砖缝里的是一条银色项链——上好的银。姨姥姥知道这是给女孩的，便卖了项链，把钱给了她。翌日，女孩走了，姨姥姥始终不确定她究竟是女孩还是鬼魂。

"鬼魂。"表兄弟们都赞同这一点。

"女孩。"我妈说。

我不知道该如何选。我心想，一辈子都不确定亲近的人究竟是活着还是已死去，这到底是什么感觉？

我们唱歌一直唱到很晚，我想起了一种更糟心的可能。也许那女孩也不确定自己是什么。我环顾四周，琢磨着包括我们自己在内，到底有多少人其实是鬼魂。

经历过多年的恐惧之后，希梅纳和我一度出现弄不清我们是谁或我们是什么的情况。我爸在专业上有人脉，可以在哥伦比亚周边国家找到维持数月或一年的工作。我们跟着他迁来迁去，幸好，身体上没受伤害。我们承诺重新开始，便逐渐出现了苦行僧式的倾向。

我割伤自己的胳膊，被人跟踪和抓走带来的挥之不去的创伤和幸存的愧疚感似魔术一般消散，然后就不见了，取而代之的是一种狂躁的宁静感。那时候，我拿它与我妈替其他人做的驱魔比较，透过这种行为，我就能祛除体内的毒药，但我现在看出当时我只是和自己的鬼魂牵绊在了一起。

搬往美国之前，我认为每个人的家里都有一个真巫医或假巫医，每个人都会解梦，听取预言，至少这种情况不会少见。我去芝加哥上大学，独自生活，发现情况并非如此。我在城里遇见的人都没见过鬼魂，他们也不在乎做什么梦。聊起鬼故事也只会语带轻蔑，将之归类为传说或*老掉牙的故事*，所谓的老掉牙把我需要知道的一切东西都讲明白了。整个大陆都在拥抱本想加以贬低的女性。

美国的白人在事实和虚构之间，可能和不可能之间设定了一条不可逾越的线。我觉得这说得通。美国的美国人悬挂的是联邦旗，坚称种族主义并不存在。他们告诉我，他们的国家建基于理想，我提出对土著人的大屠杀和奴隶制时，他们就不淡定了，我觉得大屠杀和奴隶制清晰地表明这个国家是建基于其他东西之上的。

信鬼就是要知道过往的暴力余孽将会卷土重来。

一个国家甚至连自己的历史都不相信，也就不会信鬼。

这就是为什么在哥伦比亚，我们会被闹鬼淘金热所困扰。我们知道是什么在摧毁这个国家，并对此感到恐惧，留意着它会如何占据我们、在我们中间穿行而过，让我们毁灭自己。

我在芝加哥的第二年，我妈打来电话，告诉我，她和我爸当时住在委内瑞拉，一个女人给她打电话，说我妈在梦里把电话号码告诉了她，她之所以拨过来，是因为想找个人来帮她和亡者的世界建立联系。次日，我在就读的新闻学院门前给自行车开锁时，一个精瘦的男人走过来，对我说他可以接触到尸体："我在梦里得知这时候在这个路口可以找到你。我从事通灵术，你知道什么是通灵术吗？"

我们娘俩当时还拿梦世界的请勿致电名单开玩笑，还说要给那些人找麻烦。通灵者这件事,除了我妈,我没告诉任何人,因为谁又能理解呢?我内心里携带着诸多不可能的世界,世界之间彼此排斥。这比教育别人要轻松。我究竟从哪里开始呢?当你看见了许多死亡,你就开始住进了难以解释的世界,开始和过去进行可以穿透的交流。但我不知道用何种语言来指称这种事,甚至都不知道"语码转换"这个词。我四处走动,内心浮躁,当下我这个女人和我不得不变成的女人之间有一道难以跨越的细如发丝的鸿沟。

我初到美国的时候,开始否认自己的饥饿。我对自己骨架棱角分明的曲线日益熟悉,试探着骨与骨之间的凹陷,认为那凹陷通往的是可怕的虚无。我喝着冰镇饮料,在纸上填满了字。如果我和朋友出去,就会狂喝滥饮,在沙发或床上醒来时,身上青一块紫一块,但并不记得自己在上面睡过。

但有些东西阻止了我继续过这样的生活。那年夏天,我和两个朋友去了弗吉尼亚,去湖里游泳。天空清澈,明亮。我们算过,游个十分钟,就能轻松游到黑水中央的小岛上。我一个猛子扎下去,身上的肌肉遇到了冰冷湖水的阻力。我惊讶地发现只游了几分钟就觉得疲惫,然后想起来我这么虚弱,是因为没吃饭。我习惯让我的头脑削弱身体的疼痛和需求,于是就继续往前游,希望就像忍受饥饿那样,在某个节点上迎来云开雾散的良好感觉。我踢着腿,两只胳膊轮流扎入水中,驱动着身体在水面下向前推进。一阵刺痛感扩散到我的四肢。距小岛还有一半路程,我试图抬起胳膊却不能。肌肉一阵痉挛，腘旁肌很僵硬，双腿也是。我身体上没有脂肪，没有剩余脂肪转换成燃料。我对自己身体的背叛感到震惊，明白这是我自己的原因：是我把它饿成这样的。波光粼粼的水面往后退去，我坠入了绿色的黑暗之中。

我本来会死，但正好有个同来的女孩夏天当过救生员。她把我捞了上来，搂着我这个溺水者。她的前臂禁锢着我的胸脯，她的双腿在我下方交叉摆动，我们就这样一下又一下地靠近了小岛。我回望湖岸，注视着我的双脚在身后拖出的尾迹。到了小岛上后，我说看来我的游泳能力不像我自己想的那么强，我们就装作什么都没发生，后来她又陪我游回了岸边。

置身沙滩，我头晕目眩，出离了自己的躯壳。女孩们共抽一根大麻，烟头一闪一闪，我凝视着天空，我们还聊起了堕胎。我说我童年时期最好的朋友因遭到强奸而怀了孕。她没法告诉父母，为了隐瞒肚子越来越大，我们就在一起吃巧克力。我们俩很快都增加了体重，后来她总算堕胎成功。我讲述的时候，自己的躯体徘徊着进入了他人的痛苦之中，我展示着大腿上白色的条纹，那是我能给予的爱与呵护的印记。

那时候，我在想有多少女人身怀重负，溺死于潟湖之中？是否会有很多？是否这就是我们在哥伦比亚讲起饥饿潟湖精灵的缘故？

也许，所有的水体都在闹鬼，也许，所有水体都裹挟着死者的咒语大合唱，有个女人站在中央，饥饿的嘴巴呼唤着溺亡。

我知道我是想通过否认自己的饥饿，来摆脱自身的脆弱性，仿佛我体内有个奖品可以抽取。我战栗起来，回忆不久前沉没，最后缴械投降的感受。

　　一个女人站在潟湖中央的影像都在这些故事里，我是在写这些文字的时候意识到这一点的。我没想把她写进去。她就这么出现了，在森林中央，在黑丝裙的中心，在原油周围，躺在井底，站在墙的废墟中间，要我看她。

　　我猜想，女人入水总是会消失一半。消失于水中，一半就会变成虚无——在那里的是你，消失的是你。鬼魂必定在倒影中，水面上的一半在水中随波荡漾。

　　让自己挨饿也就是让自己消失。

　　从幸存于我们土地上的那些最古老的记忆来看，男人所讲的故事使我们相信饥饿是错的。他们的故事里有许多胃口、野心、欲望极大的女人，由于饥饿，那些女人承受着恐怖和卑贱的命运。

　　那些男人一如既往是错的。

　　饥饿根本没错。

　　饥饿将我们塑造成了一种智慧，只是我们还不知道罢了。

　　我从没像我姐那样患上饮食失调。我几近溺亡的经历使我被迫得出了一种认知：通过否认自身的饥饿来获得力量是一种彻头彻尾的幻觉。

　　由于我再次开始进食，我的焦虑和惊恐也就再次回潮，那些都是我想压制的记忆的化身。我任由未经处理的往昔恐惧瞬间猛烈地穿过我的身体。代表我们的许多事情出现的时候都被铁丝网紧紧裹住。如今，我已懂得如何拿取蜇刺，获得好处。

"可你现在已经不错了。"我妈会这么对我说。我和她说了恐惧造访的体验，她很生气："你有房子、收入、吃的，你活下来了，有这么多东西，为什么还感到恐惧呢？"

你究竟该如何说服决定感受恐惧的身体？恐惧曾经教会身体如何生存。教导会留下回响。

"是鬼魂，妈。"我想让她理解的时候就会这么对她说。

"你理解不了。"我不想让她明白的时候会这么对她说。

"有幸存，也会有幸存之幸存。"这话我一直没说，但始终都在这么想。

我妈说她无法祛除我惊恐发作的症状。有的鬼魂需要面对，我必须面对它们。她会通过电话给我的水祈祷，这样我就能知道鬼魂想要什么。我妈说鬼魂有自己的语言，也能发声，得靠我自己去听。

2011年是我姐症状达到顶峰的那一年，也是我半夜惊恐发作愈益频繁的一年。

白天，我会尽力将惊恐发作置于控制之下，但每周两次，一到晚上，我就会从鬼魂变身恢复活力的躯体。我会尽力让自己成为善于聆听的听众。我根本不知道夜间失忆究竟会何时出现。当我坐在床上，认不出四周的环境时，我就会感受到恐惧，这时我就很紧张。

我知道我会扫视房间，感觉到丰盈的空洞感、孤立感、透明感。我是个鬼魂。可一旦我观察到自己有一具身躯，我就会一如既往地发生记忆错误——得出结论，认为我和自己的兄弟睡了觉，我的身体是一座监狱。然后，我就会体验到无边无垠的绝望，好似在我床垫上坐的地方形成了一座火山口。

我妈对鬼懂得很多。"没有自知之明的鬼最差劲，"她说，"它们困在过去的某一个时刻，会永远地重复经历那一切。"

"那怎么才能摆脱那种类型的鬼呢？"我问。想着夜间的惊恐发作和失忆症。

"你知道的，"我妈说完，就沉默下来，"那些活儿我都不接的。"

"为什么？"

"鬼渴求饥饿。这种类型的困在某一刻的鬼会产生无穷无尽的饥饿。它们会乐此不疲地绕着圈走，总是追求根本得不到的东西。你必须打破它们的现实，让它们不一而再，再而三地上演重复的场景。这会耗费大量时间。不值这个钱。"

我在思考我妈曾经说我的话，她说我宁愿死，都不愿求助。没错，要她治疗会简单得多。而我尽提些难以理喻的问题，从她的话中搜寻治疗自己的方法。

也许我太执着于白板一块的记忆，可我寻寻觅觅，却发现我只是一个遗忘了自身负担的人，而非空洞的现象，这体验便不可避免地变成了一场噩梦。如果我想打破反复出现的失忆症循环，我就应该练习这样的想法，即成为白板要好过堆积。我必须对缴械投降进行操练。

在芝加哥发生的事故中，有许多事情改变了我的内心，虽然我一心想要比记忆在我内心激发的恐惧活得更长，但其中许多事情却被悄无声息地漏过了。起先，我并未注意到我进了只有一处出口的商店，沿着过道走的时候，根本无法找到出去的路。要过一会儿，我才恍然大悟，是我的记忆出现了差错，不记得杂货店在哪儿了，虽然我总去那儿，就在一个街区外。后来，有一天，我驾驶朋友的车，他让我沿着街区绕，我转了一次方向，就不清楚接下来该往哪儿转了。从一地到另一地，若要盯着地图看，我就得坐下来，身上冒着汗，却根本无法理解地图上的信息。

2011 年，我知道神经系统的状况是大脑受损所致，它还有个名字，叫作*地形定向障碍*，这就意味着我的大脑再也无法制作地图。这和我们平常所说的方向感的好坏不同，这个概念指的是大脑制作认知性地图范围的难易程度。大多数人一旦去过某个空间一次、两次、二十次，就能在头脑中形成地图，可患有地形定向障碍的人，地图完全无法生成。出现这种状况意味着我会永久迷失方向。即便我在家看书，一动不动，如果我反观内心，如果我低头看自己的手，看饮料里的冰块，我就会迷失方向。我望着窗外看过无数遍的景象，却期望那儿有一条不一样的马路。

之前，我会花大量时间重构过往。我离开家，交给自己一项如何返回的任务。好几个小时，我会盯着手机上的地图和那个代表我身体的圆圈。我就在旧金山我家公寓往南六个街区、往东两个街区的地方。理智上，我能理解屏幕上空间的布局，也会计算隔了几个街区，能理解必须走哪条路线。可我抬起头的那一刻，却无法分辨何去何从。我一边向前走，一边注视着那个点朝着屏幕左侧移动。

"好了，所以……"

那小点继续往前移动。

"好了，所以……"

设法将手机上的空间信息送入大脑，这样我就能将它应用到周围的地形上，就像沙子从指缝间流走。我觉得头晕目眩，弯下腰，生怕自己会呕吐。我打开手机的声控导航，跟随着会在适当时刻给出的简单指示行进，终于回到了家。

2011 年，我欣然将空间视为变幻莫测的大海，街道总会莫名其妙地沉没和重现，我再三思考着导航对我来说究竟意味着什么。

导航只是一种能力，能将自我确定于某个有意义的准星上。因此，任何东西都能成为有意义的准星。我就学着用语言给自己设定常规路线。

当我准备去图书馆时，我会走出楼门，看看站在门前的台阶上，是否能在马路两头找到肉眼可见的遮阳棚和遮檐，最后想到"奇特"这个词，我就向那里走去。沿途，我会在关键的十字路口选择其他词语，面包屑一样引我左转、右转，或直行。形成地图领我前往图书馆的语句是*"奇特庙宇美国战场"*。如果是去杂货店，语句就是*"除了经度没有警告"*。于我而言，世界仍旧是动荡的、未经发现的、桀骜不驯的。世界有一片小小的荒野，我生活于地图政治学之外，有了地图政治学，世界就能得到领会。

可若是面对惊恐和半夜的失忆，我又能打开什么样的空间呢？我必须安下家园，心怀悲苦。缴械投降意味着对塑造我们的东西，我们所处的诸多层级给出回应。许多事无须克服，只需活得时间更长，然后与之共存。

"想要摆脱循环，你就要用语言来外化它，"我妈说，"你就讲个故事吧。"我也需要一个新的故事。

2011 年，病情本就会有反复，希梅纳先是好转，继而恶化。她本来不再住院，后又再次进了住院部。每一样东西都取决于她是否诚实，她是否有能力告诉我们她在吃还是没吃，她在吃饭这件事上是否撒了谎。我妈怀疑自己是否有能力治愈她，希梅纳并不配合。

"如果她死了……"我们对彼此说，但没说下去。

那年十二月，我们在明尼苏达度假，吃的东西和希梅纳一样，以免刺激她进入禁食状态。我们严格遵守她的营养师和心理学家给她制定的饮食标准。我们娘俩一直都觉得堵得慌，但没有多说什么。每餐都有甜品，远多于平常。

也许就在我们当天吃了第二块巧克力蛋糕之后，希梅纳说："我想要个孩子。"

我记得我冲了过去，搂着她，我们还举起酒杯，庆祝她为自己的生活又踏出了一步。我的幸福持续了一小时，才意识到如果希梅纳怀了孕，她就会亲眼看到自己的肚子大起来。要是她的畸形恐惧症恶化怎么办？如果没有，她又会开始饿肚子，连带孩子也会挨饿。我当时没有说出这样的担忧，直到晚上，我才和我妈说。我妈对我又气又不耐烦，她说："注意，这是新的故事。"

我爸和我都得工作，所以我们就回了各自的房间。我们一直都在给我妈的签证申请延期，我们需要有人照顾希梅纳。我妈和希梅纳住一起，但相处得并不好。我妈每天给我打电话，说她如何改进祈祷词，我爸失去工作，变得抑郁之后，她也曾如此对待我爸。她为希梅纳备水喝，来驱除幻觉，然后再驱除所谓的饮食失调鬼魂。希梅纳费了很大的劲才做到遵循饮食规划。我妈一直都在想办法让她不知不觉地喝下驱魔水，但希梅纳总是能看出来。她们都会给我打电话，抱怨彼此。

"你就用这水浇植物。"我对希梅纳说。

"你就把这水喂狗喝。"我对我妈说。

几天后，希梅纳打来电话，吓坏了："我不知道怎么解释这事，就像……我的狗身上有影子出来。"

我很平静，琢磨着她说的话，但希梅纳还在继续说："就像……我的狗身上有黑色的影子出来，然后狗就叫了，就像它也体会到有影子从它的身体里出来，现在狗就藏在箱子里。"

"所以……"

"我觉得这也太怪了吧。"

"所以……呃……那行。是我告诉妈，让她给狗喝驱魔水。"

希梅纳叹了口气："你为什么要那么做？"

"我不知道。"我刮擦着裤子上不存在的污渍，"我一向都夹在当中。"

我们担心等我妈的签证到期，就会出事。我们已经竭尽所能。希梅纳必须选择活下去。

当我们得知她怀孕的消息后，都哭了。我爸妈都回了墨西哥城，我还在加州。我们幸福了四个月，然后又是一个电话。医生做了超声检查，没测到心跳。我负责把这事告诉爸妈，但我妈在电话那头嘲笑我："孩子没事。"

"不，妈，你不明白。"然后，我就像个傻瓜似的给我妈解释什么叫超声检查，就好像她怀我们的时候没接受过超声检查似的。

"我不管医生说什么。"我妈再三重复，"孩子没事。"

希梅纳选择去医院，医院可以从她体内吸出死亡的细胞组织，或者等她自己排出。我们打电话谈起了手术的好处，等待的好处。我们刚挂下电话，希梅纳又打来了，哭着说："妈都疯魔成什么样了？孩子死了，她难道不知道听她说孩子没事，我有多痛吗？"

"对不起，真的对不起，"我说，然后我又给我妈打去电话，"你千万不能再对希梅纳说你觉得她的孩子活得好好的。"

"是这样啊！"她反驳道。

"好吧，但别再对她说了！"

当然，我妈是不会听我的。和之前的许多次一样，我发现，一旦她打定了主意，我就绝对没有办法让她按我希望的去做。我对我妈无论说什么话，都没效果："要是你错了呢？要是你让她旧病复发了呢？饶了她吧，她刚失去了孩子。"我也恳求希梅纳："千万别接她的电话。求你了，把她的号码拉黑。"

我妈继续给希梅纳打电话，提醒她别做手术，说如果她真那么做了，就会杀了孩子，医生确定孩子死了，但妈知道孩子还活着。希梅纳还是会接电话。结果，我就只能每时每刻坐在电话旁，做最坏的打算。最后，希梅纳决定等待，但不是因为我妈。她只是做不到自己穿好衣服，开车去医院。我吁了口气，然后就睡了很久。我经常会问希梅纳情况如何，可一天天过去了，希梅纳并没有像医生所说的那样出血。

预约检查之后，她打来电话："看来……孩子还活着。"

"什么？"我记得我正在烧开水泡茶喝，于是立马关上炉子，往厨房地板的黑色瓷砖上一坐。

"孩子还活着，她又说了一遍。"

"等等，你的意思是妈说得没错？"

"理论上是，她说对了一半，"希梅纳说，"他们认为是双胞胎，其中一个死了，另一个活着。"

"所以……你肚子里的孩子有个幽灵兄弟？"

"更糟。活着的胎儿消化吸收了死胎。"

"啊，太离谱了。"

"是啊，"希梅纳说，从她的嗓音听得出她喜出望外，我能听见她发动汽车的声音，"生活真是太诡异了。"

　　希梅纳从医院停车场驶出时，兴奋地对我说，她的孩子有罂粟籽、胡椒粒、石榴籽那么大，很快就会变成桃子、芒果，最后变成西瓜，我记得希梅纳向来都是如此，怪异可吓不倒她。

　　我一直都以为希梅纳亲眼看到自己身体的变化，会难以接受，但如果真是这样，她也没表现出来。相反，她对自己的身体给予了新的尊重，总是惊奇地对我说，她吃下食物，身体就会变成骨头、奶水和细胞组织。

　　"看见没？"每次希梅纳有所恢复，我妈就会一直这么问我，让人有点恼火，"我就告诉你她需要一个新的故事。"

　　对于重要的事情，我信医生，不信她，这一点，我妈无法原谅："我不知道这家里为什么每一个人都怀疑我，这么多事不都应验了？你们还需要什么证据？"

20
记忆

所有的故事都会以记忆作为开端和结尾。个人记忆始于头盖骨砸在人行道的石头上。文化记忆受到压抑，再次穿起天主教这外来的衣裳。祖先记忆数世纪以来都在躲藏着占据大位的权力，悄悄地变成新的东西，变成分叉之物。

失忆的功能就是生存。

西班牙人将残忍入侵和对大陆及其人民的夺取称为征服。大屠杀的后果就是，许多梅斯蒂索人都专注于变白，使自身消失。而在其他人那里，记忆是富有韧性的。藏身于隐秘之下，经历一代又一代的战争，抵御时间的侵蚀，我们终于将自身的故事和医学知识传递了下去，而这就是我们自身的地图，表明我们是谁，来自何方。我们喜欢的那些故事使我们在面对同化和抹杀的压力时，变得难以征服。

当我们娘俩出了事故，丧失记忆的时候，失忆的功能就是模仿。通过失去过往，看着其重新组合，我们便发现了一种属于彼此、属于我们自己、属于宏大故事的方式。在我家，宿命就是一种选择的力量，有些人获得了，有些人没有，故事似乎会一遍又一遍地穿越一代又一代人，只在某些特定之处才会分道扬镳。外公死去那晚，外婆梦见外公和自己做爱，她醒来后，看见床单上有几坨泥土。我爸让我妈的分身吻他的那天早上，他发现就像在吻空气。井底的井壁一片漆黑，我妈躺在那儿，毫无意识。我要重做黑色礼服的下摆时，陷入了遗忘。

希梅纳和我都已学到忘却是得以存在的路径。我们被以这种方式设计制造，实在过于沉重而背负不了的就予以放弃。但身体就是文献，它保留着自身的记忆。我们是由时间周而复始的循环制成。

比如，我在街上走来走去，会觉得恐惧，咬紧牙关，缩紧阴道，据说这在遭受过攻击的女性中间很常见。身体制造自身的联想。

失忆的好处就是困惑。发生事故之后，尚处于记忆丧失的悲痛之中，我成了一个身上没发生过任何事的人。我就是始终通往开端的进程。我属于那永恒的一秒钟，而那永恒的一秒钟则是一种不可知的深层喜悦。

记忆的好处就是怒火，使我得以分析自己由何而造。事物传递于我，便使我进入了战场。我们的土著性遭到嘲笑，我们被白人同化得到赞扬。当我获知有关自身的种种片段时，梦想大海分开，露出河床，当我爬下曾是岩浆的清冷坚硬的土丘，双手抚摸着岩石黑色的褶皱时，我知道，这就是第二次变形的机会。

保守秘密之间有区别，不允许我说的，我永远不会说，*让生命成为秘密*。我们不应活成两半。

记忆易折易弯的质地自有其用处。它能为鬼魂留下呼吸的空间。

我们娘俩索要自己的记忆，正如我们索要饥饿，索要鬼魂。

仍然如此。如果足够诚实，我们就必须承认当我们在彼而非在此的时候，当我们更如鬼魂，而非血肉的时候，我们最喜欢自己的生命。

我们娘俩时不时就会互打电话，问："记不记得忘却一切是怎样一种感觉？"

"记得，"我们会情意绵绵地说，"记得。"

21
记录

᭦

有些故事重新返回，就像鬼魂只讲了一半的故事。我们娘俩从库库塔飞往布卡拉曼加挖掘外公之前，先去了趟奥卡尼亚。我告诉我妈去那儿会很关键，我能挖掘谱系方面的记录，采集各种事实。她听到"事实"这个词就翻起了白眼，我们坐在我妈的表兄、卡门姨姥姥的儿子何塞的车里，我妈曾请何塞帮忙，我们这才来了奥卡尼亚。她指着我说："你们能相信这姑娘去奥卡尼亚就是为了寻找事实吗？去的是奥卡尼亚啊！还是像我们这样的家族！我们的故事品质这么高吗？"

何塞胸宽肤深，凑近后视镜，龇牙咧嘴地瞅着我们斗嘴，舌头轻轻地触碰着牙背："还真别说。"

座椅是压花绒的黄色面料，车窗也开着。毛茸茸的白色骰子就挂在后视镜上，衬着雾蒙蒙的群山前景不停翻滚，我们一大早就行驶在山区里了。我说事实让故事变得有血有肉，但我妈打断了我："你记不记得那个头盖骨？就是牙医给外公调节氛围的那个？"

我抿着嘴，迸出了一声短促的笑声。我不明白她为什么要在这个时刻提到头盖骨，便问："怎么了？"

"告诉她，何塞，那头盖骨当时就在这车里，就在这儿，我们坐的地方。"

——

那头盖骨在为外公守灵的时候消失不见了，但在阿利耶尔舅舅去世后又再次出现。玛利亚娜发现头盖骨就在她已故丈夫的巫医诊所里，在柜子边的地板上，想必是他在去世之前不久整理诊疗室的时候，把它放在了那儿。玛利亚娜用白色床单把头盖骨包好，就离开了家，坐了四小时的巴士去了奥卡尼亚，头盖骨就搁在她的膝盖上。她想摆脱我们家族无尽的戏剧化事件，摆脱我们的头盖骨，我们这些巫医，还有那些秘密和天赋，既然阿利耶尔已经死了，那就更得这样了。

玛利亚娜来到十字架国王山，卡门姨姥姥将她迎进了厨房。家里人都在那里吃早饭，给她端来咖啡，搬来椅子，问她昨天晚上是否睡得好，仿佛玛利亚娜就住在街角，经常会过来走走似的。玛利亚娜既没坐下，也没喝咖啡，而是把白色的包裹放在桌子中央。她掀开床单的四个角，任其盖住大家正准备享用的盛着玉米饼的餐盘、水果、奶酪碗和咖啡杯。玛利亚娜话音刚落，头盖骨就露了出来。"这就是卢西亚诺老爹。"卡门姨姥姥往墙上靠去。

外公去世后，阿利耶尔舅舅就把头盖骨偷了去。显然，舅舅一直觉得外公祭坛上的头盖骨是外曾外祖父的，家里人都称外曾外祖父为卢西亚诺老爹。很明显，是外公自己传开这个谣言的。没人知道为什么，也许这样就有机会在死后导演一部莎士比亚戏剧，从坟墓里给舅舅和外婆添点乱子。

　　首先，卢西亚诺老爹不是巫医，甚至都没有超自然方面的信仰，他是卖鞋的，卖的都是自己用收来的汽车轮胎精心制作的鞋子。不过，阿利耶尔舅舅曾对玛利亚娜透露，说头盖骨是卢西亚诺老爹的，那才是外公法力的真正源泉，他一旦收藏，也会拥有外公的法力。他也造了个和外公诊疗室一模一样的祭坛。但和外公不一样的是，面对客人提出的问题，他会急切地向头盖骨询问答案。

　　玛利亚娜在卡门姨姥姥家，将头盖骨放在桌上，何塞一动不动，凝视着头盖骨空洞的双眼。玛利亚娜说外公和舅舅都用卢西亚诺老爹的头盖骨当作连通亡者世界的桥梁，既然他们都已离世，头盖骨又一直折磨着她，让她一刻都睡不好，她也就无法忍受头盖骨的在场了。说完这话，她就离开了。

　　卡门姨姥姥将头盖骨放在厨房的角落里，开始念诵长长的玫瑰经，并送话给外婆，问她想如何处理她父亲的头盖骨，头盖骨现在被还回来了。外婆勃然大怒，她知道外公这人无情，可他竟残忍到连她父亲的头盖骨都偷？外公已经死了，他又怎么能再伤害到她？她给我们家打来电话，在电话答录机上留下了一则怒气冲冲的留言，她父亲的头盖骨出现在了奥卡尼亚，只有头盖骨，骨架什么的都没有，那我妈究竟是怎么知道这种大不敬的事情的呢？

后来我妈了解到外公对阿利耶尔舅舅说的话，歇斯底里地狂笑了半小时。她不得不去另一间房间，这样我们才听不见她给卡门姨姥姥打电话时的笑声，姨姥姥正在天井里撬地砖，想把头盖骨葬在里面，我妈让他们赶紧停下。头盖骨不是卢西亚诺老爹的，是某个不知名的人的，是许多年前，牙医为了营造氛围，赠送给外公的。

很快，原本在卡门姨姥姥家看着头盖骨时的悔恨、心碎、恐惧，此时都变成了一心一意只想把它摆脱了事的愿望。何塞的父亲吉耶想了各种各样的场景，他去墓地，向守墓人解释，头盖骨是一个先祖的，之前在帮助家族里的巫医，现在他们都已离世，他就准备让神圣的头盖骨入土为安，可所有的场景最后都是以守墓人怀疑他杀了人，喊来警察结束。

于是，到了深夜，吉耶和何塞跳进何塞的出租车里。头盖骨就用玛利亚娜带来的白色床单裹住，孤单单地安坐于后座上。何塞和吉耶也都担心被当局发现私藏头盖骨，可他们也怕冒犯头盖骨所属的那个陌生人，怕那人不放过他们。因此，即便显得可疑，他们还是慢慢地绕着墓地开了好几圈，想找出偷偷溜进去的好方法。

"我们就把头盖骨放在大门边吧。"何塞提议。

"你疯了吗？你想一辈子都被他缠上吗？"

他们瞥了眼头盖骨，那个后座上的白色包裹。

吉耶悄悄把计划说给了何塞听，他们可以把头盖骨扔进墓地的围墙内。"如果我念主祷文的时候，尽可能精准地扔进去，它就会落在圣地上，我打赌他就不会缠着我们了。"

何塞和吉耶轮流下了汽车，吟诵主祷文，但就在他们准备扔头盖骨的时候，却听见有人走近。他俩像逃犯一样，连忙钻进出租车，疾驰而去。他们在墓地外绕着圈，一直绕到半夜两点。吉耶这时候壮起了胆。他脚往地上一跺，飞快地念诵起了主祷文，扔出头盖骨，跳回后座，吼道："快走，快走，快走！"照他的说法，那时候头盖骨应该还没落到地上吧。

早上，何塞家人收拾停当，准备去墓地。如果被问起来，就说他们是来向离世的亲人致敬的。到了墓地后，他们就在坟墓之间转来转去，寻找头盖骨。

结果，他们撞见了守墓人。

"你好！"

他们问守墓人身体如何，家人是否住在附近，是否来自奥卡尼亚，还问他是怎么得到守墓人这份工作的。等到无话可说的时候，卡门姨姥姥就说想知道墓地最近是否有怪事发生。

"还真有搞笑的事。"

守墓人告诉他们，人们向来都会把骨头落在这儿，谁知道是什么原因，昨晚就发生了这样的事。他指着墓地墙上雕出的小拱门，那地方堆了随意丢弃的骨骸："我把它们放在角落里，让它们安息，还念了祷文。还能怎么办？"

"还真别说。"卡门姨姥姥陷入了沉思。她面无表情，只因即便在远处，她也能以令人胆寒的、洞悉一切的神态，分辨出哪一个是曾经短暂为他们所有的头盖骨。

卡门姨姥姥让大家放心，没人会在头盖骨上排摸指纹，他们不会遭到当局的质询，问其来源。随后，她和家人便去了家族墓穴，以此来安抚外婆的心灵。细铁丝网后放了一排小骨灰瓮，骨灰瓮都放在墓穴的顶部，一切都未曾扰动。

我们坐在何塞的出租车里对头盖骨这件事笑了好几小时。然后，当我们离奥卡尼亚越来越近的时候，我们的记忆告诉我们要开始害怕了。这是一种非常哥伦比亚的感觉——上一秒还在笑死亡，下一秒就怕得要命。何塞告诉我们，我们现在必须穿越游击队的领地了。奥卡尼亚就坐落在哥伦比亚东北部生产毒品的最佳区域：卡塔通博。那地方土地相当肥沃。游击队、准军事组织、新成立的准军事组织以及军队都在为该区域的控制权打来打去。FARC 那时候还没遣散，和政府达成协议以换取和平也是几年以后的事了。但我妈的直觉告诉她那儿很安全。我的直觉就是无所谓，我想踏足我们的土地。我们静静地开着车，来到一个农场摊位前，摊位上堆满了亮闪闪的橘子。我们问摊主当地的局势如何，卖农产品的女人告诉我们，他们最近听说，FARC 已拔营而去，去山上了，我们开车过去应该没问题。

接下来的行程什么都没发生，景色绝美，然后我们就看到了他们。站在路边，一堆篝火正在他们脚边冒着烟，这三个人都穿着迷彩服，戴着 FARC 的袖标，机关枪就靠在一棵树旁。他们背对着我们，互相拥抱，其中一人还指着天空。他们想必正在欣赏刺破浓雾的阳光，那阳光让树梢光彩熠熠，我们几乎同时看见此番美景。何塞加速而去。

我们并不害怕FARC本身，而是那一个个人。我们都知道，也都经历过，听说过发生的事情，那些人无聊、阴沉，看见不合自己心意的事，就会惩罚别人。

到了奥卡尼亚之后，我给大家找了家便宜的汽车旅馆住。我妈和我同住一间房。之后，何塞驾车送我们去了村子，看看自从我十三岁那次来过以后，村子有什么变化。我不太记得清村子了，所以一切似乎都是新的。空气温暖潮湿，我的衣服都粘在了身上，地平线满目都是枯树、陶土色的瓷砖，以及金属屋顶，不时可以见到推着装满新鲜水果推车的小贩。

我们到了奥卡尼亚，暴力的回响如影随形。有个女人跟我说了她漂亮女儿的遭遇，她女儿穿过村子广场的时候，遭到了言语骚扰，她女儿回骂了几句，被骂的男人和另外四个男人就围住了她女儿，结果发现这些人全都是准军事组织的人。她认定女儿遭到了强暴，但她只能确定他们把她女儿的尸体扔到了湿漉漉的路基上，再往她身上浇上冰冷的水泥。这些事都是女人额外告诉我的，因为我当时正在问她觉得哪儿可以买到市内地图。我们在市立档案馆的等候室里。我会收藏地图，我喜欢盯着地图看，主要是因为我无法解密地图的加密信息。女人告诉我，她仍然想要弄明白尸体被扔在了哪里，她想挖出尸体，然后她想起了我为什么一直站在她面前，就说："我不知道哪儿可以买到地图，也许书店会有，可我还在想方设法寻找我女儿尸体的信息，这样我就能带她回来了。"

"有人帮你吗？"我问。

"有个记者在帮我，"她说着拉开抽屉，又关了回去，"他在和监狱里的准军事组织成员沟通。他们说不定看见了，说不定还参与了。"

我握了握她的手，然后就松开了。每个人都失去了太多，正义总是遥不可及。

政府大楼的部分建筑就是市立档案馆所的在地，那地方以前被用作监狱。那是西班牙传教团的楼房，有方形窗户和阳台，一座塔楼，房顶铺了瓦片。如今，市长办公室在二楼，一楼用于处理公共服务事项。我去那儿是找档案馆员，去档案室要经过内院、棕榈树和修整过的草坪，一直到走廊尽头，不太容易找到。四名档案馆员在房间的四角设有办公桌，全都面向中央。我站在正中，和他们说话时得不停地转来转去，像是在和各个方向打招呼："我在找西班牙宗教裁判所受害者的名录。"我觉得我和任何一位受害者均未沾亲带故，当然我也并不知道是否的确如此，我只是想找出这座城市做了什么，又在对付谁。

房间里有一股微风，我找不出微风源自何处。档案馆员没有回答我的问题，只是告诉我说我在发抖，因为我们所待的这间屋子在闹鬼。

前段时间，他们听到天花板传来了脚步声。有好几次，他们走出房间，看是否有人在屋顶上，但那儿没人。后来，他们拿了把榔头爬上屋顶，在灰泥上钻了个洞，发现了一个封闭的壁龛，里面都是灰尘和该城以前的居民身份证，应该就是这个吸引了鬼魂。我仰头望去："身份证还在那上面吗？"

　　我左侧的档案馆员来了劲："不在了。"他从自己的包里抽出一本画了横线的笔记本，"我把它们都卖了。"他扇动着本子，我看见一个整齐的网格里粘了一张深褐色的身份证相片，是他撕下来的。他在每一张相片底下都会写上此人的名字和出生日期。我不清楚他为什么要费这老大劲，但我很想看看照片。

　　"这些照片难道不应该放在城市的档案里吗？"我问道。觉得很有意思。

　　"这些都是沾了鬼气的黑市物品，亲爱的。大家向来都会寻找死去的亲人，有时候他们也会来这儿。"我假笑了下，拿起笔记本翻阅着。然后，我就僵住了，没想到竟然遇到了一张熟悉的照片，是外公的岳父卢西亚诺老爹的。几天前，我们前来奥卡尼亚的途中，他的名字好几个小时一直挂在我们的嘴上。档案馆员从椅子上起身，绕到我身边，从背后看着。

　　"那张是你家的？"

　　我笑了，点了点头。

　　"那就五千比索。"

　　我取出钱，看着档案馆员小心翼翼地撕下粘住相片的胶带，递给了我，毫无损坏。当我把卢西亚诺老爹塞入一本我刚买的讲奥卡尼亚历史的书里时，那个市立档案馆员又坐了回去，对我说他听人说过，*确实有一份宗教裁判所的受害者名录*，一份盖了章、签了名的文件，但市里把它埋在了水泥地基底下，上面立了一尊十字架国王山上的基督像。

他往后一靠，说十字架国王山的基督像之所以被抬到山上，也是因为一开始出了闹鬼的事。"山里的人死去，得不到正义。从那地方走过的人都会汗毛倒竖，听见窃窃私语，看见异象。所以，市里想给鬼魂体面的落葬，还请来了神父，什么都有。"我又凝视着天花板，心想封闭的壁龛背后是否也是同样的逻辑，还是只是有人忘了在上面放过东西。

我想和市立档案馆员一样去相信有那份名录，我们可以把它挖出来，了解和念出上面的名字。但后来，我发现殖民时期在山上处刑超出了法律许可的范围，所以不会存在于任何一份档案里。我们所拥有的只是口头历史而已。

"也许不仅仅是闹鬼，"我说，"也许市里想要把不合时宜的历史埋葬起来。"

四名档案馆员也都赞同这个说法。

去完市政厅之后，何塞开车十分钟，带我们上了山，去了十字架国王山，开到车不能行进的地方，我们就步行上山。走了五分钟后，基督像出现在了街区广场的正中央，耶稣敞着怀抱。边上有一座小教堂，阳台锁了门，从那儿可以看到山下。我向来时的方向回望，安第斯山隆起于地平线上。蓝灰色的遥远群山升起于一片丛林

出现在黑市上的卢西亚诺老
爹的相片。
旧金山，2021 年

十字架国王山的雕像，根
据我们的口述史，这儿就是
殖民时期的处刑之地。
奥卡尼亚，2012 年

华盖之上，稍近处，所谓的奥卡尼亚市中心的一簇簇泥坏楼房被围在了野生的绿意之中。日落时分，外公和家里人会去广场上散步，和邻居见个面，收取巫婆的邮件，我们刚去过的市政厅也在那儿。

我妈小时候，会从家里出发，徒步登上十字架国王山的峰顶。她喜欢在所谓的鬼魂出没之地的草丛上打盹儿，因为那儿没人打扰她，不过鬼魂也确实会时不时拽拽她的头发。

我妈坐下来和何塞说话的时候，我去见了几个当地人，年轻人站在那里享受阳光，我问他们是否知道处刑的故事。他们耸了耸肩："也就爷爷奶奶说的那些。那儿有人被吊死、烧死，你可以一连好几天闻到烧焦尸体的气味，所以那儿才会闹鬼。"

其他人都对我、我城里人的口音，还有我在他们那儿干什么感到好奇。我提到了我的外公，一个老头突然微微一笑："我可以从你的眼睛里看到他。"他叫来另外几个人，突然之间我就被老爷爷老奶奶围住了，他们盯着我的眼睛看，彼此争论着我脸上究竟哪儿和外公像。我被温和友善所包围，我想办法尽量不在他们面前哭，但还是没忍住。我抹了抹脸，说我住得很远，没回来已经有些年头了。一个老奶奶揉着我的后背，另一个轻声说："欢迎。"我妈过来看我为什么被围了起来，很快，老爷爷老奶奶的注意力就转到了她的身上，像对我那样，细细打量着她的脸。于是，我就溜开了，绕着基督像，一直走到闹鬼的地方和那些消失之人的鬼魂跟前。

22
自燃之书

✦

　　在奥卡尼亚，我妈和我走在蜿蜒、肮脏的下山路上，追踪着她以前在十字架国王山的游历之所。我妈细细琢磨着沿路跃动的植物。"这些治神经好，"她说的是野生的黄色芸香花，"叶片可以当护身符。"我嗅着芸香花的橘子气息，这时，我妈指着陡崖上棕榈叶苫顶、砌了泥坯墙的房子，对我说那是外公造的。

　　"外公还造房子？"在我家，震惊是常有的事。

　　一次，外公在广场上社交的时候，有人把他介绍给了市长，市长顺便提了提，说他想在十字架国王山造一栋新房子。外公回答道："太巧了，我正好是个建筑师！"外公以前耗费了很大精力给自己造了栋房子，但和祖辈一样，造的都是土著的棚屋。他也不是完全撒谎，但不管怎么说，也是撒谎。他花钱弄了份假文凭，又雇了个真建筑师画草图。由于外公不会读写，而这些草图又要装在马尼拉信封里寄给市长，所以我妈就给两边当起了校对。没几天，外公就开始接近那些需要房子的人，轻声吐露，说造房子这种事雇员工是常有的事，不过他也能帮他们造，市里的财政会给他们和他发工资。

他还说今后的买家能够以他们付得起的价格买这些房子。外公造的许多房子至今还在。我发现那些房子很漂亮，进入内部后，你抬头望去，就会感觉置身于森林之中。

我们往山下走了四分之一的路程，我妈说我们就在那口井的附近，就是她掉下去的那口井。她指着一栋上盖干棕榈叶的黄色泥坯房，说那是尼尔的房子。

"哪个尼尔？"

"是你尼尔舅舅，"我妈澄清道，"你尼尔外叔公的儿子。尼尔外叔公是外公的弟弟，下葬那天，让躺在棺材里的外公的双手放松下来的就是他。"

"哦！也是那个得了幽灵淘金热，听见非实体的硬币到处掉的那个吗？"

我赶忙追上我妈，她已经走到那栋房子门口，还敲了敲门："就是他！"

尼尔舅舅一打开门，就倒吸了一口气："哇！"

除了卡门姨姥姥和何塞，我们没告诉任何人我们会来，我们发现尼尔舅舅一会儿看着我妈，一会儿看着我，他的眼睛在我们脸上转来转去。和我们在奥卡尼亚的亲戚一样，他也说我和我妈年轻时很像。"你想怎么办，扫描一下吗？"

"她这个复制品更好，"我妈回道，"更聪明，更漂亮，她的许多品质，我根本没有。"

我妈情绪不错，因为那天早上，我干了一件堪称模范的事情，

外公建造的其中一栋房子。

奥卡尼亚，2012 年

照顾到了她的需求，就是给她拿了咖啡（再加一些豆浆）、一盘水果和玉米饼。她暖暖和和、舒舒服服地待在床上的时候，我还问她做了什么梦。见我听得不专心，我妈就会对类似的话做出回应，百无聊赖地看着我："我不知道为什么会发生这样的事：你觉得自己生了个女儿，其实生下的只是一面镜子。"

尼尔舅舅家的天花板很高，空气凉爽。这是外公建造的。一面漂亮的薄帘后面有一张床。尼尔舅舅从各个角落搬出硬背椅子，把它们摆成三角形。我们落了座。他说他刚才一直在思考欧洲。他对我们说他去了巴黎，看了博物馆，去咖啡馆喝了咖啡。

"世界太大了，"这是他的结论，"可是又不够大，连个女人都忘不了。"

我笑了起来："这个女人对你干了啥事？"

尼尔舅舅举起双手："女人什么都不用做！不用！她们只要像寄生虫那样钻进你的脑袋，拒绝离开就行了。"他抱着胳膊，点了点头，以示强调，"没错，她们就是那么干的。"

我心想，尼尔舅舅是否就是那个喜欢寻找瓜卡的人，是否因为他父亲身上发生的事，才不再这么做。由于我并不知道这是不是个敏感话题，所以决定问他是否认识寻找瓜卡的人。

他往后一靠，显得很惊讶，双手捂着胸口，说："我，我就是。"

我竟然不知这事，这让他颇为不爽。他会定期去山里寻找发光的地面。他使用父亲的探测工具，那是一个三头尖的铁制挂坠。他从屋后某个地方取出挂坠，给我们看，我们看着它在水泥地上晃来

外公的弟弟尼尔外叔公用于
寻找闹鬼宝藏的探测工具。
奥卡尼亚，2012 年

晃去。以前，我从未见过探宝的工具，尼尔舅舅说这工具被赐过福，无论何地，只要藏着瓜卡，它就会被吸引至那个方向。遗憾的是，他从没找到过发光的地面。他一年到头都在找瓜卡，巴望鬼魂能赐予他宝藏。

这事我已知道，但说不定他还会透露我并不知情的东西，所以我就没打断尼尔舅舅，他说瓜卡会在圣周的时候显现，一年当中余下来的时间它们会有选择地显现给人看。尼尔舅舅说，如果鬼魂选你挖取宝藏，那它就不会停手，直到你最后真去挖了。许多人，包括他父亲，都会犯挖掘发光地面的错误，那只会触发宝藏的诅咒。为了避免受到诅咒，你就必须等鬼魂现形。鬼魂会很恐怖，也会很平静，比如吊在树上的男人，婚裙裙摆在丛林里拖地行走的女人。鬼魂在哪儿消失，就应该在哪儿挖洞。

如鬼魂不想放弃宝藏，而挖掘瓜卡的流程又未被遵守，就会闹鬼。挖掘宝藏还有其他秘密，流程可以使人安全挖掘瓜卡，但尼尔舅舅说我只能知道这些。

我确实还知道一件事情，便告诉他：寻宝队伍的人数应该是奇数，奇数很重要。尼尔舅舅笑了。

我坐在那儿也冲他微笑，他眼角和唇角的皱褶让我突然记起很久以前，我见过他父亲，也就是尼尔外叔公。

那年，我十二岁，卡门姨姥姥讲过一个故事，故事里的女孩要么是女孩，要么是鬼魂。外公那一脉的家人都遮遮掩掩，很难见到，所以当我妈听说尼尔外叔公在城里，就决定和他一起待一些时间。希梅纳受邀前去，但她对魔法之类的事毫无兴趣，宁愿与好玩的 Game Boy（游戏小子）游戏机相伴。

尼尔外叔公、我妈和我一起沿着十字架国王山蜿蜒的山路上山。外叔公很严肃，但说起话来轻声细语。尘土积聚在我的脚踝，染黄了我的袜子，但外叔公的白色亚麻裤却仍旧一尘不染。

我妈向他说了她做的梦，我也说了我做的梦。这是个不错的开场白，梦表明我们真实的生命状态。真希望能记住那时我做的梦。我知道尼尔外叔公听得很仔细。我说完后，他抬眼往山上望去，房子就坐落在那儿，隐入群山，好似突兀的壁龛，四周尽是葱绿棕榈树和蓝花楹树构成的片片绿洲。

我想问他是怎么做到让棺材里外公的双手放松下来的，但又觉得那样太唐突。当时，我并不知道他曾遭受鬼魂淘金热的折磨，就问他是否喜欢寻宝。

稍事沉默之后，他说："我很快就会离开这个世界。我能感受到我已时日无多。"

我很清楚我的问题很蠢。于是，我垂下目光，接着又抬眼看去。我妈点了点头："你准备好了？"

他的眼睛在阳光下转动着，看我妈的时候呈焦糖色，看我的时候呈蜜色。"我已身在彼世，而非此世。"

"你会在那边照料我的女儿吗？"

我们站在土路的中央。尼尔外叔公盯着我的眼睛，眼神中充满过分的呵护，我觉得很不舒服，但并未觉得不安全。我有关寻宝的问题应该是伤到了他，我并没觉得自己值得他的保护。他偏了偏脑袋。

我们四周灌木丛里的蚱蜢遍布空中，盘旋上升，发出刺耳的嗡嗡声。一阵微风在我们中间拂过。

他仰首望天，又看着我，微微一笑："我会的。"他冲着地面点了点头，"我会的。"

告辞后，我们便离开了尼尔舅舅的家，我妈和我继续徒步，这次是去曾经有井的地方。沿土路大约走五分钟，踅入一条穿越森林的小径，下斜的山坡土壤在我们脚下软软的，我时常会打滑。日头很高，我们冒着汗，走得很慢。小径两侧都是带刺的灌木，之后，我们便来到了一处林间空地。

"这儿就是以前有井的地方。"我妈说。

我在这一片土壤上走来走去，如今这儿都已覆上了稀稀拉拉的一层野草。"你确定？"

我妈点了点头。再过一小时，我们就会到卡门姨姥姥家，玉米饼和奶酪会等着我们。可此时，和我妈置身这片林间空地，却觉得时间好似无穷无尽，我蹲下来，手掌按着地面，想要感受我妈曾坠落其中的那隧道里的鬼魂，可发现一切都已改变。

接下来的几天，我被介绍给了许多以往来时未曾见过的家庭成员。一些是远亲，一些许多代以前和我们有亲属关系，如今理论上讲已不是家人。每个人都以某种方式在了解对方。尼尔舅舅这一脉有许多人，路易斯啊，阿丽西亚啊。外叔公们再把我介绍给他们的表兄弟和他们的朋友，还对我说着诸如"这位是曾姨姥姥阿丽西亚的侄子的儿子"之类的话。大多数人只消看看我的眉头和肉桂色的皮肤，就宣称我们血脉相通。

我沿着我妈这一脉的十字架国王山逛去，每经一个街区，就会受邀进入新的人家。正午时分，我已倦于了解家世谱系，可其他每个人似乎天生都能应对，彼此称呼叔叔阿姨，他们还给我一杯接一杯地满上热巧克力，端来咸奶酪，我都不好意思谢绝。有的姨妈对我说，我们很有可能是亲戚，这得看我认为非婚生子女是否算作亲戚，那些子女的子女是否可被算作亲戚。"我们当然是亲戚。"我说。一个姨妈看向一边，抹了抹眼睛，快速地冲我笑了笑："你会吃惊地发现，这儿有太多人就因为你爸的行为而拒绝和你说话。"

我就这样被领入一栋又一栋的房子里，最后去了姨妈阿尔巴家，她属于外公这一脉，和我们是远亲。就我所知，奥卡尼亚人最喜欢的三个主题就是不忠、私奔和鬼魂，阿尔巴姨妈中意的是鬼魂。她很小的时候，就遭到了一个西班牙殖民者鬼魂的纠缠。他出现的时候总是穿着同样的衣服，褶边衬衫，马裤，高筒靴。他用手指勾一勾，让她过去，而且总是站在同样的地方。阿尔巴姨妈经常从那地方的边上走过，那地方就在前往主干道土路的途中，每当她走过的时候，硬币掉落的声音就会在她耳畔回响。

奥卡尼亚这儿的所有土地都染上了鬼魂淘金热。

　　我们娘俩去餐馆的时候，一个和我们并没有关系的服务生告诉我们，他叔叔寻宝不成之后也听到了硬币声。他在自己家的土坯墙上凿了好些洞。一天，家里人醒来，发现夜间一头鹿穿过墙洞偷偷溜了进来，在热乎乎的炉子边上睡得很香甜。还有一天，他们发现一条大蟒蛇蜷曲在他们家客厅沙发中央的靠垫上。"我们得用绳子把我叔叔绑起来，"他对我们说，然后又说了一遍，"最后，我们不得不把他给绑起来。我们一点办法都没有。他疯了。"

　　听了这个故事后，阿尔巴姨妈丝毫不想和让她发疯的宝藏有什么关系。

　　"你觉得你也染上了淘金热吗？"我问。

　　阿尔巴姨妈就像没听见我的问题似的，给我说了另一个鬼魂：一个女人半夜尖叫。鬼魂的尖叫声透露出深深的恐惧，说明那女人处于危险之中。但鬼魂不应受助。

　　阿尔巴姨妈说："如果你听见她的声音，千万别开门。"

　　"为什么，会发生什么事？"我问。

　　"你也会死的。你会成为那个晚上尖叫的女人。"

　　我告诉我妈，说我打算从洗礼记录着手，寻找外公家人的家世谱系，她听后，当着我的面就笑了。她告诉我，首先，奥卡尼亚人根本不在意西方传入的保留记录的体系，这一点和波哥大不同。最好例证就是市立档案馆员在上班时间将历史以黑市价卖给了我，"而且还是在市政厅。"我妈强调道。她又说："其次，你觉得我们是

谁？你觉得我们在公共档案里会是哪种类型的
人？"

　　我妈告诉我，在奥卡尼亚，还有其他孔特雷
拉斯家，那都是白人家。我肯定能在档案里找到*他*

阿尔巴姨妈听见非实体硬币掉落声的地方。
奥卡尼亚，2012 年

//7。孔特雷拉斯这个名字在奥卡尼亚遍地都是。有的真和创建了村子的欧洲人有关系，但其他人姓这个姓，都是因为土著人的姓名传统和欧洲人的不符，受其所赐。外公的一个曾祖母嫁给了一个姓孔特雷拉斯的人，据我所知，那是真实的关系，这位曾祖母是个农妇，皮肤黑，又穷，孔特雷拉斯家从未将她视为家庭的一员，所以，她才会同亲人和自己的白人丈夫住到山里去。

姓孔特雷拉斯的白人拥有大房子，摆满了从西班牙运来的古董，还会开杂货铺子。他们有影集，好几代人以前的都有。我妈说他们那种人家会仔细保存家系、文件、证明其西班牙传承的报告。

我妈指出，相较之下，我们家这边就没法追溯了。我们没有家庭影集。我们的女性先祖都是在家生的孩子，所以也没有出生记录。也不存在人口普查文件，因为人口普查因内战而中止了。更不会有关于土地拥有的文件，因为我们一无所有。

我这人很固执，总觉得自己懂得比我妈多，所以我就去了奥卡尼亚市区的白色圣丽塔礼拜堂，在洗礼登记处花了大量时间，想要证明她错了。接受洗礼是文化上的要求，如此方能拥有良好的社会地位，我觉得可以从这个方面追溯家世。碰巧，圣丽塔礼拜堂曾是宗教裁判所的官方总部。对这段历史大家都所知不多，直到后来才发现一座地牢，里面有镣铐和人类的骨骸。

我早上第一件事就是把我妈留在附近的旅馆里，跟着手机的指示去礼拜堂，我每天都会在那儿的登记室找名字。洗礼登记室和砌了灰泥的挑高礼拜堂截然不同，这座小办公室又闷又热，里面都是人，应对社区需求的是一个女人（不是教士），大多业务是申请给孩子洗礼，要求提供洗礼记录的副本，以及办理结婚、死亡、离婚。我要在登记室查看的要求让那女人觉得奇怪，于是她就让我站到一边，别挡道。我花了许多个下午站在那儿，将身体重量从一只脚移到另一只脚，把柜台当桌子。

很容易就能找到包含我妈记录的档案，也很容易就能找到包含外公外婆记录的档案，但要找到她的祖父母和外祖父母就困难了，不过也不是不可能。可那时候在查我妈家世两脉的时候，只有一片空白。外婆这边，我找到了她父亲卢西亚诺老爹。卢西亚诺老爹是非婚生子，他用的是他母亲的姓，但这套体系是设计用来记录男性一脉的，没有父亲的名字，我也就无从回溯。查太姥姥的时候，也是无功而返。我每天都会去那儿，查询1870年、1860年、1850年、1840年起的档案，翻动灰扑扑的纸页，搜寻卢西亚诺老爹和太姥姥的父母的洗礼记录。但这样没用。外公的祖父母似已销声匿迹。我找不到任何档案。

不过，我找到了其他资料，如一张主管的教士写的便条，就放在1877年的登记簿内，字条解释了前一年的档案因爆发战争均已遗失，此后的许多洗礼也就无法记录在案。和当时及以后的许多哥伦比亚人一样，他也着手描述了一场接一场的冲突。

当时，教士对我站在柜台边呼吸档案的灰尘已经习惯，听见我惊呼这么多孩子竟然都被标为非婚生子。我盯着一页在看，那是一个男人的记录，十六个女人都怀了这个男人的孩子，他也把自己的姓给了这些孩子，但他并未视他们为婚生子。

教士在自己的黑色法袍上擦了擦手，从柜台上凑过来，告诉我"非婚生子"通常意为父亲是白人，已婚，有家庭，母亲是棕色人种或黑人。另外，这种父亲就是那种不负责任的蜂鸟男，他觉得这个男人就是。我点了点头，继续翻看了下去。他对我说，在他看来，如果我祖父是巫医世家的后裔，很有可能他们根本不会来村里受洗，也许这就是我找不到他们的原因。

我笑了笑，说他很可能说得没错，但我还是得查。

"不管怎么说，你应该戴口罩，"他说，"灰尘会让你生病。"

我谢了谢他。他刚从通往礼拜堂的小侧门消失不见，我就打开了一份黑色封皮的特别陈旧的档案。

我喘着气，欣赏着里面的字体。纸页已泛黄，但记录洗礼的墨渍仍为深黑色，页边的注释则是猩红色。标题为斜体，写了受洗者的名字，但字体极具装饰性，颇难辨读。

我欣赏着衬线字的曲线，胳膊在厚重的皮面档案里移动，装订的纸页和封皮绑定，所以厚厚一叠装订纸页就开始滑动。他们得重新缝线了，我心里一边想着，一边惊恐地注视着纸页，它们就像裂开的大地，瞬间跌入不对等的休止之中。我喘着气，马上就投入了行动，我想把档案放下来，碎裂的纸页便沿着我形成的角度一路下滑，纸页彼此层层阻碍，却又倾泻而下，碎成齑粉，翻滚，碎成齑粉，好似档案决定自燃一般。我吸了口气，捂住了嘴巴。档案已变成尘土，在空中盘旋，最终成了皮封面上的一堆灰尘。里面的所有名字都永远遗失了。

　　负责照管档案的女人慢悠悠地来到柜台边，从我手中拿过剩下的档案，对刚才发生的事情毫不在乎，也不感到惊讶。她把档案塞入本属于它的地方："都这么旧了，还能怎么办？"

　　我坐在外面的路沿上，哭了起来。我妈只能过来接我。

　　"只是一份档案而已。"她说。

　　我用衬衫袖口擦了擦鼻子。对我们一些人来说，我们的传承终将不可避免地成为虚无，战争、贫穷、暴力、档案的政治学终会抹去我们往昔可触可感的踪迹。我不知该如何解释，我以为自己捧着的这本书很结实，可它始终就像伪装的沙子，只有我才会被幻象愚弄。"这就像我看着历史抹去了自身。"我说。

　　她盯着我看："那你觉得这一秒又一秒会发生什么？"

　　"我觉得我体内会挤满死者"，这话我没告诉她。"我吸入了名字"，这话我也没说。我知道我妈会让我喝驱魔水。但我想起瓜卡会挑人，于是决定还是先不摆脱死者。

　　我妈曾告诉我，她以前有机会和白人孔特雷拉斯家见面。当时她六岁，外公不得不去委内瑞拉找工作。那时候，外婆常独自一人带孩子，其他的孔特雷拉斯家就允许她不付房租住在与主屋相连的仆人区内。

　　我妈当时还小，但她记得自己会在仆人区等待，一直等到主屋内不再有声响传来。虽然严禁她和兄弟姐妹这么做，可既然没人来管，他们就会打开通往大宅的法式门，细细察看精美的地毯、蕾丝窗帘、皮箱、画作以及丰饶富裕的物件，他们根本不知道还有这样的物件存在。他们打开侧桌上摆着的小漆盒，里面向来都是空空如也，让人恼火。房内有用结实的木料做成的四柱床，床上垂下柔软的白色棉布。

"其他的孔特雷拉斯家也许也都很富有，"我妈说，"可我们，我们总是在故事方面富有。"

我们娘俩返回了库库塔，我不再寻找外公家世很久之后，却觅得了心心念念的东西，这点我绝对没料到。有几份有关佩尔拉姨妈财产的法庭文件，上面列出了债务、微不足道的遗产、贷款购得的墓地。在所有的文件上，外公的兄弟姐妹全都用 X 来代表签名。

X 这个字母是看不出什么门道来的，两根线刻在一起，当中交叉。X 就是关着的门，是拒绝。但 X 也说明了问题。

外公是唯一一个在文件上签了名的人。

我妈对我说，外公找人用草体写下自己的名字，再学着模仿字的笔画。他花了好多时间来假装自己是个有文化的人，比如签字、起草合同、发名片，外公没觉得这么做有多羞耻，我妈说，只有这样，他才能偷取自己力所不逮的财富。外公知道没有什么东西是够不到的，面对限制的时候，发挥创造力也是一种智慧。他也知道权力一旦用来压制，便始终只配得到嘲笑。

在奥卡尼亚的那天晚上，也就是档案室的档案解体之后，我妈一睡着，我就对失忆念起了咒语："你身边的女人是你母亲，你身边的女人是你母亲。"因为我小时候特别想见鬼，自从我亲眼见过母亲的分身在波哥大的客厅里玩塔罗牌之后，我就想再这么发生一次。床上，我妈躺在我的身边，她的呼吸很深沉，可与此同时，我却见她走出门外，去了洗手间。我看见她也就几秒钟的工夫，但很显然那就是她。她被透过酒店窗户的昏黄街灯照亮，身着白天的衣服，当时这些衣服都叠好了，放在她的手提箱边上。她的黑发垂向一侧，正梳着头，头发闪着微光。

我并不害怕，原本我以为自己会害怕的。

我不用害怕变成鬼的女人，但不是指那种漂浮在潟湖里或在门口大声尖叫的女人，也不是会在发高烧和睡得正酣之时出现分身的母亲。这事究竟是我的想象，还是确有其事，并不重要。质疑分身的本质就会错过这个特殊的故事。我没必要去检查看看谁在洗手间里。我无须去证明我是否真的看见了分身。我只是转身直面我妈，她在睡梦中看上去很温柔。我明白我爸说的，他说看见我妈的分身是一种安慰。我闭上眼睛，在脑海中对我爸说话，仿佛他能听见似的："感觉就像是她在照料我。"

Ⅲ

镜子

让我们转向大海。

凡不知如何将赃物放于沙上者

终将溺毙于空中。

——

拉盖尔·萨拉斯·里维拉

语言内有空间存放
无语言者。

———

卡韦赫·阿克巴尔

23
镜子

　　欧洲人定居大陆，划分土地，在不可测量的物体上强行划定网格和边缘。为了更好地理解数世纪以来他们的所作所为，他们在这片疆域上设定了边界。他们也对思想设定了边界。他们告诉我们，何为真，何为假，何为历史，何为传说，何为口述史，何为民间传说，何为宗教，何为迷信。他们给了我们公路地图，好让我们自行消失。我这一生都已跌入殖民化所设的陷阱里。

　　有许多方式可以抹除过去。20世纪90年代，在波哥大，我上的中学认为学生学英语很重要。他们欢迎英国的年轻教师，后来又来了美国人，他们都二十来岁，都想在国外待上一年。英国人用英国口音的英语教我们发音，后来美国教师又纠正我们的口音，说那不是*英语*。两者都设法同化我们，虽然他们所在的是我们的土地。

　　在他们的课堂上，我们会花过多的时间学习他们土地上白人写的历史和文学。他们教给我们的东西，我们很难去理解。比如，简·奥斯汀写现实主义小说，加西亚·马尔克斯写奇幻小说。魔幻现实主义对我们而言就是*现实主义*，简·奥斯汀不可能在我们的这片土地上出现。他们会努力教我们如何划分清晰的边界，如何进行严格的区分。我们这些人经历、看见、相信的东西都被起了名字，比如传说、迷信、虚幻。

人的历史和故事就是一面镜子，他们讲述的是人何时何地如何生活，又是为何生活。无论哪一年、哪一小时，帝国终会设法摧毁无法看见自身的镜子。这也就是为何殖民文化并不认为我们通过记忆所传承的故事是可靠的文献。这也就是为何他们会将此视为梦，而非历史，为何我们所洞察的现实被视为虚构。

这是掌权的语言。它根本无法想象超出自身的任何东西。

但他们的思想停止，我们的思想就开始了。

世界上最古老的镜子也许就是他人的瞳孔、月夜的水。我们在黑色的碗里盛满水，创造出我们所能拥有的便携镜子。

在桑坦德省，流经大地的一条主要河流被瓜内人称为奇卡莫恰河。月圆之夜，这河便如山间的银线。所以情况应该是这样的：很久以前，在黄昏时分的森林里，奇卡莫恰河翻卷着闪耀银光的河水，将瓜内人吸引至河上漂浮的镜子那儿。瓜内人是织工高手，他们中意的武器就是毒箭。西班牙人怕他们，尤其怕那些老祖母，因为老祖母们不需要地图，就能预测西班牙人会从哪里穿过。她们虽然不在场，却只要在小径沿途埋下顶端涂抹毒液的尖桩，就能击溃整支队伍。他们住在峡谷里，从高处俯瞰着奇卡莫恰河。

谁又能确切地知晓究竟是从何时开始，我们转向大地为再次重生而吐出的物质，发现富含长石和石英的岩浆如何在冷却后形成黑曜石，亦即自然形成的火山玻璃？

迄今为止被发现的最为古老的人工镜就是黑曜石，就埋在八千年前土耳其的一座坟墓里。镜子略外凸，打磨过，锋利的边缘已被磨平，方便手掌持握，反射出阴暗的光芒。

相似的镜子也在中美洲发现，那儿的黑曜石很丰富，但大陆往南，进入加勒比海，那儿的人会擦亮一块块黄铁矿，当挂坠悬垂于脖子上。再往南，进入哥伦比亚，我们的镜子有时是黄铁矿，有时是黄金。我们拥有大量黄金。

人类似乎向来都很清楚镜子就是眼睛，照镜子就是观看，但也是被所见之物观看。

在埃及，青铜类铜器都会被打磨成镜子，插在洞孔里，代表神祇荷鲁斯之眼，有时空中的月亮也是荷鲁斯之眼。镜子就堆在神祇的脚下。献镜就是奉献光亮。

到了中世纪，法国人发现若在干净的玻璃上涂上锡与汞的混合液体，就能呈现完美无瑕的映象。

但这样的镜子很难制造。

法国的玻璃配方是两份桦树灰加一份沙子。混合加热后，擅长吹制玻璃者会向吹管内呼气，同时均匀转动，使之成为玻璃球体。这时，助手会刺穿球体，受热的玻璃燃烧着，被放到盘子上。这是一个颇为棘手的过程，玻璃时常会断裂。如果没有断裂，就会用锡和汞来擦抹。他们制造的最大的镜子不比一只餐盘大。

制作镜子的工匠收入很高，镜子也贵得离谱。王室买得起，贵族也没问题。普通人就只能用锡镜凑合，照出的映象都很模糊。

完美的映象是一种特权。

完美的映象始终都是一种特权。

移民美国后过了几年，我已二十来岁，这时候，我屈服了。

我的写作取材自真实生活，当北方人说那是虚构作品时，我也让了步，说也许算吧。我作为一个移民，用第二门语言写作，我又能知道什么？也许我的生活*就是*一部虚构作品。

可用我不想去触碰的一门语言，以那样的伪装去写作令人反感。词语开始断流。同时，那些对我的现实进行归类的北方人又对我说，那些内容可以成为魔幻现实主义。他们张口闭口就是这个词，说的时候还挺来劲。他们解释说，这就相当于一种叙述语调，是作家工具箱里的另一种工具，这样一来，魔幻一经传递，即可变得真实。

白人性有一种循环论证的逻辑，恒真领域的盗窃者。

我这一生所受的教训告诉我，我只有易于被人理解的时候，也就是在假装的时候，我才有价值。

我丧失记忆的时候，这些东西一概都不记得。我所拥有的就是我所缘起的那些故事。完美无瑕的镜子。

如果我用我妈给我的镜子照（并非外公放在她枕头底下、让她修复记忆的那面剃须镜，而是几年以后外公给她的镜子），我发现自己的脸庞似鱼鳞一般层层碎裂，镜子的银色涂层已剥蚀，露出了内里金属的石板灰色。经过多年的磨损，加上脑袋在压着镜子的枕头上动来动去，涂层早已磨蚀。这面镜子想必拥有对我们容貌的记忆，那是我妈十四岁到五十一岁（这一年，她把镜子给了我）时的容貌，也是我二十三岁到现在的样貌。

因为我有失忆症，我知道：

起先，有我们在。然后，有镜子在。

我妈失去记忆之时，当她体验到有人心怀厌恶凝视她的时候，她就特别想要一面镜子，而我失忆之时，却不记得镜子是什么东西。

所以，我很清楚在不知道人是什么的时候，存在是一种什么感觉。

我知道躯体上的肉会将自己想象成空气。

风穿透我们，阳光将我们交付给血，而血则不停地吟唱着地图，使之成形。

曾经，我精通万物，由此而了解了存在。

然后，我在芝加哥昏暗的窗户上的映象却让我失去了一切。

从我们对意义的指向来看，失忆就是无知，这种实用主义的清醒状态就是知识。但当我对事物毫无记忆的时候，万物都会变得透亮。万物皆不具名，却都能为人所知晓，这种状况以前从未有过。

喜鹊与蜡烛。孔雀羽翎与熔岩。满屋的光亮。

失忆期间，我知道了很多很多。

所以，似乎可以这样看，即这种清醒状态是无知，失忆状态才是知识。

看一看负面空间，问一问我们体内住着什么，哪怕不具名也无所谓，问一问如果书自燃了，什么能从中幸存下来。

我们会以为自己没有能力观察和了解某物，就意味着某物并不存在。事实上，什么都没有消失。我们认为失去的一切仍在原地，只是犹如我们呼吸的空气中的尘土。我们的问题始终在于我们无法读懂尘土。

我对语言、我们的指示符号、我们命名的能力评价过高。我误以为自己就是镜中的映象，误以为我所是的那种东西和我被造就出来的那种东西，就是我能用语言加以诱捕的吉光片羽。

我恢复记忆，开始知道自己是谁，待在家中一年左右以后，我前往一座能俯瞰旧金山金门大桥的悬崖参加派对。我时时刻刻生活于惊奇的状态之中，时时为我家故事的丰富性所折服，我终于又返身回来，开始从头学起。我感受到前所未有的归属感。这种感受立马就将我撕得粉碎。所以，当一个白人妇女喝起香槟，问我干什么的时候，我说我是个作家。我对她说，我想写一本回忆录，内容讲的是我外公，他懂得如何移动云彩。

我记得那女人冲我眨巴着眼睛，脑袋歪向一侧。

"哦，"她小声说了这么一声，就朝我伸来没拿香槟酒杯的手，"来吧，来吧。"

她希望我能和她一块儿到悬崖边上去。

"我是公园巡查员,"她这么说的时候,我还在犹豫不决,仍牢牢地坐在原地,"来吧,让我给你解释解释云是怎么活动的。"

哪个才是更高的等级?是记忆还是忘却?是语言化还是非语言化?

我彻底恢复过来的时候,回忆起了记忆的谱系。不仅是外公和他的先祖,也有外婆和她的先祖。故事从母亲传给女儿,再一路传给我妈,继而又传给了我,也就是从祖母、曾祖母、高祖母一直向前追溯,始于我们起源的最内圈,始于我们的高高高高祖母……

回到我们把衣服放在箱子里的那时候,当时我们中的一人会在箱子里塞石头,用来骗家里人相信衣服还在里面,这样我们奔赴恋人怀抱的时候就不至于被发现。我们中的一人和西蒙·玻利瓦尔跳起了舞,我们原本以为他长得丑,却不料他挺有魅力。坦白说,我们对借来的裙子更着迷,裙子犹如鸟儿的尾羽在我们身后一掠而过。我们从大屠杀中幸存了下来。曾经,我们躲藏在死尸的背后。曾经,我们发现了穆库拉,那是一罐子纯天然的祖母绿。曾经,我们被逼着结婚。虽然被逼,但我们却一言不发。我们消失不见了,没人知道我们在何方。我们是同时分身两地的女人。我们蹚着水,步入潟湖。我们坠入井中。我们照着镜子。我们失去记忆。我们亲历记忆的回返。记忆,就是故事、地图、镜子。

IV

灰

我们清醒着，在生活当中，饥肠辘辘。

——

简·王

24
鬼魂

"让他们把尸体拿去烧了。"我妈说。当时我正跪在外公面前，外公是一个发黑的头盖骨，碎成破条的衣服，那些无论完成还是没完成的解体的心愿。

掘墓人等着我完成手头正在做的事。我不知道自己在干什么。我知道有些无言的事情已开始发生。外公的大腿骨覆了一层泥土，黑黑的，而我的大腿骨却仍然亮白。

我妈是外公的映象，同样，我也是我妈的映象。我原本以为注视外公的骨骸，就等于是在注视原初的镜子。可我对自己并无独特的体验。我被反射了，这话说得通，因为将镜子放于另一面镜子前，就能营造无穷无尽的迷宫。

我心情不好，就问我妈："我们要去看烧尸体吗？"有时候，我就会这样，对她说话的时候就好像我们是同一个人，但只有她能洞彻我的感受。我妈摇了摇头，表示不去了。

掘墓人觉得我们和我外公相处的时间已趋近尾声，便慢慢弯下腰，抬起托盘的四角。他们直起身的时候，我仍然跪在那儿，他们说我们可以两天后来取骨灰。我扭头注视着他们扛着外公向山坡下走去，这些奇怪的人戴着薄薄的发网，身着蓝色连体服，脚蹬黄色靴子，就这么扛着外公。他休憩于上的金属托盘一旦撞见阳光，就会闪烁银光，怪怪的，有种登陆月球的感觉。

我体内的一部分就是外公，他待在里面，注视着自己的躯体一路下坡，置身于墓碑之间，越过了目力所及之处，来到一个并不明确的场所，在里面化为灰烬。就连新的土地也在循环。大地吞噬了我们站立其上的地面，将之消融，再于数十年之后扔回来，我们便称之为新。可那还是老的。我们始终都是老的。

我妈返回布卡拉曼加的途中笑了一路，她对坐在法比安车子后座的我说："要记得你的尼尔舅舅是怎么把他父亲，也就是你尼尔外叔公的尸体，从墓穴里移走的（他拉住棺材的把手，想把棺材从墙壁的凹室内拉出来，可那儿根本就没棺材，只有尸骸，结果尸骸全都掉到了他的身上）。"我们都不记得了，毕竟都没经历过，但我妈为这件事笑得歇斯底里："他爸！骨头架子！穿着全套西装？就这么全掉他身上了？"我不想笑，可最后还是没忍住，结果笑哭了。法比安见我们你方笑罢我又笑，就停下了车子，我最后笑到了汽车地板上，哀求道："别笑了，千万不要笑了，都笑疼了。"

法比安把我们送到住的酒店。我让我妈趁我们在布卡拉曼加的时候，带我游览一下她的过去。

不到几分钟，我们娘俩就站在了一栋我从没去过的房子跟前，但我妈说我去过，因为在这次处理丧葬事宜刚开始的时候，我就在梦里去过里面。"还记得吗？外公抓住你的手，领你穿过房子，又走回来。他指着下方的河流，告诉你，就在这儿。这就是那栋房子。那条河就在房后流过。"

我们走到了人行道上。由于街区末端的房子长得都很相似，我妈也无法说清到底是哪一栋。这时，出现了一个瘦骨嶙峋、满脸皱纹的老人，他突然就站在我们身边，问我们想干什么。我觉得他帮不了我们，但还是问了他是否记得20世纪70年代有个巫医住在这个街区。"巫医？那可是恶魔崇拜啊！"他指着街头末端的那栋房子，"他就住那儿，但他很早就去世了。你们要找他？"

我妈和我对望了一眼："对。"

我敲了敲他所指的那栋房子的门，但没人应门。我妈拿出相机，一边拍花，一边喃喃自语，然后提高嗓门，对我说，她没法理解我这么想要证实的那种欲望。"你在梦里看见了房子，还要怎么样？"我妈想出了一个更好的主意，她儿时的朋友瓦连缇娜就住在街区附近，我们可以去她家，给她个惊喜。

而我也就这样一点一点地开始失去了对现实的掌握。

瓦连缇娜先和我拥抱，仿佛早已认识了我，只有我不记得。她的眼睛专注地打量着我，然后，她又很快地和我妈抱了抱。"不好意思，"她对我妈身后的我说，"你长得和年轻时的你妈一模一样。"

进了瓦连缇娜的房子后，我们在客厅里坐了下来，瓦连缇娜就开始告诉我："以前有个男孩不想扔下你妈独自一人，你还记得吧，索哈依拉？"她说这话的时候看着我，我张开嘴，像是我能回答似的。

"安东。"我听见我妈说。

"安东！没错。他一直都要你放学后去他家待一待，打声招呼。"瓦连缇娜将做了美甲的手放在裸露的墙面上，"以前这儿挂了幅画。一天，你说：'看，瓦连缇娜。'说着，你就用手指抚摸那幅画，画上有一条小路，通往一栋小房子。'我要去安东家，'你说，'我走到他家门口，就在这儿敲他家的门。'然后你就在画上敲了敲？我们整个下午都待在一起，一直待到日落。但第二天，安东走到你跟前，说：'索哈依拉，你为什么来我家盯着我瞅？又一言不发，就走开了！'还记得吗？"

她说话的时候，一直看着我，就好像我肯定记得她刚讲的那个故事，在我的心里为我妈的鬼魂留下了一个空间。瓦连缇娜把脸捂了起来："我和你说话怎么就像和你妈说话那样？索哈依拉，来，坐到我们中间，这样我就不会搞混了！"

沿着街区再走下去是我妈另一个朋友的家，她觉得可以去看看。

我们娘俩就朝拉了百叶窗的阳台扔石子。我们不知道他是否还住在那儿，但我们有能力让别人喜欢我们，所以我们有信心全身而退，而且还能有很多收获。一个男人出现了，抓着栏杆，一开始很生气，然后就喜笑颜开。"索哈依拉！"他冲着我说，然后又对着我妈说，"我这就下来，千万别走！"他给我们端来托盘，上面放着热巧克力。他问我是否也像我妈那样老是惹麻烦，我还没来得及回答，他就告诉我有个老师受够了我妈，强迫我妈来教课，让她明白教课是怎么一回事，结果，我妈把所有人都派到了校长办公室。他笑了一阵子，然后朝我妈转过身。"行行好，索哈依拉，她和你一样，还是差别很大？"

"有差别，"我妈说。我觉得她是不知道该怎么去解释。

"可还是同样的热烈。"他说着，和我四目相对。

一整天，我都是我妈的鬼魂。我们去了我家以前住过的布卡拉曼加的另一栋房子，那房子不在河边，一个顶着把破伞的老人拦住了我们。"你以前就住这儿，"他对我说，"我记得你。"

性工作者聚于马路一头，搔首弄姿，乳沟尽现，欢声笑语。我感觉我正在溶解，如同我失忆的那些日子一样。我所是的、感觉具有渗透性的那些边缘几乎已不复存在。我逐渐清空了我自己。

晚上，我们见了我妈前男友中的一个。对他来说，我令他难以承受。此时已入夜，但马路上街灯通明。当他看见我的时候，我能看出我在他心里扯开了一个口子。他觉得疼痛。他用手捂住嘴。我妈和他贴颊吻了吻，然后，他和我又重复了一遍。当我们肌肤相触，我能感觉到他在颤抖。我想让他放松，便问他昨天晚上是否做了梦，但这一问反而让情况变得更糟。他凝视着我，屏息，恐惧。我妈就笑话他："我以前会天天问他那个。"

我妈的前男友相貌和善，而且仍然爱着她。我能知道这一点，是因为我们上他车的时候，他透过后视镜注视我的眼神，惊惧而又惶惑。我们要去相距三十分钟路程的一家餐馆，在莱夫里哈。他发动汽车，驶上马路，加速，我周身的空气便好似经过挤压的陌生空间，充满了历史，我也是这历史的一部分，只是我并无记忆。他看着我妈和我，就好像我俩都是从他的过去来访的阴影。每当他与我四目相对之时，我总能看见他的目光侧身经过我，去了他和我从未共享过的一个地方，那是爱的所在。他的目光迫切、明确，我开始觉得我十五岁的时候*如果是我*母亲，应该会爱上他。他看我母亲的时候，显得困惑，会注视她好几秒，然后才说："你一点儿都没变。"

我妈坐在前面，和他在一起。"时间过了这么久，真是太奇怪了。"

开始下雨了，他说："你想知道你母亲那时候是什么样吗？"他的眼睛在后视镜里闪烁着，"和你一模一样！放到以前，我肯定会朝你的方向看。"

我们掉头，沿路驶去，我从路牌上看到现在走的是 27 号公路。他想让我看看他即将告诉我的那场爱情故事发生的舞台。他指着黑黢黢的楼房剪影，忽左忽右，告诉我哪些地方以前是荒僻的山坡，哪条路以前是石子路。我的车窗淋满了一条条棱角分明的雨水，我只能辨识出地平线处黝黑的安第斯山。他让我凑近看，我便凑过去，夹在前排两个座椅中间，看向他指着的那个黑色剪影。"那儿就是我和你母亲相遇的地方——辉煌壮丽的桑坦德中学。"

这也是我爸上学的地方，所以我才知道这所中学因盛产共产主义分子而出名。我往后靠去，放下车窗，注视着他们相遇的那栋楼房，任由雨水击打着我的脸庞，淋湿车门把手和座椅。我在夜色中眨着眼睛，升起车窗，尽可能随意地说："那你也是共产党员？"

他猛吸了一口气，冲我眨了眨眼，仿佛这才突然意识到我和我妈一点儿都不像。

我妈说："这孩子头脑转得快，喜欢政治。我就像没养过她似的，可我确实养了。我从没给她看过一张报纸，我不知道是哪儿搞错了。"

我仍旧注视着他，等待他的回答。

"对？"他很吃惊自己竟然会如实相告。

"是激进派？"我快速跟进。他神经质地笑了起来。尽管他没回答，但我知道肯定是，这也就意味着他要么现在是、要么以前是游击队员，我必须搞清楚他以前或现在所属的是哪个组织。

我没把他的名字告诉你们。他根本就没想过要把他成为游击队员的故事说给我听，他只是想说他和我妈的爱情故事，但当他开始讲述的时候，我们却发现这两者的内在彼此纠缠交错。我觉得这说得通。恋爱，进入战争空间（也是死亡空间），这些都会萦绕不去。我们一旦进入那些空间，现实就成了一片混沌。

他让我别说出他的名字，因为这样的讲述仍然会带来负面影响。后来，我们娘俩离开波哥大，我就用我妈的手机和他线上聊天。我想知道他过得怎么样，打声招呼。一天晚上，我问他喜欢看什么书，他说抑郁的时候会读埃内斯托·萨巴托[1]。埃内斯托，对他来说，这

---

[1] 埃内斯托·萨巴托（1911—2011），阿根廷作家、画家。

是个好名字。

　　回到车上，四十年前和我妈约会了两年的埃内斯托说："我对你妈的爱广袤无垠。我记得每一件事，每一件事。"他轻柔地笑了起来，"都是白天出去玩之类的事。"

　　"我根本出不了门，得溜出来。"我妈说。

　　"不是每次都这样。有两次，我请求你爸同意，他说了没问题。"

　　"可你说的是我们去学习。"

　　"好吧，也没错啊！他是允许你来我家，因为我们都要完成学校安排的特定任务。"

　　"我都是在前一天把我的泳衣给你，记得吧？这样一来就没人能在我身上找到泳衣。"

　　"后来我就把泳衣带回了家，替你洗干净，"他对我说，"第二天还给你的时候既干净，也不湿。"

　　我静静地听着。我是听众，也是鬼魂。

　　"我一向都怕你爸。他总是特别平静、笃定，但说不定什么时候就会动武……他让人捉摸不透。"他看着坐在后座的我，"你问我那时是不是激进的共产党员，我是。警方想要杀了我，我就和你妈拉开了距离，以此来保护她。其他组织都变得很暴力。"

　　"那——是 M19。"我说。

　　"什么？"他看看我，又看看我妈。

　　"你参加的是 M19。"

　　我妈自鸣得意地冲他笑："我提醒过你要当心，她头脑快着呢。"

我对 M19 运动知之甚多。他们是受过教育、纪律严格的武装组织，20 世纪 70 年代，怀疑大选舞弊，便开始实行军事化。他们里面有诗人、教授，甚至还有一名教士。他们的军事行动有时没有实际意义。比如，1974 年，他们从博物馆偷走了西蒙·玻利瓦尔的剑。这场具有表演性质的行动是一个隐喻，意思是要夺回权力。他们也是 1985 年围攻司法大厦的幕后推手，最后双方交火，一百多人和十一名最高法院的法官丧生。直到如今，都没人知道当时司法大厦里究竟发生了什么。

到了餐厅后，我妈去订桌，埃内斯托握着我的手："那个时期弥漫着暴力，对你母亲的记忆使我撑了下来。"

"外公把她嫁给了那个虐待成性的男人。"我说。

"我知道，我觉得很愧疚，我拉开我俩之间的距离就是为了保护她。然后，我就失去了她。"

我点了点头。我感受到他内心涌动的悲哀："你有太多萦绕不去的事情。"

"我租住的公寓里都是枪，从地板摆到天花板。"他说。

"是吗？"

"那些枪都是要分发的，寄到山里去。我们战斗，都是为了那些没法为自己战斗的人。"

我妈招手让我们过去。她订到了一张餐桌。"你还爱着她。"我说。他握着我的手越捏越紧："别告诉她，我想自己告诉她。"

用餐的时候，埃内斯托没对我妈说什么。当我问他在哥伦比亚当个男人是什么感觉时，他开始对我讲起了酷刑。他说了两种别人教他忍受酷刑的技巧。

一种叫作砖头。

"你盯着墙上的一个小点看，在我们那种情况下，就是砖头。你把砖头那个小点越拉越近，最后你能看见的只有砖头。他们可以打你，做任何事，可你已经超越了这一切。你就在砖头里。"

"空白法很危险，因为这种方法能引发各种焦虑。本质上，就是你要强迫自己进入脱离身体的状态。你从上方注视着自己遭受酷刑。那时候，你感受不到疼痛，但疼痛会在以后挥之不去。"

我点了点头，很清楚他说的意思。惊恐发作，我无法忍受的时候，也会这么做——空白法。"他们这样折磨就是为了训练你？"我问。

"是的。"

"怎么会这样？"

"最糟糕的是他们会把我们的睾丸绑在电击器上。"沉默了一会儿之后，他又说，"哥伦比亚很艰难。武装组织心怀怨恨已久。比你我都久。"

我们安静了一阵子，然后，埃内斯托又开始给我讲一个名叫埃尔南多的男孩，男孩当时十六岁，是他们中学读十年级的朋友。我意识到这段时间，他一直都在为讲述这个故事积蓄勇气，那也是他拉开自己和我妈之间距离的原因。一天，学校放学，狙击手向一群学生射击。埃内斯托听见子弹在耳边爆裂，感受到疾风掠过，等他转身看去，埃尔南多已跪在地上，脑门上的一个点正在冒烟。子弹本来是要射杀埃内斯托的（后来有人告诉他），于是他就和每一个人拉开距离，不想让其他任何人受到伤害。

我妈也是第一次听这个故事，虽然枪击的时候，她也在场。她说那时候的事她都知道，虽然不记得特定的细节，但知道他选择了革命。"有些东西比爱更宏大。"我妈说。他们之间渐渐心照不宣。我找了个借口离开，说去洗手间洗手。

我返回的时候，我妈和埃内斯托都在笑。我不知道埃内斯托是否已告诉她自己爱她与否。我觉得从他讲述的有关政治和人的暴力的故事当中可以看出：他知道我妈对这些不感兴趣。他以这种方式将我还给了我自己。我不再觉得自己是我妈的鬼魂，就随它们去吧。我来到外面，呼吸了一会儿空气。

我们返回酒店后，我问我妈是否因为和他无疾而终而感到难过。她摇了摇头："外公要我离他远点，如果我们待在一起，我会感受到难以承受的痛苦。听他今天说的话，我看得出来会发生那样的情况。"

我想起我妈和埃内斯托，我们又是如何亲手创造了我们自己的鬼魂。我们觉得和一个地方、一个人做了了结，就会竭尽全力让自己离开。可当离开充满了痛苦，当我们离开自己所爱，就会召唤自身的鬼魂，使之成形。

有一次，一只黑色兀鹫坐在树上。外公说兀鹫的凝视扰乱了他的感官，其实自己只是在原地踏步，却相信自己是在行进。也许我们大家都有一只黑色兀鹫，从树枝上看过来，施展魔法。我们即便困于原地，却仍以为自己是在前行，周而复始地经过同一片灌木丛，地面也越踏越薄。

布卡拉曼加有许多兀鹫。据说巫婆想飞的时候，就会变身兀鹫。我们第二天醒来，在酒店附近的马路上溜达的时候，我妈明确要我别拍它们。"你在这儿可不能随心所欲！"她说的就是布卡拉曼加，但总体而言也是指哥伦比亚。

"我不能吗？"

我充满仪式感地跪了下来，按下快门，接下来还有个宝丽来相纸显影的过程，我琢磨着气温是多少，计算着相纸同化学物质乳化的药水条混合需要多长时间。等到一切就绪，我撕下相纸，等待影像显现。当白色底片缓慢出现层层色彩，如土黄色、赭色、橄榄绿的时候，我头脑中便列出了所有允许其他现实进入的东西：兀鹫，失忆，潟湖，瀑布，暴力，爱。

影像变得具象，我目不转睛地看着。

"是不是像被施了法那样？"

说话的是个中年男人。他坐在几步开外的摇椅上，抽着雪茄，一直注视着我妈和我。

"是的，"我妈说着，从我身边走开，"确实这样。"

"只是漏光而已。"我在哥伦比亚这么长时间，拍的其他照片就没漏过光，但严格说来，也确实应该是这样的影像，和我看到的一样。

中年男人站起身，晃了过来，想确认一下我在相片上捕捉到的是什么层级的诅咒。我让他看了。他看相片时双眼圆睁，像是要一下子把所有的影像都吸收进去。然后，他身子抖了抖，往后退了一步，告诉我情况很糟糕。这也不是他第一次和巫婆打交道了。有一次，他走在马路上，一只兀鹫一直跟着他，低头俯视着他，还疾速俯冲，朝他脸上扇了一巴掌。

"一只兀鹫，一只鸟，朝我脸上扇了一巴掌！我觉得它翅膀上的每根羽毛就像手上的手指！"

我妈和我立马就站在了巫婆那一边。

"谁知道你对她干了什么。"我妈说。

"肯定有什么不满吧。"我说。

中年男子抿着嘴，嘴唇变小了。"呃，你这照片。你不能带一张受了诅咒的照片到处走。你得扔了。"

"你在告诉我怎么做？"我盯着中年男人，满心希望他能继续对我指手画脚。我妈把我拽开了："你是想让我们吵架，我已经不适合那样了。"

我笑着说："妈，你可以接受那个男人，是不是？"

我妈咧嘴一笑："好吧，那社区会怎么想？"

我能感觉得出我妈也想让我把照片给扔了，因为我把宝丽来相机塞回包里的时候，她的眼神中透着焦虑，但她没多问。

那天已是正午，我们娘俩去了家小酒馆，阿利耶尔舅舅的大儿子，我的表兄加布里埃尔和马利亚奇乐队在那儿演出，阿利耶尔舅舅以前也是如此。我们坐在包厢里，阿利耶尔舅舅的所有亲戚都来了。我妈坐在桌子对面，旁边是玛利亚娜；我坐在加布里埃尔和奥马尔当中。我们四周都是玛利亚娜的孩子，年龄从十八到三十不等，都挺有魅力，很温柔。我看着红色灯光下的加布里埃尔和奥马尔。加布里埃尔一身行头都齐了，肩上垂下银穗子，胳膊两边绣了上好的银线刺绣。我们这次相见已是隔了好多年，也许得有十年了吧。我们点了啤酒，加布里埃尔站起身，走上舞台，乐队正在那儿演奏。有三个吉他手，一个小提琴手，两个号手。面对阵阵袭来的音乐，加布里埃尔取下麦克风，又回到我们这儿，对着我妈和我唱歌，呼唤我们，他爸以前也是这样，很有意思。"女人哪，完美无瑕的女人，除了崇拜她们，别无选择。"时间已然坍塌，阿利耶尔舅舅正跪在我们面前。

一曲唱罢，加布里埃尔又回到我们桌上，他的乐队还在演奏，我告诉他，当我看着他的时候，我能感受到自己就在看着阿利耶尔舅舅。加布里埃尔边喝啤酒边笑，对我说，我和他小时候记忆中的我妈一模一样。

我们尴尬地注视着彼此，于是我说："你知不知道现在还有人在外公的坟墓留小纸片，希望他施展奇迹？"我说得很大声，让他们都能透过音乐声听见我说的话。我妈坐在桌子对面，盯着我的眼睛，怒目而视。我根本就不应该引起大家对坟墓或坟墓里也许早已不存在的东西的注意。

"是啊，我知道有许多人还上那儿去。"奥马尔呷了口啤酒，心不在焉地说，"别人一直都在告诉我，他们索求的奇迹都成了真，是他允许那些奇迹发生的。我的教母也一直去那儿。"

他瞥了我一眼，然后停下来，打量我的脸："你——为什么这么感兴趣？"

我点了点头，意识到自己的兴奋之情该是溢于言表："你觉得你教母的祈祷应验了吗？"

"应验了！"奥马尔放下了啤酒，"你想和她见面，问问她吗？我们现在就能去。她就离这儿五分钟的路程。"我收拾东西的时候，想起我们小的时候，奥马尔就是这样的，总是乐意根据我的心血来潮改变我们的游戏。我们告辞的时候答应一小时后回来，然后我就跳上了奥马尔摩托车的后座。

那女人名叫萨米拉，她并不是奥马尔正式意义上的教母，奥马尔的父亲去世之后，她花了很多精力照顾他。奥马尔是阿利耶尔舅舅最难搞的儿子，总是惹麻烦。他太聪明，规矩管束不了他，所以他常常破坏规矩。没人愿意听他说话的时候，萨米拉愿意，他需要的时候，萨米拉会引导他，还给他做许多家常菜。当我告诉萨米拉我和奥马尔是亲戚时，她握着我的手，领着我们俩进了客厅，就像我们是她久未相见的孩子。她对我说，奥马尔小时候的种种，她仍历历在目。我也记得。家里人以前通常会叫他恐怖小子。奥马尔告诉教母，我一直在想外公，有个问题想问她。

我说："我一直在思考你的祈祷是否得到了应验。作为他的外孙女，我想知道他离世已经这么多年，影响力是否还在。"

女人双手相握呈祈祷状，然后双手往两边一挥，将她房子里的每一样东西呈现给我们，客厅、螺旋楼梯（往楼梯方向，我觉得听见了鹦鹉的叫声）、架子、植物、唱片机。

"你看见的每一样东西，都是我欠你外公的。"

"每一样东西？"

"每一样东西。"

"房子也是？"

"每一样东西。"

萨米拉的嗓音中充满了爱和感激。她在照料外公的坟墓，求奇迹的人往往会这样做。她点上蜡烛，开始祈祷，以求得他的帮助。这是很美好的事，毕竟我是他的外孙女，大家有什么大大小小的急事，都会信任他，尤其是他离世后过去了近三十年。我也知道他并不想这样。我们移走外公一事暂时不能让太多人知晓。挖掘那天，虽然泥土又被填回了坟墓，但还是明显能看出坟墓最近受过扰动。我们希望没人会多问，至少在我们让外公在自由之前保持这种状况。

萨米拉还骄傲地向我展示，外公因为她照顾奥马尔，所以也在照料她。也许是这么回事，也许这是她应得的吧。我根本就不知道该不该相信外公允许奇迹发生这种事。于是，我保持安静，对她微笑，感谢她对我说了这些。奥马尔和萨米拉又聊了聊其他事，她还建议我去何处用餐，然后我们就离开了。

回到酒店后，我和我妈讲了萨米拉的事，觉得弄清了谁在外公

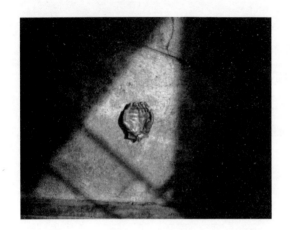

外公的手中空无一物。
库库塔，2012 年

黑色兀鹫。
布卡拉曼加，2012 年

坟前请求和祈祷，或者说至少有那么一个人视他的坟墓为神奇之所，这会让她很开心，没料想她打断了我："外公终其一生都在治病救人。他一辈子都在拿走别人的伤痛，放进自己的身体里疗愈。我觉得他很清楚自己什么时候会死，他想要休息。"

这样的话，我并没有对萨米拉说，所以我心有愧疚。当我妈去洗手间，准备睡觉的时候，我翻看起拍的宝丽来相片，发现自己收集的那些被鬼魂触及的东西越来越多。有一张照片我特别喜欢，是我在库库塔纳伊亚姨妈家拍的，当时她正在给我看外公留存下来的一样物品，是一尊手的青铜雕像，双手拢起呈碗状。我问外公在里面放了什么，她就困惑地看着我。她眨了好几下眼睛："什么都没有。当然是这样。"

那时候，我觉得传承就是这个样子，双手敞开，空无一物，但并不是我们什么都没握住，只是我们看不见而已。再过一会儿，我妈就会从洗手间里出来，我会把相片全都拿走，但有很长一段时间，我都在细细观看那人说兀鹫是巫婆的那张宝丽来相片。兀鹫构图在正中央，两边是金黄色的光芒。我觉得语言太无力。相片右侧的金黄色光芒在我看来犹如一扇窗户。那是鬼魂，漏光，隐喻。

25
灰

❦

"一旦挖出中邪的宝藏，就应该在地上画一个圈，顺着和反着念诵创世的顺序。"

我妈曾无意中听到外公对侄子说的指示，但听得并不完全，当时侄子是第一次和其他人外出寻宝。

我妈现在已五十六岁，外公成了装在塑料袋里的白灰，塑料袋就装在蓝色的丝绒包里，佩尔拉姨妈再把丝绒小包放入手提袋里。

他是我们挖出来的一样东西。

我们正在安第斯山东山的森林里行进，外公每年离开奥卡尼亚，去拜访巫医、部落和其他女人，最先走的就是这条小径。

在我面前的世界里，也就是我正在行走的这个地方，外公拉着他的驴子，驴背上驮着占卜用具。留在奥卡尼亚的外婆躲在茅厕里，避开孩子，一个劲儿地哭，哭完又笑，然后哭意来袭，她又再次号啕大哭。圆原是一条直线，受到住在圆心里的鬼魂干扰，鬼魂便让线弯曲弯曲再弯曲。

"有时候，你讲出两个真相的时候，就意味着宽恕，"我妈给我解释她为何从不对外公生气的时候，总是这么说，"对我妈来说，他是个坏人，对我来说，他是个好父亲。"

在森林里，我们向着喃喃低语的河流走去。我走在最前头。一旦在水中找到合适的点，我们就会把这个（我们因他而诞生的）男人的骨灰倒入河中。

我看地图的时候，看到的是一幅画，我可以通过画作呈现的方式来理解抽象画，而不是理解向右转或向左转时空间不规则的旋转。我很清楚哥伦比亚的大多数水体都会交汇，尽管都是同样的水体，但起的都是不同的名字。后来，我会对着两张地图看上好几个小时，一份是我手机里的地图，我对去过的场所都做了标记，还有一份是哥伦比亚所有水体的地图，我会注意到我们只闻其声、不见其形的水体都来自遥远的东方。我会发现我们就在安第斯山的山脚下，水体叫作索加莫索河，奇布查语的意思是*太阳的居所*。再往东，索加莫索河蜿蜒流经东山之地，被称作*月圆之夜的山间银线*，但在布卡拉曼加，从我妈住过的第二栋房子身后流淌而过的河流，是黑河。黑河再远的地方，我们就没去过了，河水穿越群山间的峡谷，汇入了一片更大的水体，后者从南至北，汇入众河所归之处，涌入加勒比海。那就是马格达莱纳河。马格达莱纳河的旧名是瓜卡－阿约河，意为*众坟之河*。当我终于在波哥大附近找到特肯达马瀑布的时候，瀑布直泻而入我曾差点坠入的那片湖泊，我发现瀑布最终也汇入了马格达莱纳河。我现在就在追溯外公曾走过的路，哪怕不看任何地图，只要跟着河水的流向走，我也能找到马格达莱纳河。

曾经，瓜卡－阿约河裹挟着葬仪时交付于河水的那些尸体。如今，它裹挟的是战争的受害者。

万物相会，就会形成旋涡。河水的每一处水面都可以成为一面镜子，那是一个满是天空的所在。

我正在思考外公会选哪条路走的时候，法比安凑过来说："你好安静，我敢打赌你肯定是在放屁。"我扑哧一笑，拍了一下他的胸口，但法比安咯咯笑了起来，身子一缩，靠在了一棵棕榈树上。

"别闹了，"我妈皱着眉头吼道，然后，她转起了圈，跳起了舞，"你们难道没看见我们带着死人吗？这家里为什么就没人能正经点？"

我们三个注视着她在小径上发了疯地跳着舞。佩尔拉姨妈悄声说："我还想呢，这家里谁是第一个发疯的。"法比安悄悄地对他妈说："你和索哈依拉姨妈一样疯，别自我感觉太好。"然后，他冲着我大声说："别让别人败坏你的快乐，女士。上帝给你什么，你就舞动起来，像这样，不要怕！"法比安拍手应和我妈，我也像他那样。那只手提包，里面装着丝绒袋，装着外公的塑料袋就放在丝绒袋里，那包就挂在佩尔拉姨妈的肩头，她摇头晃脑，包也随之一颤一颤。很快，我们就跳得毫无节拍可言。树冠上传来颤音般的鸟鸣。我记得我的工作就是注意地面和树枝上的蛇，于是我就把注意力放到了那上面，一边还在脑海里哼唱着跳舞时唱的歌。我们很快就都唱起来了："罗莎，你太美丽，罗莎实在太美丽。"

从相同的梦境中得到指示，就这样引领我们走到了挖掘尸体这一步。我的梦给了我们这条河流。现在，我们都遵循着自己对阐释所做的阐释。我们将把骨灰撒入水体，我们知道要去看，要去听。河流的轰鸣声越来越高。

如今，我们的亡者数不胜数，在马格达莱纳河沿岸，渔民时常会发现缠着渔网的尸首。马格达莱纳河沿岸的村子都会遵守法医尸检的程序，以确认死者的身份，将他们送还给亲人，那些被河水磨蚀了指尖的死者会被村子收留。他们给死者取名、落葬，点燃摇曳的蜡烛，供上鲜花。在离我们所在往南不远处的贝里奥港，城里的墓地有一座忘人馆，数以百计的无名坟墓，都在骨灰安置所这座土坯房的一隅找到了安息之地，生者也会带来羽毛、谷物、水果，献给消失者。很有可能，他们都是被准军事组织、贩毒集团或游击队杀害的。

在哥伦比亚，各种事件轮番上演，任何人都有可能消失。接纳被遗忘者，就是为了打破保护刽子手的沉默，就是为了记忆。

"罗莎，你就是女神，罗莎实在太美丽。"

存在已知和未知的循环。

我们终于来到河岸边，脱下鞋子，双脚沾满泥土。我立刻就看见了自己，在弗吉尼亚的湖中饥肠辘辘地沉了下去，却并未意识到身体的限度。我们生来就易于溺水，并无仁慈可言。那时候，我坠落而下，犹如一块密实的石子，湖水似坟墓一般将我封闭。

我在想我是否最终会坚信梦可以成为预见。

我们跳入河中，感受激流刺激着我们的膝盖，我们缓缓地踏水而行，向对岸的三块石块走去，到那儿坐一坐。我在想在我还没想到要挖出外公，带着他的骨灰来河边的时候，我是如何看他指着这片此刻正在我们大腿上方闪烁的河水，对我说这儿将会发生这样的场景。

预见会受未来的困扰，鬼魂会被过去困扰。

我们都坐下之后，佩尔拉姨妈从包里取出塑料手套。她之所以带手套来，就是想将骨灰撒入河中的时候，不用碰到骨灰，她是这么对我说的。然后，我妈就指导我们开始后哪些事情需要重复去做。

我没在听。

我凝视着塑料袋里的白灰，佩尔拉姨妈没给塑料袋打结，她把丝绒袋放回手提包里去的时候，就将骨灰放了脚边。

我还没想明白，就捏起了一撮骨灰，放进了嘴里。没人看见。我双手捧着脑袋，咽了下去。

我被自己的所作所为吓坏了，认为那是出于悲伤。那是在发疯。我是女鬼，是流沙，一无所有，唯有此刻。我渴望着能对自己的骨头说点什么。

我姐说："你失去记忆最有意思的地方就在于，你即便没了记忆，但你还是你。对失忆感到兴奋，使自己的受苦成为秘密，那就是你。"我妈滴溜溜转动着眼珠子，也表示了同意。"还有谁出了事故，会爱上虚无？"她说这话没有丝毫讽刺的意味，于是我就盯着她看了足足五秒，然后提醒她："你啊。你就是这样。"

佩尔拉姨妈将袋子放入河中。她没有把骨灰抖搂出来，而我会

那样做。她是让河水灌满塑料袋，带走外公。我就这么看着外公一
点一点地离去。外公是被唤回水中的骨灰，白被蓝吞没。他看上去
就像一片云，一阵风穿越激流。我站起身，目光顺着骨灰流经之地
看去，骨灰经过了一块块石块，向着河流的转弯处而去。

　　在距转弯处不远的地方，三头白色的奶牛从森林里走了出来。
它们走到河边，低下头，舔舐着长条形的白色水纹，那是外公。"你
们看见了吗？"我问的时候，还挺担心自己看见的情况。我妈点了
点头。她在祈祷，我应该跟着她念，法比安和佩尔拉姨妈都在这么
做，可我反而站了起来，看着奶牛喝足了水，我这么做是想要向自
己证明奶牛真的把外公给喝了下去。它们伸长了脖子，里面塞着外
公，喝完它们就闲庭信步地溜达回林子里去了。整个自然都充满了
饥饿。我坐回到石头上，目瞪口呆，然后就念起了我妈要我们念的
那些话。我们念的送别亡者的祷词是外公教她的。我们坐下来，反
复念诵，目视着彼此，目视着地面，让词语冲洗我们，冲洗岩石，
冲洗一切。

　　回到酒店后，我妈用盐水清洗了我们的黑曜石耳环，以祛除黑
曜石镜面所见之象。洗完后，她就躺在了我身边。我们都累了。我
伸手过去，轻轻拍了拍她的蛇形戒指，自从我出生起，她就在左手
拇指上戴起了这枚戒指。我妈笑了笑，四仰八叉地躺在床上，拿起
她放在床边的一小瓶乳液，将拇指塞入了乳液中。她得一扭一扭地
才能把戒指从指节上取下来。我坐起身，有点担心，没说话。我从

没见她摘下过这枚戒指。那是护身符，是和她家世相连之物。她不应该把戒指摘下来。

"你干什么？拿得下来吗？你干什么？"

她头往后一仰，继续拔，终于让这只金色的圆环落入了手中。她拿起我的手，先拿的是右手，再拿左手。她把圆环套在了我的拇指上。我看着手上金色的戒指，还有纤细的褐色手指和红色的指甲，觉得那就像是我妈的手。蛇脑袋趴伏在指关节上方，好似趴伏于岩石之上。"友好的蛇。"我说着，轻轻拍了拍它，注视着它那闪着光的祖母绿似的眼睛，那眼睛黝黑黝黑的，我以前从未注意到这一点。

"它回家了，到你手上了。"我妈说。

"你为什么要把这枚戒指送给我？"

"时间到了。"

我无法将目光从蛇身上移开，它搂着我的拇指，脑袋很漂亮，呈菱形，纹理经锻造而来，鼻孔小小的，长长的嘴唇闭着，未显威胁之相，却似蓄势待发，四边都镀了金——这形象如此生动鲜活，蛇尾竟似缠绕着我的拇指。

外公曾见过蛇灵进入我的婴儿房。他看着蛇蜿蜒钻入我的摇篮，可等他掀开帘子，却发现蛇悄悄爬到我身边，沉沉睡去。蛇生来就可抵御极端：冷和热，白昼和夜间的沙漠。在我们的故事里，蛇也由火中诞生，是潟湖里的女人。

失忆期间，我知道自己会成为贫瘠的风景，根本就没想过还可以偎依着世界的边缘。如今，我觉得不用尝试，也能如此。

"你觉得怎么样？"我妈问。

我抬起眼睛，和我妈四目相对："就像戴上了皇冠。"

她握着我的手，她那棕褐色的手指盖着我的手指，蛇在中间窥视。

——

我知道失去过往是什么感觉。忘却是死亡的一种方式。记忆，是一种复苏的方式。两者之间有一个转折点。为记忆而踏出的每一步都是一个转折。

"踏着幽灵的步伐，就需追溯圆的弯曲，周而复始地抵达起点。"

此时已入夜。我妈已念完河边开始的祈祷。她需要看着整个过程完结，让外公能平安而去。我也睡不着。我妈祈祷的时候，我打开了我买的那本讲述奥卡尼亚历史的书，我在书里夹了张卢西亚诺老爹的黑市相片。我妈的嗓音是轻声细语，是风，是难以捕捉的词语。书中提到了一份 1578 年使者写给西班牙君主的报告。信中详细讲述了所需的土地、土著人的数量和文化、殖民的进程。写这篇报告的人说奥卡尼亚的本地人没有仪式或崇拜，只有对亡者的敬拜。"土人栖于山间，依崖而居，毫不开化，不知先生或主人之称号。其习性与生活即为酗酒，掘出死者，背负于身，舞之蹈之，癫狂间携死者行至远方。另葬死者之后，便会相聚而饮，喧闹不堪。"

以前，我们埋葬物品，将之供于大地；如今，我们埋葬物品，使之远离生者。

我合上了书。事物的真相在别处，不在文字之中，而是在它的呼吸和变化之中。

"一旦挖出中邪的宝藏，就应该在地上画一个圈，顺着和反着念诵创世的顺序。"

我妈口中的词语曾活在外公的口中，如果我现在在这儿说出那些话语，就能画一个圈。

曾经，有一口枯井，犹如大地修长的喉咙，我妈坠入其中，丧失了记忆。好似传承一般，我也失去了记忆。我前去取黑裙的路上，穿过空气，脑袋砸在地面上。我妈在圆的深处失去了意识，而我却坐在公寓的地板上，将黑裙的裙摆在我四周摆成了环形，人是醒着的，却失忆了。外公可移云，然后，一片云透水而过，三头白色的奶牛踏入森林。

森林相继吞噬了外公和云。一个圆环绕着失忆的我，我妈穿过喉咙，进入大地。那口枯井如今已满，再次蓄满了水，那是我们的第一面镜子。

外公活着的时候，害怕想让他溺水而亡的潟湖女人。

说我曾经就是这个女人。说我饥渴。我唯一的渴望就是想知道我内心里存有哪些未知的事物，核心又是何物。

生存下来之后，就存在生存之生存。

所以寻求那本自燃之书以外还存在什么，会大有裨益。

那逃离者。

那忘却自身的心灵。

那以为会被抹除的文化。

答案是一切。

一切都生存了下来。

我妈祈祷完毕之时，已是破晓时分，我让她讲个故事，虽然我们已整晚没睡。

她看着我，说："宁静不会持久。"

我以为她还会说下去，可她并没有。

我凝视着云幕。

那是迄今为止最为完美的故事。

我妈、法比安、佩尔拉姨
妈准备释放骨灰。
找了一片适合的水域，
2012 年

外公，2012 年

后记

返回库库塔后，佩尔拉姨妈必须向丈夫解释此去为何事，于是她就给丈夫讲了掘墓一事。但她没说我们将骨灰倒入河中，只讲他们来到砖厂，从窑里收集骨灰，把骨灰盛入透明的塑料袋里带回了家。她把盛骨灰的袋子放到了第二台冰箱的顶部，就是他们家前面石榴树边上车库里的那台冰箱。

佩尔拉姨妈在打一场假情报战，我不确定她为何如此。有意思，却不知该怎么问。法比安、我妈、佩尔拉姨妈和我，我们看着胡安乔每次来时经过骨灰，都要在身上画十字，轻声说，愿神圣的死者安息，我们就一副面无表情的模样，却又很难绷得住。我咬着脸颊内侧，不让自己笑出声。我心想从现在起过了很多代，是否还会有人偷骨灰，许多年以后骨灰重现，就像牙医给外公的那个头盖骨，是否还会有人澄清骨灰一直都只是砖灰而已。

我们娘俩在库库塔还剩一天的时候，法比安开车来接我们。我们沿着马莱孔驶去，马莱孔大道就在潘普罗尼塔河畔，一群群乐师聚集于此，求人聘雇。我们想让他们来佩尔拉姨妈家的后院演奏音乐，价格没大家想的那么贵。等到我们考虑清楚要聘请哪些乐师的时候，我看见佩尔拉姨妈采用了她在街头摊贩那儿买鳄梨那次所使用的策略。

她问乐师从哪儿来，知道哪些曲目，然后，她就开始发牢骚，怀疑他们说的不是实话，要他们演一曲听听。我们则开着车，每隔几米停一下，佩尔拉姨妈总是说同样的台词，我们娘俩在后座上笑个不停。

到了晚上，我们请了六名乐师来演奏爱情歌曲。我给他们端水，恭维他们的歌声，我妈则打听他们的情事。她正在给其中一位提建议的时候，纳伊亚姨妈带着丈夫和女儿来了，质问我们是否背着她把外公挖出来了。我看向我妈，我妈直直地看着纳伊亚姨妈，问她是什么意思。

"葬礼那天，我往他的棺材里塞了张纸片求奇迹。他没完成我的请求。他要是被挖出来了，我得知道，因为那样不好。"顿了顿后，她又说，"对我不好。"

我妈的脸黑了，我知道她要发火了，我就瞅瞅法比安，他和我面面相觑，然后，像是突然觉得屁股底下的椅子太烫了似的，他一下蹦了起来，让乐师赶紧演奏旧的贡比亚曲目。他对乐师说，要*好听的*贡比亚，他知道我妈和我爱听，还会随之起舞。蝙蝠在头顶翻飞，时不时俯冲而下，此时已是黄昏。法比安和我在露台上绕着圈，唱着歌，他的颧骨上都是汗，在幽暗灯光的映衬下泛着乳白的光晕，然后，所有人都加入了我们，就好像我们又回到了儿时，了解到有些生活犹如总和，重得举不起来，要想举起来，就得跳舞，将它献出。可我们现在都老了。乐师们爱我妈，我们也都是。我看着她似陀螺一般转着圈，就像容纳了所有的时间。她是音乐和我们舞蹈的天然核心。当我准备去睡觉的时候，我仍能看见她舞动不歇。

我坐飞机返回自己生活的途中，还在想着她跳舞的模样。当奇卡莫恰的银蛇在我们下方，当我看着安第斯东部的山脉、太平洋的天蓝色时，我看见她在跺脚。

然后，就到了旧金山，精疲力竭，孤身一人，我躺在床上，觉得我能在内心听见外公的声音。我沉沉睡去，进入了时间隧道，然后坐起身，又进入了失忆。

我是瞬间的颤动，汗水的风景。

我无法呼吸。

恐惧是无字的祈祷。

我开始数数，从一开始数，越数越多，数字犹如迷宫。

我数到了五十六。

数到五十六的时候，我记起了我的母亲。

致谢

我要感谢家人，无论远近，他们将我养育于世，又在以后照料我。感谢法比安和佩尔拉姨妈，深深地感谢，他们总是对我们敞开家门，那儿就像是我们自己的家。

肯特·D.沃尔夫是位杰出的经纪人，他在流程早期就帮我形塑了这个故事，我对此深表感激，还要好好地感谢天资聪颖的编辑玛戈·西克曼特，写这本书的流程很复杂，而他犹如一道光亮。感谢双日出版社负责我这本书的整个团队，安娜·斯宾诺莎、特利西亚·凯夫、艾琳·梅洛、洛林·海蓝德、凯瑟琳·弗里德拉、裴罗凯、艾米莉·马洪，发自心底地感谢你们。

感谢所有分享奥卡尼亚生活的人。感谢历史学家路易斯·埃杜阿多·帕耶斯乐意与我拨冗相见。

2020年，我在写作这本回忆录的时候，每一步都有娜娜·夸梅·阿杰伊-布雷尼亚、R.O.孔和劳伦·马克汉姆相伴，这一年对我们来说充满艰辛，还感谢亲爱的巫师们，塔尼亚·雷、南希·金珠云、雅莉扎·费雷拉斯、乔安吉、安博·巴茨以及梅隆·阿代罗，谢谢你们。感谢你们，拉切尔·孔、阿尼斯·格罗斯、汪蔚君、柯林·温内特、安迪·穆德、卡耶·米尔纳以及玛格丽特·威尔克逊。

感谢全国拉丁艺术和文化协会、赫奇布鲁克作家村、杰拉西驻场艺术家项目，以及卡马戈基金会在我写作本书时提供的支持。

本书相当难写。我会永远感谢杰里米，他不仅分享了艺术家的生活，也理解此种生活的需求，在这个过程中，他使我保持了统一。尤其要感谢我的母亲，是她给我讲故事，通过给我讲故事，教会我如何生活。